선생님의 목소리

어느 교사의 고백

선생님의 목소리 : 어느 교사의 고백

초판 1쇄 발행   2023년 11월 22일

지은이   김동진
펴낸곳   마누스
출판등록   2020년 8월 19일 제348-25100-2020-000002호
팩스   0504-064-7414
이메일   manus2020@naver.com

ISBN   979-11-981715-5-9

책값은 뒤표지에 있습니다.

잘못 만들어진 책은 구입하신 서점에서 교환해드립니다.

김동진 지음

선생님의 목소리

어느 교사의 고백

일요일의 빈 교실엔
시절을 견디는 어머니와
시절을 보내는 아이가 있다

아이가 펑펑 눈물을 쏟아내는 동안
나는 창밖으로 무심한 하늘만 보았다

바로 지금. 독자님께서 읽고 계신 바로 이 글. '프롤로그'라 이름 붙인 이 꼭지는 사실, 뒤에 나올 모든 글이 완성되고 가장 늦게서야 적힌 것입니다. 독자님을 가장 먼저 마중 나온 이 글이, 쓰는 저에게 있어서는 가장 나중에야 떠나보내는 글인 셈입니다.

  그래서겠지요? 바로 지금. 저는 이 글을 쓰는 중에도 마음이 복잡하여 글이 제대로 나오지 않는 것만 같아 송구스럽습니다.

  공간적으로 가장 앞선 글을 시간적으로는 가장 뒤에서야 적는다는 것이, 어쩌면 '선생先生'이란 단어를 제목에 내 건 순간 점지되었던 걸지도 모르겠습니다. 선생은 언제나 후생後生과

짝하니까요. 선생님이 살아오며 깨친 바를 학생들에게 전하고, 아이들은 그걸 받아 뒤를 이어 나가니까요. 선생님은 학교에 남고 아이들은 졸업하여 떠나가듯, 저의 시간은 책에 남고 저의 글은 독자님들께 떠나가나 봅니다.

학생들은 하루에 보통 여덟 시간쯤 학교에서 생활합니다. 그러니 당연한 말이겠지만, 학생에게 학교는 공적 영역이기도 하고 사적 공간이기도 합니다. 이건 선생님에게도 마찬가지입니다. 선생님은 아이들보다 먼저 출근하고 늦게 퇴근하니 선생님에게도 학교는 공적이면서 동시에 사적인 곳입니다.

당연한 말이겠지만, 학생에게는 '학생'이 공적 신분이기도 하고 사적 정체성이기도 합니다. 학생으로서 지켜야 할 규율과 규칙이 있음과 동시에, 학생이 아니고서는 학생일 수가 없기 때문이죠. 이건 선생님에게도 마찬가지입니다. '선생님'은 '교사'라는 공적 역할을 도맡으면서도 동시에, 먼저 겪어본 삶先生을 나눠주어야 하기에 사적이기도 합니다.

또 당연한 말이겠지만, 학생은 학생學生이지 교생敎生이 아니듯 선생도 선생先生이지 선지先知가 아닙니다.

이런 공적 역할과 사적 정체성 사이에서 줄타기를 하는 나날 중에 점차 알게 된 것이 있습니다. 그것은 '나'를 낳아주신 부모님만큼 '나'를 알아주는 사람이 소중하다는 사실입니다. '역할'로 규정된 모습으로서의 내가 아니라, 내 속의 내 모습을 알아주는 사람들이죠.

삶이란 선물을 태초에 저에게 주신 부모님. 내가 곤궁한 처지에 있을 때도 한결같이 응원해준 친구 필범과 주영. 흐트러질 메아리가 되고 말았을 저의 목소리를 진심으로 들어주고 살펴주신 마누스 팀. 자기들의 고생보다 저의 힘듦을 걱정해주는 우리 아이들. 잘한 건 칭찬해주고 못 한 건 감싸주는 동료 선생님들. 그리고 책에는 '여자친구'로 등장하지만 어느새 저의 아내가 되어주신 태희.

제가 원체 오글거리는 말을 못 하는 성격이라, 이렇게 글로나마 몰래 인사합니다. 이 모든 감사를 누릴 수 있게 해주셔서, 저를 살게 해주셔서 감사합니다.

모쪼록, 독자님의 마음에서도 저의 목소리가 다시 한번 살게 되길 바라봅니다. 책과 함께 좋은 시절 되십시오.

2023년 10월 12일.
출근 전 새벽. 퇴근을 바라며.
김동진 올림.

추신. 저는 '수학 선생님'입니다. 책에 가끔 수학적 비유나 수학 이야기가 나오는 것은 이 탓입니다.

추신 2. 제가 프롤로그를 가장 마지막에 썼듯, 독자님께선 에필로그를 먼저 읽어보시는 것이 어쩌면 좋은 선택이 될지도…?

목차

5   프롤로그

1장.
사는 게 공부

15   교육의 감정 1 : 기탄忌憚

28   교육의 감정 2 : 오늘도 한 아이가 울었다

36   모나미 펜의 윤회 : 인문학 공부

50   더하기 빼기만 잘하면 되지, 이런 것들은 왜 배워야 하죠?

69   아들

87   선생님 앙케트

97   누르지 마시오

103   운수 좋은 날

106   사는 게 제일 어려워

113   오래된 미래

123   스님이 되고 싶었다

131   수능 시험 응원 한마디

138   봄 저녁에 산책을 하다가

2장.
주관적 교육 연구소

148   선생님이 되기 전에 알아야 했던 것

150   커서 뭐 할래?

157   사람 잡는 사람

166   학교 가기 싫다

173   '공부'한다는 것

177   네가 보는 세상이 마음에 든다

185   공부, 공부

193   공부 상담(A는 A다)

208   공부와 순살치킨

215   하늘색 교복 : 선생님, 다른 옷 없어요?

224   괜찮아, 안 죽어 : 십 대의 연애 상담

232   안녕히 안녕

239   내가 너를 써서 미안해

246   졸업생 이야기

3장.
제가 한번 배워봤습니다

257   자, 그럼 시작해볼까?

265   1교시 : 꽃집에 갑니다

276   2교시 : 마카롱이라 쓰고 어렵다고 읽는다

289   3교시 : 카페 인 커피

303   4교시 : 스필힝 윙글릭쉬

315   점심시간, 혼자 있고 싶어요

324   5교시 : 33년 차 미라클 모닝

336   6교시 : 자기소개서라는 글쓰기

351   7교시 : 당연하게도 당연히 당연하다

362   졸업식

370   에필로그 : 어느 교사의 고백

1장

사는 게 공부

교육의 감정 1 : 기탄忌憚

기탄忌憚 - 어렵게 여겨 꺼리는 것. (표준국어대사전)

언젠가 마주했던 한 장면이 있다. 어느 날 예상치 못하게 마주친 '그 장면'은, 소중히 품어온 교사라는 꿈이 얼마나 철없던 생각이었는지 깨닫게 하였다. 어찌 감히 그런 마음을 품었고, 어쩌자고 여기까지 와버렸는지 스스로를 책망케 했다. 다르게 표현하자면, 그날, 그 시간, 그 장면을 마주치지 않았다면 결코 지금과 같은 마음으로 아이들을 대하지 못했을 것이라는 말이다. 누군가는 어찌 그렇게 한 번의 경험으로 변화무쌍한 인생을 단언할 수 있냐 말할 수도 있을 것이다. 허나, 나는 안다. 그만큼 그 한 번의 장면은 두 번 다시 재생될 수 없는 성질의 것이었고,

여전히 학생들을 보며 그 기억을, 그날의 온도와 냄새를 생생히 떠올리기 때문이다.

내가 다녔던 대학교는 조용한 시골에 있었다. 근처에는 조그만 강이 흐르고, 온통 논밭으로 둘러싸인 곳. 봄이면 논밭에 뿌린 쿰쿰한 퇴비 냄새가 온 학교에 가득했고, 여름이 다가오면 가까이서 모내기가 한창이었다. 거짓말을 조금 보태자면 신발과 양말만 벗으면 언제 어디서든 모내기를 할 수도 있었달까? 학교 담장만 넘어서면 될 것을 구태여 먼 곳으로 여름 농활(농촌 봉사활동)을 가는 친구들을 이해하기 어려웠다.

가을에는 추수하여 헐벗은 누런 논밭에 덩이덩이 놓인 건초 더미를 볼 수 있었다. 아침엔 산비둘기 소리를 들으며 강의실로 향했고, 밤에는 풀벌레 소리를 들으며 기숙사에서 친구들과 싸구려 닭강정에 소주를 마시던 곳. 누구는 이런 처지가 궁색하다고 졸업하기까지 내내 투덜거렸지만, 나는 이런 시절을 낭만으로 기억한다.

그곳은 여타의 도시처럼 거리가 콘크리트와 아스팔트로 포장된 곳이 아니었다. 그야말로 논밭과 동산이 지천에 있었다. 그러다 보니 특히 겨울이 가까워 오는 시절부터 초봄까지의 아침이면 안개가 엄청나게 끼곤 했다. 정말이지 시야가 5미터도 확보가 안 되어 걸음을 떼기가 어려울 정도로 두꺼운 안개였다.

신입생들은 그러한 장관에 눈 비비고 기숙사에서 나오다가도 다시 한번 눈을 비비며 '이게 지금 현실인 거 맞지?' 하며 놀랐고, 그 두꺼운 안개를 아무렇지 않게 뚫고 지나다니는 선배들을 보며 자신들의 앞길을 어렴풋하게, 그리고 자연스럽게 알게 되었다.

　사범대학과 여러 교육학과가 즐비한 대학교의 특색에 맞게, 대학교 내에는 부설 고등학교가 하나 있었다. 그 고등학교를 졸업한 학생들 중 다시 우리 대학교에 입학하게 된 경우가 왕왕 있었다. 그들로부터 들은 얘기로는 당내 지역권에서는 상당히 유명한 명문 고등학교라 하였다.

　이렇게 도심지에서 멀리 떨어진 학교인데 통학은 어떻게 하냐 물으니 고등학교 뒤편으로 기숙사가 한 동 있어, 학생들은 평일 간 기숙사에서 지낸다고 하였다.

　어떤 뚜렷한 기준으로 '명문 학교'를 가리는지는 알 수 없었으나, 가끔 교양수업에서 부설 고등학교 졸업생들을 만나면 느껴지는 인간적인 품성과 지적 관심, 그리고 연말이면 부설 고등학교에 수줍게 걸려있는 대학 진학 결과 현수막으로 짐작 정도야 할 수 있었다.

　군대를 다녀오고 나서 몇 해가 지나 자취에 익숙해질 때쯤, 부설 고등학교의 소식이 들려왔다. 기숙사 내부 공사를 이유로, 기숙사에 있던 많은 학생들이 다른 지낼 곳을 찾아야 한다는 것이었다. 그들의 차후 거처는 대학생인 우리에게도 큰 관심거리였다. 다행히 문제는 쉽게 해결되었다.

당시 내가 자취하던 빌라 맞은편 공터에 새로이 짓고 있는 원룸 빌라들이 있었다. 원래는 농지였던 곳을 부지 변경하여 짓는 것이었는데, 건물 옆은 아직 논두렁길과 논밭이 그대로였다. 그나마 투박한 시멘트 길을 한 가닥 만드는가 싶었으나, 그 폭이 어찌나 좁은지 덩치 좋은 한 사람이 겨우 지나갈 정도였다.

왜 갑자기 논밭을 없애고 빌라를 짓나 했더니, 임용고시 낭인들이 주변에 많은 고로, 이들을 타깃으로 하는 새로운 신축 원룸 빌라가 들어서는 중이었던 것이다. 수요와 공급, 그리고 그 사이의 몰沒 낭만이 시작되던 순간이었다. 이 몰 낭만의 상징을 고등학교 측에서 단체로 계약하여 학생들에게 기숙사 대용으로 임대하게 된 것이다.

누군가에게는 몰 낭만의 상징이 다른 누군가에게는 하늘이 도운 임기응변이 되었고, 그리하여 곧 고등학생들이 단체로 기숙하는 빌라를 마주하고 살게 되었다.

나는 원체 일찍 자고, 일찍 일어나는 편이다. 지금도 열 시쯤이면 잠자리에 들어 새벽 다섯 시면 일어나 하루를 시작한다. 대학교에 다니던 시절에도 열두 시면 잠자리에 들었고 일어나는 시간은 똑같이 새벽 다섯 시였다. 일어나 씻고, 커피를 한 잔 마시고 가방을 챙겨 도서관으로 향했다. 그러면 오전 여섯 시가 조금 넘은 시간이었다.

　그 이른 시간에도 고등학교로 이어지는 어설프고 가냘픈 시멘트 길을 따라 고등학생들은 줄지어 그들의 학교로 향했다. 시멘트 길에서 먼 쪽의 빌라에 사는 학생들은 차라리 좀 더 험하지만 학교까지의 거리가 짧은 논두렁 길을 걸었다. 논두렁을 밟으며 자란 아이들도 아닐 것인데 어찌 한 번 구렁에 빠지지도 않고 잘도 나아갔다.

　학생들은 봄이 지나가는 내내 아침마다 그 길을 걸었다. 아침 등굣길이 발에 차차 익어갈 때쯤 여름 장마가 찾아왔고, 아이들은 다른 선택권 없이 여전히 시멘트 길과 논두렁 위를 걸어 학교로 향했다. 무더위가 지나가는 동안에도, 가을이 지나 어느덧 학기가 끝나가는 초겨울이 올 때까지도, 아이들은 사계절의 아침을 거친 시멘트 길과 위태로운 논두렁 위를 무던히 지르밟으며 보냈다. 나에게도 그런 시절이 있었지만, 어린아이들이 참으로 고생이 많다고 생각했다. 이쯤에서 '그 장면'이 등장한다.

　그날도 역시나 새벽 다섯 시에 일어난 나는 커피포트에 물을 부어 끓여놓고, 아침 샤워로 잠을 깼다. 대충 머리를 털어 말리고 커피믹스 두 개를 머그컵에 쏟아 넣었다. 끓인 물을 그 위로 붓고 길쭉한 커피믹스 포장 비닐로 대충 휘휘 저어 커피 가루를 섞은 다음 적당히 식을 때를 기다렸다 한 모금에 마셔 넘겼다. 빈속에 마시는 커피믹스가 몸에 좋지는 않지만, 잘 차려진 아침 식사와 아메리카노를 누릴 처지는 아니었기에, 잠을 깨는 데에 이만한 것도 없었다.

정수리까지 올라오는 당분과 카페인을 느끼며 곧장 도서관으로 향했다. 자취방을 나와 공동현관을 통과하자마자 눈에 보인 것은 그야말로 새하얀 세상이었다. 흰 눈이 내려 땅은 하얗고 하늘은 파란 그런 로맨틱한 흰 세상 말고. 바닥 끝부터 하늘까지 이어진 두꺼운 안개로 새하얀, 눈앞이 막막한 세상.

초겨울의 시작을 알리는 안개였다. 가시거리가 5미터도 되지 않을 안개 속을 습관처럼 걸어갔다. 안개 앞에 무용지물이 된 두 눈 대신, 그 길을 다니느라 굳어진 습관이 나를 앞길로 이끄는 것이 분명했다.

"이쯤에서 내리막이 나오고… 여기에 계단이 있으니 조심해야 하고… 여기서 갈림길이 나올 테고…."

그렇게 빌라 숲을 빠져나오자 탁 트인 곳으로 나온 탓인지 조금은 시야가 밝아진 듯했다. 눈을 껌뻑인다고 나아질 것 없는 안개인 줄은 알면서도 연신 눈을 비비며 안개의 답답함을 걷어내 보려 했다. 눈을 비벼도 보았지만 안개의 두꺼움은 당연히 한 겹도 얇아지지 않았다. 어쩔 수 없지. 가습기 속을 걷는 듯이 안개의 선선한 물 냄새를 맡으며 전진하기로 했다.

다시 발을 떼려는 순간 눈앞에 가물가물한 것이 있었다. 어떤 시커먼 그림자가 나란히 줄지어 어딘가로 향하고 있었다. 가만 보니 부설 고등학교의 학생들이 어두운 동복 교복을 맞춰 입고 학교로 향하는 중이었다.

개 한 마리 짖지 않는 조용한 시골길 자욱한 흰 안개 속에서 조용히, 그리고 묵묵히 전진하는 아이들의 검은 그림자는 경이로웠다. 소리 없이 움직이는 수많은 다리들과 자기 몸만큼 큰 가방을 짊어지느라 기울어진 상체들. 그리고 목 위로 매달린 침묵에 싸인 표정들.

눈을 더 멀리 두어 그들 뒤에 있을 논두렁 쪽을 바라보았다. 안개가 두꺼워 분명치는 않았으나, 역시나 가물가물한 흰 안개를 뚫고 논두렁을 걸어 올라가는 거뭇거뭇한 그림자가 뚜렷했다. 그들은 안개의 두터움은 아무것도 아니라는 듯 아주 평온히 논두렁을 걸어갔다. 숨 막히게 조용한 시골길과 눈이 멀도록 하얗고 두꺼운 안개. 멀리서 들리는 새벽 산비둘기 소리. 그 속을 커다란 가방을 업어 메고 침묵 속에 줄지어 걸어가는 아이들. 그것은 경이로움을 넘어 경건함이었다.

자신이 움직이는 발과 그 앞에 깔린 시멘트 길 외에는 아무것도 관심이 없다는, 새벽의 갠지스강을 가로지르는 탁발승의 고뇌 어린 평화에서나 발견될 표정을 그 아이들에게서 보았다. 아이들의 줄지은 고행길을 나는 한참을 보며 서 있었다.

아이들의 업業은 대체 무어길래 이리도 어린아이들에게서 이런 얼굴을 만들어 내야만 했던가. 대체 이 아이들은 무슨 업을 짊어졌기에 자신의 몸만 한 가방에, 어쩌면 누구에게는 자기 몸보다 큰 가방에 한가득 책을 넣고 탁발을 나서야 하나.

책도 전생에는 나무였으니, 등산 가방에 넣어지는 것이 책의 운명이라면 운명이요 윤회라면 윤회인가. 그렇다면 저 많은 아이들은 모두 전생에 매일 나무를 한 짐 해다 날라야 했던 숱한 우리 역사의 윤회라는 것인가.

우리의 역사는 언제가 돼서야
윤회를 끝마칠 것인가.

어쩌자고 이런 아이들을 이끌겠다고, 무언가를 가르치겠다고, 앞에 서겠다고 당차게 사범대학에 왔던가. 어쩌자고 도서관을 향해 나아가는가.

아이들은 각자의 인생에 아름다운 누각을 지어 올리려 두 눈이 먼 와중에도 가방에 나무를 실어 나르는데, 나는 그 누각에 과연 그림자 한 조각이라도 더할 수 있단 말인가? 내가 가당키가 한 사람인가?

경건함에서도, 인생에 대한 깨달음에서도, 능력에서도, 저 아이들이 맞이할 미래에 대해 내가 아는 바는 대체 무어가 있다고 저 아이들에게 '선생先生님' 소리를 듣고 싶어 했나. 할 수만 있다면 잠시 전으로 돌아가 빈속에 호탕하게 커피를 때려 넣는 나의 뒤통수를 한 대 때리며 말해주고 싶었다.

"부끄럽지 않게 살어, 매일."

세월이 흘러 대학교를 떠나온 것이 오래전 이야기가 되었고, 어느새 지금은 학생들에게 선생님 소리를 듣는 나날을 보내고 있다. 그것도 나의 모교에서 말이다. 맙소사, 정말 맙소사. 모교에서 듣는 '선생님' 소리는 매번 복잡한 감정을 몰고 온다. 많은 은사님 앞에서 '교사'로서 능력을 보여야 하는 압박감이기도 하고, 거칠고 어려운 일에 앞장서야 하는 책임감이기도 하며, 항상 낮은 곳으로 가야 하는 겸손함이기도 하다. 그리고 무엇보다, 여전히 같은 교복을 입고 같은 장소에서 공부하는 학생들을 볼 때 느껴지는 아주 복잡한, 뭐라 한마디로 말할 수 없는 감정에 압도된다.

매일 교실에서, 복도에서, 계단에서, 교무실에서, 도서관에서, 급식소에서, 매점에서, 운동장에서, 벚나무 아래 벤치에서 아이들을 볼 때마다, 그들에게서 나의 과거를 본다. 공부하고, 친구들과 떠들고 놀며, 혼나기도 하고, 십 분이 아쉬워 매점으로 뛰어다녔던 시절이 바로 여기에 있었다. 그리고 어쩌다 보니 선생님으로 다시 이곳으로 돌아왔고, 이제는 이 학생들의 앞길에 뿌릴 한 줌 무언가가 되어야 한다.

내가 아이들에게 무엇이 될 수 있을까?
과연 내가 무엇이라도 될 수 있을까?

나에게 학생이란 안개 속을 헤쳐나가는 묵묵한 탁발승의 모습으로 남아있다. 각자의 업을 스스로 짊어지고 흐릿한 시야를 무심하게 한 발짝 한 발짝 뚫고 나가는 묵묵함. 아이들의 몸집은 어른보다 작고, 무게는 어른보다 가볍다. 하지만 아이들은 자기 발이 디딘 곳이 울퉁불퉁한 시멘트 길이든 안개에 젖은 논두렁이든 가리지 않고 침묵 속에 각자의 가방을 메고 걸어갈 뿐이다. 누구는 그 가방이 사실 가볍고, 누구는 그 누구보다 무거운 가방을 짊어질 테지만 정작 아이들은 이를 비교치 않고 묵묵히 견뎌낸다.

등교 시간에 계단에서 아이들을 만날 때면, 부지런히 계단을 오르는 아이들의 등에 매달린 크고 묵직한 가방이 매번 눈에 들어온다. 어쩌면 아이들의 몸보다 클지도 모를 등산 가방. 그 가방의 무게를 견디며 계단을 오르는 모습에, 혹시 뒤로 넘어지나 않을까 내가 더 조마조마하다. 그래서 아이들이 계단을 오르는 중에서 가만히 가방 손잡이를 잡고 위로 당겨 올려주곤 한다. 그리고 매번 놀란다. 잠시 들어준 그 가방의 무게가 믿기지 않을 정도다.

"이걸 매일 지고 다닌다고?!"

그렇다.
아이들은 가방을 '지고' 다닌다.

어른들은 쉽게 말한다. 그 정도 고생은 어른이 되어서 겪을 것에 비하면 진짜 작은 거라고. 어른들은 그런 고생 밥 먹듯이 한다고. 우리도 공부해 봤고, 그 고생 다 겪어봤다고. 하지만 아이가 어른이 아니듯, 어른도 아이가 아니다.

아이들이 매일 지고 다니는 가방의 무게가 어른들이 겪어온 삶의 무게보다 적은 것은 당연하다. 아이들이 겪은 것에 세월을 더한 것이 어른이니까.

그러나 "라떼는 말이야!"를 아무리 외친들 아이들의 가방 무게는 한 줌도 가벼워지지 않는다. 가방을 잠깐 들어줄 때, 가방 속 짐을 나눌 때, 그리고 응원의 목소리 하나를 더해줄 때 아이들이 짊어진 무게는 가벼워진다.

분모가 작아지면 수는 커진다. 아이들은 어른에 비해 겪은 세상의 크기가 절대적으로 작아 오히려 삶의 무게감을 더 크게 느낀다. 아이들은 아이들의 세상에서 나름의 최선을 다하고 있는 것이고, 아이들의 등이 어른보다 작은 만큼 가방이 무겁게 느껴지는 것이다. 그러니 그 작은 등에 돌덩이 같은 가방을 짊어지고 묵묵히 걸어 나가는 학생들을 매일 마주해야 하는 선생님의 심정은 어떨까. 창피하지만 인정해야겠다.

나는 불안하다.

'페널티킥 앞에 선 골키퍼'처럼 불안하다. 앞으로 나아갈 아이들에게 무엇을 남겨줄지 조심스러워서, 내 앞길도 깜깜한데 아이들의 미래까지 밝혀야 해서, 오지 않은 미래를 앞서 알기에는 인간의 실존이 덧없는 것이라, 실존이 본질에 앞선다는 사르트르의 말처럼 불안하다.

하지만 이런 감정을 모두 담기엔 '불안'이란 단어는 너무 가볍다. 조금 더 광범위한, 그래서 정확한 어떤 감정을 느낀다. 나로 하여금 불안하게 '만드는' 감정. 끝없이 고민하고, 겸손하고, 그래서 자꾸만 교육의 본질(The Arche)을 추구하게 몰아가는 심리적 상황.

그래. 역시 이 말 밖에는 '학생 앞에 선 선생님의 불안'을 설명할 말이 없다.

기탄杞憂.

기탄이다.

아이들 앞에 선 내 마음엔
오직 기탄뿐이다.

교육의 감정 2 : 오늘도 한 아이가 울었다

오늘도 한 아이가 울었다.

아이가 펑펑 눈물을 쏟아내는 동안,

나는 창밖으로 새파란 하늘만 보았다.

고등학교 3학년 담임이 되니 주말에도 학교에 가는 일이 잦다. 수업 준비며 입시와 관련된 것들을 챙기려다 보니 아무래도 집보다는 학교가 일하기에 속 편하다. 무엇보다 고3이 되어서는 일요일까지 학교에 나와 교실에서 공부하겠다는 아이들이 더러 있다 보니, 아이들을 챙기기 위해서라도 학교에 들르려 한다.

일요일의 교실은 한적하다. 그 한적한 교실에서 두셋씩 모여 공부하는 아이도 있고, 빈 교실에서 홀로 공부하는 아이도 있다. 그렇게 홀로 공부하다가도 점심시간쯤 되면 어디선가 모여든 아이들끼리 책상을 이리저리 맞대어 집에서 가져온 도시락을 까먹는다. 아이들은 이런 생활이 나름 재밌기도 한가 보다.

주말까지 학교에서 공부하는 아이들은 보통 '평일'과 '주말' 사이의 단절을 민감하게 느끼는 경우가 많다. 시간적으로는 그저 어제와 오늘의 차이일 뿐이지만 주말 특유의 분위기에 흐트러지는 공부 습관을 불안해하는 아이들이다. 책상과 의자에 뿌리를 내린 나무처럼 매일 같은 시간, 장소에서 묵묵히 책과 씨름하는 모습. 공부는 근본적으로 고독한 것인데, 이런 아이들은 고독을 견디고 즐기는 듯하다. 기특하고 대견하다.

이런 깊은 나무 같은 아이들 중에는 운이 참 없게도 2년째 나를 담임으로 만난 한 녀석이 있다. '시훈'이라는 아이다. 보통의 키에, 조금 마른 체형을 가진 고등학교 남학생. 그야말로 평범한 외견이다.

수재다. 일반계 남녀공학 고등학교에서 내신 성적이 전교 2, 3등쯤 하는 남학생. 교복은 항상 단정하다. 장난기는 있어도 언제나 선생님들에게 바르다. 누구보다 일찍이 등교해 공부로 하루를 시작하고, 누구보다 늦게까지 자리를 지키며 공부한다.

백면서생인가 하면, 그렇지도 않다. 운동도 잘한다. 특히 축구를 잘해서, 가끔 있는 학생 간 축구 경기에 언제나 자의 반 타의 반으로 참여해서는 경기를 리드한다. 남학생들 사이에서 축구로 인정받는 것은 교사에게 공부로 인정받는 것보다 뛰어난 것이다. 시훈이는 이 둘을 모두 쟁취했으니 그야말로 '모범생'의 전형이라 할만하다. 시훈이는 주말에도 불구하고 학교를 찾아온다.

주말 동안 학교에 오는 다른 반 아이들이 누구누구인지는 대강 알면서도, 막상 우리 반 아이들의 등교 여부에는 무관심했었다. 주말만큼은 엄한 선생님으로부터 좀 자유로워지라고 일부러 우리 반 근처에는 발길을 끊었다. 그래서 나는 지금도 일요일에 학교서 공부하는 우리 반 아이들이 누구인지 어렴풋이 알 뿐이다. 그러다 시훈이가 일요일까지 학교에 오는 것을 알게 된 일이 있다.

올해 봄, 어느 일요일. 일찍이 학교로 차를 몰고 나섰다. 학교 주차장쯤 들어섰을 시간이 오전 아홉 시가 안 되던 때였다. 주차를 하려 자리를 살피던 때, 학교 앞 계단을 올라가는 한 아이의 뒷모습이 보였다. 체구며, 걸음걸이며, 등에 멘 가방까지 딱 우리 반 시훈이였다.

"오! 시훈이가 오늘도 학교에 왔네?"

그러고 보니 주차장에 엉거주춤 흰색 SUV가 한 대 서 있더니, 시훈이 부모님 차였나 보다. 주차를 마치고, 시동을 끄고 나서는데 그 흰색 차가 여전히 제자리에 서 있었다. 정말 시훈이 부모님인가 싶어 인사라도 드릴 겸 가까이 걸어갔다. 차에 조금씩 다가서니 운전석에 실루엣이 보인다. 시훈이를 데려다주신 분은 시훈이의 어머니였다. 학기 초, 학교에 학부모님을 모시고 인사드리던 자리에서 뵙고 말씀을 나누었던지라 금방 알아뵈었다.

그때, 어머니께서 시훈이의 마음 상태를 걱정하셨었다.

"그저 시훈이가 스트레스 안 받고 공부하게, 자기 하겠다는 대로 놔두고 있는데 사실 걱정이 이만저만이 아니에요. 애 공부에 뭘 어떻게 도와줘야 할지….

저는 막상 우리 애 대학 같은 거에 큰 욕심도 없고, 그냥 자기 하고 싶고 잘할 수 있는 거 찾아서 가기만 하면 좋겠는데…."

"아휴, 어머니. 그런 걱정일랑 마셔요. 공부랑 관련된 잔소리는 제가 다 맡겠습니다. 시훈이한테 엄하고, 못된 역할은 제가 다 맡을 테니 어머니는 좋은 일만 하셔요. 그저 어머니는 시훈이랑 같이 있는 시간 동안 가족끼리 화목하게 지내시면 됩니다.

애가 고3 되면서 말수도 더 없어지고 가끔은 예민하기도 하겠지만, 그래도 그냥 고3이라 그렇겠거니 하시고 대학이나 공부랑 관련된 얘기는 저한테 물어봐 주시면 됩니다. 아이가 집에서도 공부 얘기를 들으면, 정말 갈 곳이 없게 되어요."

어머니는 한참은 어린 나의 말을 정말이지, 감사하게도 정말 진지한 눈빛으로 들어주셨다.

　오랜만에 뵈어 반가운 마음에 인사를 드리려 가까이 갔더니, 시훈이 어머니는 조수석 창문을 열고선 무언가를 빤히 보고 계셨다. 열린 창문을 넘어 시선이 다다른 곳에는 계단을 오르는 시훈이가 있었다. 그러고 보니 시훈이 어머니는 항상 시훈이의 뒷모습을 지켜보셨다.

　평일이면 나도, 시훈이도 학교에 오전 일곱 시 삼십 분쯤 도착한다. 내가 학교 현관에 들어설 때면 종종 시훈이랑 마주치곤 하였다. 서로 인사하고 자연히 시훈이의 뒤편을 보게 되면, 멀리에 바로 저 흰색 SUV 한 대와 열린 조수석 창문 뒤로 시훈이의 어머니가 보였다. 시훈이가 현관을 돌아 사라지면 어머니는 그제야 차를 움직이기 시작하셨다.

　운전석 창문을 두드리니 시훈이 어머니가 깜짝 놀라시고는 이번엔 운전석 창문을 여시고서 쑥스러우신 듯, 당황하신 듯 서둘러 인사해주시곤 주차장을 휘리릭 빠져나가셨다. 그리고 나는 이날 이후로 시훈이가 일요일에도 학교에 나오는 것을 알게 되었다.

　매주 학교를 오는지는 눈으로 확인한 바 없지만, 나는 시훈이의 성실함을 알기에 그러한 줄로만 지금껏 알고 있다.

짧았던 고3의 여름방학 마지막 날. 방학 마지막 주말만큼은 좀 편히 쉬라고, 아이들에게 학교에 나오지 말라 하였다. 나도 학교에 오지 않을 테니 하루 정도는 푹 자고 쉬라 하였다. 아이들은 좋아했고, 나도 하루는 푹 쉴 요량이었다.

하지만 계획은 계획일 뿐. 급히 해두어야 할 일이 생각이 났고, 다음 날 정말, 정말 잠시 학교에 들르게 되었다. 주차장에서 내려 학교로 올라가는 계단에서 나는 우리 반에 불이 켜져 있는 것을 보았다. 교무실에 가져온 가방을 내려놓고 우리 반으로 향했다. 빈 교실에 한 아이가 앉아있었다. 시훈이였다.

"거참, 학교 오지 말고 푹 쉬라니까 왜 왔어?"

"그냥, 공부하러 왔어요."

"시훈아, 쉬어야 할 때는 쉴 줄도 알아야 해. 좀 쉬어야 공부도 기운 내서 더 집중해서 하지."

이 녀석은 히죽히죽 웃고 만다. 시훈이는 이렇게 말했다.

"어떻게 쉬어야 할지도 모르겠어요. 그냥 공부하는 게 더 편해요."

나는 맘 놓고 쉬라고 누가 휴가라도 주면 좋겠건만, 쉴 줄 몰라서 공부하러 학교 왔다니.

"공부를 하루라도 안 하면 불안하니?"

"아…. 네."

너무 쉽게, 그리고 짧게 대답한 시훈이는 한동안 눈앞에 펼쳐

둔 문제집만 멍하니 보면서 말이 없다. 힘이 드는가 보다.

"시훈아. 있잖아, 그….."

말을 꺼내기가 조심스럽다. 지난 시간 동안 보아온 시훈이가 오늘따라 무척 낯설게만 느껴졌다. 시훈이가 나를 보았다. 눈매가 어머니를 똑 닮았다.

"너무 그렇게 뭐에 쫓기듯 공부 안 해도 된다. 아무도 너한테 뭐라 할 사람 없다. 너 성적 떨어진다고 혼내는 사람도 없고, 이 대학 가라 저 대학 가라 훈수 둘 사람도 없다.

다만, 네가 공부를 잘하려 하고 고민이 많으니 그런 부분으로는 여러 가지 조언을 해줄 뿐이야. 너의 인생이고 너의 미래인데, 누가 어떻게 책임을 지겠다고 강요하겠어."

아이의 눈매가 조금 붉어진 것도 같았다.

"시훈아, 있지, 그거 아니? 너 일요일에 학교 올 적에, 어머니가 태워주시잖아?

너는 그냥 다녀오겠습니다 한마디 하고 뒤도 안 돌아보고 학교로 올라올 때, 주차장에서 너희 어머니는 네가 계단 올라가는 걸 한참을 지켜보시더라. 몰랐지? 평소에도 그러셔. 네가 계단 올라가는 걸 다 지켜보시고는 네가 안 보이게 되어서야 자리를 뜨시더라.

어머니가 예전에 그러시더라. 그냥 네가 좋아하고 잘할 수 있는 거 찾아가기만을 바란다고.

근데 옆에서 어떻게 도와줘야 할지 모르겠어서 그게 걱정이시라고.

너희 어머니는 있잖아, 네가 전교 1등을 하든, 100등을 하든, 대학교를 어디를 가든, 그런 걸 바라지 않으셔. 단지 네가 학교 가는 길에 계단에서 헛디뎌 넘어지지나 않을까, 그걸 걱정하실 뿐이야. 그러니까, 너무 부담 갖지 말고 공부하라고."

조용히 듣던 시훈이는 나의 말이 끝나기 무섭게 울음을 터뜨렸다.

가슴에서부터 나오는 울음소리. 꽁꽁 싸매고 단단히 막아둔 마음의 둑이 무너지는 소리. 시훈이는 뭐가 그렇게 가슴에 묵혀둔 게 많았던지, 엉엉 울었다. 울음을 쏟아내면서, 숨을 꾹꾹 눌러 울음을 참으려고 애를 썼다. 저 작은 몸으로 어찌 그리 참아온 게 많은지. 뭘 그리 참으려 하는지. 빈 교실에 사무치게 서러운 울음소리가 한참 동안 가득했다.

일요일의 빈 교실엔
시절을 견디는 어머니와,
시절을 보내는 아이가 있다.

아이가 펑펑 눈물을 쏟아내는 동안,
나는 창밖으로 무심한 하늘만 보았다.

모나미 펜의 윤회 : 인문학 공부

고등학생 시절 이야기다. 많은 학생이 으레 그러하듯, 나도 선생님으로부터 쏟아져 나오는 지식을 주워 담지 못한 채 흘려보내고만 있었다. 그러던 어느 날 정신을 번쩍 들게 했던 선생님의 한 이야기가 지금도 생생하다.

선생님께서는 고등학생이던 시절에 공부할 때 항상 모나미 펜을 쓰셨다고 한다. 당시 한 자루에 백 원쯤 하던 똑딱이 모나미 펜을 등교하기 전 문구점에 들러 딱 한 자루를 산 후 그것을 하루 동안에 공부하느라 다 쓰셨다고 하셨다.

모나미 펜 한 자루를 일찍이 다 쓰는 날이 있던 반면, 어떤 날은 밤이 늦어가도록 펜을 다 쓰지 못하는 날도 있었는데, 그런 날이면 괜스레 영어 단어를 공책에 빽빽하게 적어가며 일부러 그 펜을 낭비하듯 다 썼다고 하셨다. 잉크가 옅어지고 끝내는 펜이 나오지 않게 되면 그 펜을 책상 서랍에 탁 털어 넣고는 미련 없이 책가방을 둘러메고 집으로 향했다는 이야기였다. 선생님은 이 일상을 매일 반복하셨다고 한다.

단순한 이야기가 선생님의 구성진 말솜씨 덕에 매력적으로 들렸던 탓도 있었지만, 공부에서도 멋을 추구했던 한 십 대 소년에게는 투박한 펜 한 자루로 하루를 치열하게 보내는 모습과, 다 쓴 펜을 아무렇지 않게 털어 넣고 쿨하게 퇴장하는 모습이 나에게도 스며들면 좋을 것만 같았다. 그래서 당장 다음 날부터 매일 등굣길에 학교 앞 문구점에서 모나미 펜을 한 자루씩 샀더랬다.

선생님은 과장하여 말씀하신 것이 아니었다. 펜을 쓰기 위해서 공부를 하는 것인지, 공부를 위해서 펜을 휘갈기는 것인지는 모르겠지만 펜에서 나오는 잉크양이 점점 적어져 볼펜이 공책을 긁어가는 질감이 사뭇 달라지는 것이 느껴질 때면 꼭 해가 넘어가는 시간이 되고는 했다.

나의 모자란 공부로는 자정이 넘도록 펜을 다 쓰지 못한 적도 허다했다. 그러나 끝끝내 볼펜에서 아무것도 나오지 않을 때까지 엉덩이를 떼지 않고 있자면, 그야말로 하루가 충만했음을 손끝에서부터 느끼는 것이었다. 빈 볼펜을 책상 서랍에 데구루루 굴려 넣고 퇴장하는 뒷모습에서 또 하루가 완성되었고 그 기분은 꽤 뿌듯했다.

그 치열하던 시절에 손에 쥐었던 삼백 원짜리 '모나미 153 펜', 일명 '똑딱이 펜'으로 불렸던 볼펜은 대학에 가서도 항상 손에 쥐는 펜이 되었다. 임용시험을 준비하던 때에도, 시험을 치던 때에도, 낙방하여 학원가로 흘러 들어갔던 때에도, 다시 절치부심하여 마침내 그토록 바라던 선생님이 되어 매 수업을 준비하는 요즘도, 모나미 펜을 꾸준히 쓰고 있다.

내 자리에는 항상 모나미 펜이
다발로 꽂혀있다.

우연히 모나미사社에서 독립운동가를 기리는 의미로 '모나미 153 펜'을 특별히 제작한다는 뉴스 기사를 보게 되었다. 모나미 펜의 오랜 팬으로서 당연 반가운 소식이었다. 쉽게 쓰는 맛으로 사용하지는 못할 것 같았지만 소장이라도 하고 싶어 눈 질끈 감고 구매하였다. 여차하면 학생들에게 나누어주자는 생각이었다.

그렇게 며칠 뒤 배송을 받은 제품엔 여러 독립운동가의 모습과 말씀이 포장에 새겨져 있었다. 그중에 유독 눈에 들어온 김구 선생님의 말씀.

"나는 우리나라가 세계에서 가장 아름다운 나라가 되기를 원한다. 가장 부강한 나라가 되기를 원하지 않는다."

나에겐 아직 자식이 없지만, 그럼에도 언젠가 만날 나의 자식이 누군가에게 '가정교육 참 잘 받았네' 하는 말을 듣게 된다면 마음 깊이 뿌듯할 것을 이미 안다. 어찌 모를까? 그리고 이런 마음으로 학교의 아이들을 바라본다. 우리 아이들이 훗날 가장 아름다운 사람이 되기를 원한다. 가장 부유한 사람이 되기를 원하지 않는다.

가정교육의 완성은 언제, 어디서 드러나나? 자식이 가정을 벗어난 곳에서 드러난다. 집이 아닌 다른 곳에서도 언제나 공손하고 가족이 아닌 사람들에게 친절한 어린이들, 때때로 젊은이들을 볼 때 우리는 그이의 가정교육이 참 잘 되었다고 생각한다.

우리 아이들이 그러했으면 좋겠다. 그래서 자주 아이들에게 이런 얘기를 한다.

"너희들이 학교를 떠난 후에 곧장 나를 잊어도 상관없다. 훗날 길에서 마주치고도 나를 알아보지 못하더라도 상관없다. 영영 나를 잊고 살아도 좋다. 다만, 그렇게 알아보지 못하고 지나가는 너희를 내가 알아보게 된다면, 그리고 그때의 너희 모습을 보고 '참 잘 컸네'라고 생각할 수 있다면 그거야말로 나의 보람이지 다른 것이 보람이겠니?

그렇게 공부를 잘해서 세상 사람들이 말하는 좋은 대학교에 가고, 좋은 직장을 얻고, 돈을 많이 벌고, 권좌에 앉게 되더라도 수많은 사람을 속이고, 상처 주면서도 혼자 떵떵거리며 살다가 어느 날 문득 내 이름 석 자를 기억하고 찾아와 감사의 인사라도 전한다면 나는 참으로 고통스러울 것 같다. 되려 나를 영영 잊어달라 말하고 싶을 것이다."

학교 교육의 완성은 언제, 어디서 드러나나? 학교의 교육은 본질적으로 학교를 벗어난 시간과 장소에서, 학생이 그저 한 사람으로서 훌륭히 한 사람의 몫을 해낼 때 드러난다. 존 듀이가 그 두꺼운 『민주주의와 교육』에서, 장 자크 루소가 『에밀』에서, 플라톤이 『국가』에서, 공자가 『논어』에서, 노자가 『도덕경』에서 말한 것이 결국 이것과 무엇이 다르겠는가?

미국엔 유명한 토크쇼가 참 많다. 나는 그중에 '코난 쇼'를 특히 좋아하는데, 언젠가 이 쇼의 호스트인 코난 오브라이언이 어느 대학교서 대학생들과 나눈 대담을 본 적 있다. 대담을 통해 코난은 자신이 겪은 쇼 비즈니스계의 경험들에 대해 이런저런 질의응답을 이어가고 있었다. 그런 중에 어느 대학생이 코난에게 물었다.

"당신은 쇼 비즈니스 업계에서 많은 경험을 하였고, 그 경험 중엔 좌절과 실패도 있었지만, 지금은 멋진 쇼를 운영하는 유명인이 되었지요. 혹시 당신의 인생철학이랄까, 좌우명이 있나요?"

코난은 대답하기를

"제가 인생에서 추구하는 것은 간단합니다. '열심히 일하고,

함께 일하고 싶은 사람이 되자'입니다."

라 하였다. 그는 이어서 말했다.

"무인도에서 사는 것이 아닌 이상, 사람과 어울리기 위해서는 자기 한몫의 일을 해낼 수 있어야 합니다. 그러기 위해서는 다양한 경험과 지식이 축적되는 시간이 필요해요. 그리고 그 경험과 지식의 축적은 그 자체로 가치 있는 것이 아니라 자신이 속한 공동체에 어떤 한 사람 몫의 기여를 할 수 있을 때 가치가 있는 것입니다.

우리는 어디까지나 공동체에 속해 있다는 것을 알아야 합니다. 좋은 매너를 갖추든 유머가 있든, 누군가가 나와 함께 일하고 싶어 할 만한 사람이 되어야 해요. 내가 아무리 뛰어난 기술을 가진 사람이라 하여도 사람들이 나를 가까이하고 싶어 하지 않는다면 쓸모없는 일이 될 것이 아니겠어요? 남들이 나와 함께 일하고 싶어 한다면 나는 점점 더 훌륭해지고 또 행복해지지 않겠어요?"

항상 재치와 자신감이 넘치는 코미디언의 모습으로만 보였던 그가 돌연 진지한 눈빛과 어투로 답변하는 모습이 인상 깊었다.

우리는 어떠한 교육을 할 것인가? 우리는 어떠한 학교를 만들어 갈 것인가? 우리는 어떠한 학생을 가르칠 것인가? 우리는 어떠한 미래를 맞이할 것인가? 다양한 단어와 문장으로 같은 질문을 그야말로 무수히 반복할 수 있다. 그러나 이 모든 의문이 표현하고자 하는 것은 단 하나라 생각한다.

"우리 아이들은 어떤 어른이 될까?"

물론 21세기, 지식 정보화 시대, 세계화 시대, IT 시대, 과학의 시대를 살아가며 많은 지식과 정보체계를 배우고 익히는 것은 절대적으로 중요하다. 어떤 직업을 갖고, 삶을 사느냐에 따라 개인에게 필요한 지식은 다르겠지만, 그렇다고 하여 새로운 것을 배우고 익히는 것의 중요함은 단 한 푼어치도 덜어지지 않는다.

오히려 삶의 다양성이 존중되고 개인의 실존이 추구되는 현대사회에서는 다양한 지식의 스펙트럼이 더욱 돋보이게 된다. 문제는, 누구나 다 알고 있듯, 두뇌에 저장된 정보가 곧 성품은 아니라는 것이다.

아이들은 동굴 속 야인이 될까,
동굴 밖 인간이 될까?

현대의 많은 지식인들이 학교에서 배운 것들과 우리 아이들이 오늘 학교에서 배운 것들은 크게 다르지 않다. 교과과정이라는 것은 쉽게 변하지 않는 것이니까. 하지만 그 많은 지식인들이 자신의 뛰어난 두뇌를 이용해 세상을 변화시키는 양상은 너무도 다르다.

어떤 과학자는 인간의 시신경과 눈의 생리학적 구조를 면밀하게 연구하여 색맹과 색약 보조 안경을 만들었다. 인터넷에 '색맹 보정 안경', '색약 보정 안경'이라 검색하면 쉽게 찾을 수 있다. 십만 원이 채 안 되는 값이다. 평생을 색을 알지 못하고 살아온 한 사람에게 줄 수 있는 선물로는 싼값이지 않은가? 당장 동영상 플랫폼에 '색맹 안경'을 검색해보라. 이 안경을 선물 받은 이들을 보면 눈물이 나지 않을 수 없다.

반면 어떤 과학자는 같은 지식을 사용해 인간의 눈을 쉽게, 그리고 오래 멀게 만드는 섬광탄을 만든다. 이것을 수천 년 이어져 온 역사의 하늘 위로 흩뿌린다. 물론 전쟁 없는 평화는 있을 수 없다는 것은 잘 알고 있다. 하지만 전쟁 없는 평화를 추구해야 하는 것만은 분명하지 않은가.

독일 철학자 칸트는 항상 자신의 철학 수업 시간에 이런 말을 했다고 한다.

"나는 철학을 가르치러 온 것이 아닙니다. 철학 하는 것을 보여주기 위해 여기에 온 것입니다."

그는 철학이란 것을 백과사전적인 지식들의 총체로 이해한 것이 결코 아니었다. 그는 끝 모를 논리적이고 사변적인 분석을 통해 『순수 이성 비판』이라는 대작을 저술하였다. 그러나 그에게는 이 대작이 하나의 철학적 지점에 불과했고, 이어서 『실천이성비판』과 『판단력 비판』이라는 또 다른 거대한 대작으로 이어지는 철학의 계보를 만들어 냈다.

칸트는 이성의 구조가 이러저러하고 인생은 이러저러하게 살아야 한다는 논리적 해답이나, 철학의 한 이슈를 끝내려는 정답을 찾으려 한 것이 아니다. 마치 우리가 수학 문제를 술술술 풀어내어 답을 맞히고선 뒤도 돌아보지 않고 다음 문제로 넘어가듯이 각각의 철학서를 쓴 것이 아니라는 말이다. 되려 자신이 쓴 저작들이 가리키는 방향성을 통해, '철학 하는 모습'이 그려낸 무늬를 보여주려 한 것이 아니었을까? 호모 사피엔스의 정체성이라 할 수 있는 이성이란 반드시 일상의 상식으로 이어져야 함을 '보여주려' 한 것이지 않을까?

영국의 철학자 화이트헤드는 『교육의 목적』에서 이렇게 말한다.

"교육은 사람의 이성을 세련되게 만들어야 한다. 그렇게 도야된 이성은 반드시 삶의 스타일, 품격을 향상시킬 수 있어야 한다."

우리의 교육 현실은 어떠한가? 오늘의 교과수업이 아이들의 품격을 높여주고 있는가? 우리의 아이들은 품격 있는 어른이 될 것인가? 이러한 문제 인식에 봉착해서야 인문학의 중요성을 절실히 깨달을 수 있다고 믿는다.

인문은 한자어로 '人文'이다. 인간의 문화. 인간이 그린 무늬. 인간으로서 우리는 어떤 무늬를 그려갈 것인가, 그리고 남길 것인가에 대한 무수한 고뇌의 결과물이 인문학이다. 하지만 이 인문학을 철학, 문학, 사학 등 소위 '문과'적 지식의 총체로 이해해서는 결코 요해될 길이 없다.

순자께서

"선비(식자)가 인품을 갖추면 세상을 평안하게 하고, 평범한 사람이 인품을 갖추면 주변을 행복하게 하고, 식자가 인품이 없으면 세상을 위태롭게 하고, 평범한 사람이 인품도 없으면 세상에 해를 끼친다."

하셨다.

지식인이 인품을 갖추면 어찌하여 세상을 평안하게 하는가? 지식인이 인품이 없으면 어찌하여 세상을 위태롭게 하는가? 앎에 합치되는 삶을 살기에 세상을 평안하게 하는 것이고 앎에 어긋나는 삶을 추구하기에 세상을 위태롭게 하는 것이다. 인간의 시신경에 대한 지식을 갖고서 어찌 사람의 눈을 불태우고 못쓰게 만드는 것이 지식에 합치되는 길이겠는가? 금융에 대한 지식을 갖고서 어찌 주변의 돈줄마저 꽉 죄어 자신의 배를 불리는 것이 지식에 합치되는 길이겠는가?

나는 칸트와 순자를 들먹이는 것이 우스꽝스러울 만큼 비루

한 사람이다. 이런 부족한 한 교육자로서 도달한 정직한 고민은 이것이다.

"어떻게 가장 아름다운 인간을 만들 것인가?"

나는 '교육'과 '학습'이라는 두 단어가 결국 말장난이라는 것을 늦게서야 깨달았다. '가르치고(교) 기른다(육)'와 '배우고(학) 익힌다(습)'라는 것은 한 장면을 이해하는 두 사람의 입장일 뿐이었다. 그 한 장면에서는 조금 더 많이 배우고 익힌 사람이 그보다 덜 배우고 익힌 사람과 함께 공부하고 있다. 이 두 사람을 세상에서는 '선생님'과 '학생'이라는 역할로 부른다.

'가르친다'는 말은 당연히 '배운다'는 말과 함께 가는 것이며, '기른다'는 말은 당연히 '익힌다'는 말과 함께 가는 것이다. 어찌 교육이 따로 있고 학습이 따로 있겠는가? 꽃 한 송이를 보아도 숱한 꽃잎과 그 잎 사이사이의 공간을 함께 보는 것인데, 어떻게 이 우주에 '선생님'이 따로 있고 '학생'이 따로 있겠는가? 어떻게 '교육'이 따로 있고 '학습'이 따로 있겠는가?

하여, 학습이 잘 이루어지기 위해서는 '가르침'과 '기름'이 잘 이루어지는 것이 필수 불가결하다. 교육이라는 한 장면이 멋들어지게 연출되기 위해서는 '선생' 역할을 맡은 이가 먼저 배우고 익혀야 하는 것이 논리적이지 않겠는가?

아이들이 수학 시험을 잘 보게 하는 것을 넘어 '수학 하는 삶'을 살게 하고, 영어 시험을 잘 보게 하는 것을 넘어 '영어 하는 삶'을 살게 하기 위해서는, 내가 우선 '수학 하는 삶'이 무엇인지 알아야 하는 것 아닐까?

어찌 지식을 아는 것만으로
곧장 나의 삶이 풍요롭다 할 수 있겠나.

'인문학'이라는 것에 목적이라는 것이 어디 있겠냐마는, 부지런히 무언가에 대해서, 그 무엇이 무엇이든, '삶'의 관점에서 고찰하고 이해하여 그러한 삶을 구현하려는 성실의 자세야말로 인문학을 하는 자세라 여기고 있다.

나는 내가 맡은 교과의 지식을 아주 조금 알 뿐이다. '영어 하는 삶'은 어떠한지, '물리 하는 삶'은 어떠한지, '경제 하는 삶'은 어떠한지, '미술 하는 삶'은 어떠한지 자신 있게 말할 수는 없다. 부지런히 배우고 그러한 삶을 실천하는 주변의 선생님들을 보고 배워 조금씩 알아갈 뿐이다. 그러나 이런 나도 한 가지 자신 있게 말할 수 있는 것이 있다.

인문학이란 어떤 체계적인 지식의 구조로서의 학學일 수 없다. 인문학은 명사가 아니라 단언컨대 형용사이며 동사로 이해되어야 하는 것이다.

아이들에게 인문학적 지식을 알려주는 것도 중요하고, 이러한 지식 전수를 위해 선생님들도 인문학을 공부하는 것이 중요하다. 무엇을 공부해야 하고 무엇이 더 중요한지는 숱한 훌륭한 분들이 이미 수천수만 권의 책과 강의를 통하여 알려주었다. 그저 뽑아 부지런히 읽고 생각하고 익히면 되는 것이다. 누군가 다 차려놓은 밥상에 숟가락만 올리면 될 일이다.

나는 개인적으로 책을 선호하지만, 책이 아니라도 꾸준히 깨달음을 얻을 수 있는 것이라면 무엇이든 좋다. 영화든 드라마든 다큐멘터리든 동아리든 여행이든 가리지 않고 말이다.

공자께서

"누구는 태어나면서부터 알고, 누구는 뛰어난 분에게 배워서 알고, 누구는 고생 고생해서 알게 되는데, 결국 앎에 도달하면 다 똑같다. 오직 배우지 않는 것만이 걱정이다."

하셨다. 그저 이리저리 가리지 않고 열린 마음으로 배우고 읽고 생각하고 실천하는 시절을 켜켜이 쌓아가다 보면 그것이 곧 나의 인품이 되고, 자연스레 '~하는 삶'을 실천하는 사람이 되고 '~하는 삶'을 보여주는 선생님이 되는 것은 당연하지 않을까? … 라는 생각을 다음 날도 학교에 출근하여 삼백 원짜리 모나미 펜을 쥐고 수업 준비를 하고 있을 나를 떠올리며 했더랬다. 한때는 모나미 펜을 쥐고 미래를 꿈꾸던 소년이었는데 지금은 이 모나미 펜을 쥐고 앞으로 될 누군가를 마주하는 사람이 되었다는 것이 새삼스럽다.

윤회라면 이것이 윤회이지 않겠나.

하여 교사에게는 '공부'가 결국

'나나 잘하자' 아니겠는가?

더하기 빼기만 잘하면 되지,
이런 것들은 왜 배워야 하죠?

0. 라벤더 나무에서 시작되는 이야기

대략 3년 전, 작은 라벤더 나무 하나를 집에 들였다. 운 좋게
도 현재 근무하고 있는 학교의 정교사 채용시험에 합격하게 되
면서, 창원으로 새롭게 옮긴 자취 집을 꾸며보자는 이유에서였
다. 오후에 접어드는 시간이면 창을 통해 따스한 햇볕이 방 안
으로 가득 들어오는 집이었다. 그중에서도 가장 볕이 잘 드는
곳을 골라 라벤더 나무를 놓아두었다. 덧붙이면, 라벤더는 봄
이 오면 보라색 이쁜 꽃을 틔운다는 꽃집 사장님의 추천을 받
아서 샀더랬다.

매일 같이 화분의 흙이 너무 습하지도 마르지도 않게 살뜰히
살폈다. 출근길에는 햇볕을 잘 받도록 항상 처마 밑 양지바른 곳

에 놓아주고, 퇴근길에 다시 집 안으로 모셔 왔다. 이뿐이랴. 비가 오면 내어놓고, 그치면 들여오고, 내가 할 수 있는 온 정성을 쏟았지만 어찌 된 영문인지 그 해가 다 가도록 잎만 무성하지 꽃은 도무지 필 기미를 보이지 않았다.

다시 1년이 흐르는 동안 내 보금자리에도 변화가 있었다. 2층 주택의 단칸방은 단출한 아파트가 되었고, 그렇게나 기다리고 기다리던 라벤더 나무도 드디어 작은 꽃 두 봉오리를 틔웠다.

저 작은 꽃봉오리 두 개가 대관절 무어라고. 그렇게 보고 싶어 할 때는 모른 체 하더니, 3년이라는 시간이 흘러서야 이 녀석은 내게 모습을 보여준다. 무슨 꽃을 틔우는 나무였는지 가물가물할 정도가 되어서야 고개를 들어준 녀석은 어쩌면 내가 새집으로 터전을 옮긴 기념으로 꽃이라는 집들이 선물을 보내준 것인지도 모른다.

새삼 녀석에게 고마움을 느끼며 신줏단지 모시듯 자리를 옮겼다. 그렇게 한동안 라벤더 나무를 현관에서 가장 훤히 보이는 곳에 놓아두었다. 여기는 볕도 깊이 잘 드는 곳이라 평소 화병을 놓아두는, 우리 집에서 내가 가장 좋아하는 장소이다. 그런데 그간 꽂아두었던 꽃보다 두 송이의 조그만 라벤더와 푸른 잎은 더 진한 감동과 인상을 주었다.

그렇게 몇 주간 라벤더 꽃향기 속에서 행복했다. 그러나 '핀다'는 말은 '진다'는 말과 짝을 이루기를 증명이라도 하듯 두 송이의 라벤더도 결국 시들었다. 일주일쯤 지나자 라벤더는 완전히 져버렸고 며칠 후 이들을 베란다의 다른 화분 옆으로 옮겨놓았다.

1. 고립계의 에너지 총합은 일정하다.

"고립계의 에너지 총합은 일정하다."

우리가 '에너지 보존의 법칙'으로 쉽게 이해하고 있는 열역학 제1 법칙이다. 쉽게 말해 이 우주에 새롭게 생겨나는 것은 없다는 말인데, 열역학 제1 법칙에 따르면 소리, 물질, 열, 파동, 빛 등 그야말로 이 우주의 모든 구성 요소는 그 형태와 이름이 다를 뿐 우주에 가득 찬 에너지氣가 모습을 탈바꿈하는 것에 지나지 않는다.

이런 관점에서 살펴보면 올해 꽃을 틔운 나의 라벤더 나무는 그 이전과 비교해 크게 달라지지 않았다. 화분도 바꾸지 않았고, 양토도 갈아주지 않았다. 광합성과 증산작용에 따라 여러 물질의 합성과 드나듦이 있었겠으나 나무의 덩치나 키에는 거의 변함이 없었다.

물리적으로 말해 라벤더 나무의 질량은 거의 일정했고, 따라서 라벤더 나무가 가지고 있는 에너지의 양은 3년 동안 유지되었다. 따라서 열역학 제1 법칙의 관점에서 라벤더 나무는 거의 변하지 않았다고 할 수 있다.

열역학 제1 법칙은 '철저하고 빈틈없는 우주적 스케일의 에너지 제로섬 게임'의 유일한 규칙이다. 그리고 이런 살벌한 제로섬 게임에서 꼬박 3년을 열심히 살아냈던 라벤더 나무는 어떤 이유에서인지 자신이 품고 있던 에너지의 일부를 빼내어 두 송이 꽃의 형태로 탈바꿈시켰다.

물리적 관점에서 보면 꽃을 틔운 나무나 그렇지 못한 나무나 다를 바가 없다. 싹을 틔우지 못한 씨앗과 파릇한 싹이 돋아난 씨앗도 결국 같다. 그렇지만 삭막한 과학적 세계가 아닌 편안한 상식의 세계에 살고 있는 우리는 이런 비교가 다소 극단적이고 무리한 것임을 느낄 수 있다. 어떻게 두 물체가 가진 에너지의 양이 같다고 하여 두 물체가 진정 같다고 볼 수 있을까?

하루는 꽃집에 들러 꽃구경을 하다 색이 이쁘게 올라온 튤립이 있어서 몇 송이를 샀다. 집으로 와 화병에 꽂아두었다가 다음 날 출근길에 화병과 함께 꽃을 챙겨 교무실로 가져왔다. 그렇게 교무실 입구에서 잘 보이는 곳에 화병에 담은 튤립을 놓아두었다.

교무실을 오가는 선생님들과 학생들은 튤립을 볼 때마다 "어머, 어디서 난 꽃이야?", "누가 가져온 거야?", "색이 참 이쁘다!", "꽃을 가져다 놓으니까 교무실 분위기가 확 사네"와 같이 기분 좋은 말을 많이 했다. 그것은 아마 교무실에 들어오는 순간 눈에 들어온 꽃에 불현듯 기분이 좋아졌기 때문이리라.

　몇 선생님들과 삼삼오오 모여 담소를 나누던 중에 한 선생님이 이런 말을 하였다.

　"저는 제 와이프한테 꽃을 사준 적이 없어요."

　누군가 "왜요?"라 물으니

　"우리 와이프는 꽃을 싫어해요. 둘 곳도 없고, 시든다고 싫어해."

　라고 답했다. 주변에서는 이 말에 "아니야, 꽃 싫어하는 사람이 어디 있다고", "막상 꽃 몇 송이 이쁘게 포장해서 주면 좋아한다니까?"와 같은 말을 했지만 도돌이표처럼 돌아오는 대답은 여전히

　"우리 와이프는 꽃을 싫어해요. 둘 곳도 없고, 시든다고 싫어해."

　였다. 가만히 듣던 나는

　"선생님, 진화론적으로 보면, 사람이 꽃을 싫어했다면 여태 살아남기 어려웠을 거예요. 꽃은 근처에 많은 물과 좋은 땅, 그리고 열매가 있다는 것을 알려주는 신호가 되기 때문에 꽃을 좋아하는 종種이 생존에 극히 유리했을 겁니다.

　특히, 인간은 유전적으로 신석기 시대 이후로 유전자가 거의 변하지 않았다고 하는데, 신석기 시대까지는 열매나 곡식을 주워서 먹는 채집 활동이 주요 생존 기술이었잖아요? 그런데 어떻

게 꽃을 싫어하는 종이 열매와 곡식을 찾아서 생존에 유리해질 수 있었겠어요? 물론 꽃에 무관심할 수는 있겠죠. 그렇지만 생존과 관련 없는 이유로 꽃을 싫어한다는 것은 진화론적으로 말이 안 됩니다. 우리가 밤하늘의 별을 보고 '으악, 보기 싫어!'라고 말하지 않는 것처럼요."

라고 일장 연설을 했다.

물론 인간사 모든 일을 진화론으로 설명할 수 있을 거라 생각하며 한 말은 아니다. 그저 남들은 이해 못 할 나의 유머였을 뿐이다. 이해받지 못함을 즐기는 유머도 유머라면.

한 부부의 소소한 이야기 중에 갑자기 생각지도 않았던 찰스 다윈의 진화론이 깜빡이도 켜지 않고 끼어들자 분위기는 걷잡을 수 없이 어색해짐을 분명 느꼈지만, 나는 사실 이러한 어색함을 즐기고 있었다.

나의 말이 농인지 진인지 판단하느라 내적인 갈등을 하는 것이 분명해 보였던 선생님에게 얼른 화병의 튤립을 다시 포장지에 감싸 다발을 만들어 드렸다. 아내분에게 오늘 가져다드리라고. 선생님은 극구 사양하셨지만 주변의 성화에 결국 튤립 한 다발을 손에 쥐고 퇴근하셨다.

다음 날 교무실에서 다시 만난 선생님은 주말에 아내랑 딸아이와 함께 남해에 노란 유채꽃을 보러 간다며 맛있는 식당과 편안한 숙소를 찾아보아야 한다고 하셨다.

2. 세상에 좋은 일을 하는 데 필요한 시간과 노력이 과도하게 적다.

학교 선생님이라는 이유로 하루에도 몇 번이나 크고 작은 쓰레기를 줍는다. 학교 초입에 누군가 살포시 놓아둔 일회용 커피 용기나 음료 캔, 누가 쓰고 버린 휴지, 아이스크림 막대나 과자 비닐 같은 것들이 눈에 들어올 때마다 주워 손가락 사이사이에 끼워 들고 다니다 기어코 휴지통에 넣어 버린다. 그래서 하루에 손을 몇 번이나 씻게 된다. 강제적 손 씻기 실천 중이다.

어디 쓰레기 줍기 뿐이랴. 복도에 아무렇게나 놓인 대걸레 정리, 신발장 문 닫기, 창문 열어 환기하기, 분실물 찾아 주기 등. '바쁘다 바빠 현대사회' 말로만 전해 들었지 이렇게 바쁜 줄 몰랐다 정말. 누가 학교 선생님은 여유로워 좋다 그랬나.

나도 일개 평범한 사람이라 내가 벌여놓은 일도 아니고 버린 것도 아닌 쓰레기를 내 손 더럽혀가며 정리하기는 싫다. 그럼에도 이러한 궂은일을 끝내 하는 이유는 '선생님'이라는 체면 때문이기도 하지만, 어느 날 이유 없이 문득 작은 깨달음을 얻었기 때문이다. 그 깨달음은 바로

'세상에 좋은 일을 하는 데 필요한 시간과 노력이 과도하게 적다.'

정도로 표현할 수 있겠다.

허리 굽혀 쓰레기를 줍는 시간은 문자 그대로 몇 초가 걸리지 않는다. 수업이 끝난 후 교무실로 돌아가는 길에 발견한 분실물

을 손에 들고 가는 불편함은 거의 느껴지지 않는다. 분실물 주인을 찾는다고 교내 방송을 하는 데는 1분이 채 걸리지 않고, 점심시간에 텅 빈 교실의 텁텁한 공기를 환기하기 위해 창문을 여는 데는 몇 분이 걸리지 않는다.

하지만 그 선업善業의 결과로 사람들은 마음이 편하고, 불안한 마음이 사라지고, 후에 마음 졸일 일이 사라지고 조금 더 맑은 정신으로 오후를 보낼 수 있게 될 것이다. 재주라고는 수학을 조금 가르칠 수 있다는 것밖에 없는 내가, 나의 작은 무언가를 덜어 많은 사람들의 하루에 조금씩 보탬이 된다면 이거야말로 거하게 남는 장사가 아니겠는가? 게다가 수익이 반드시 보장된다. 다만 이 장사에는 공휴일이 없다는 것이 아쉽다.

이 지점에서 '더하기와 빼기'라는 기본적인 사고방식을 떠올리지 않을 수 없었다. 돌이켜보아 내가 그 쓰레기들을 줍지 않고, 교실을 돌보지 않고, 누군가 놓고 간 것이 뻔한 잃어버린 물건을 주워 오지 않았다면 그렇게 아긴 시간으로 무엇을 했을까? 아마도 그저 몇 초, 몇 분 더 일찍 자리에 앉아 수다를 떨거나 무언가 끄적거리고 말았을 것이 뻔하다. 누군가는 그러한 사소한 일에 쓰는 아주 적은 시간이라도 아까워할 수는 있으나, 그저 평범한 사람으로 살아가는 나의 짧은 시간은 그렇게 귀하지 않다.

그러니 나는 귀하지 않은 시간을 몇 초 빼내어 '선업'이라는 귀한 가치를 내 인생에 더하는 것으로 행복을 삼는다. 다만 이러한 더하기와 빼기의 과정 속에서 나의 시간을 얼마나 빼내야 할지 계산하는 과정이 필요할 뿐이다.

3. 더하기 빼기만 잘하면 되지 이런 것들은 왜 배워야 하는 거예요?

질문 하나가 또 날아온다.

"선생님, 더하기 빼기만 잘하면 되지 이런 것들은 왜 배워야 하는 거예요?"

수학 선생님이라면 언젠가 꼭 마주하게 되는 질문이다. 이 질문에 언제든 길게도 짧게도 대답할 수는 있겠으나, 그보다 이러한 질문을 하는 사람들, 보통은 학생들에게 근본적으로 되묻고 싶은 것이 있다.

"여러분, 더하기와 빼기는 잘하고 계신가요?"

우리는 '더하기와 빼기'라는 단어를 학교의 수학 수업을 통해 공식적으로 배우게 된다. 그래서인지 '더하기와 빼기'는 항상 수학적인 맥락에서 이해된다. 물건의 양, 몸무게, 수익, 승패, 시간 같이 숫자나 기호로 치환될 수 있는 물질적 대상들을 다룰 때 말이다.

이들 각각은 원래부터 숫자라는 형태로 이 우주에 존재하는 것들은 아니다. '얼마만큼 많다', '얼마만큼 무겁다', '얼마만큼 얻었다'라는 막연한 느낌일 뿐이다. 이 느낌이 나의 인식에 들어오게 되면 아리스토텔레스나 칸트가 말한 '범주'에 맞추어 '양', '무거움', '증가' 등의 단어로 표현하게 된다.

우리가 아주 어려서부터 익힌 수학은 이성이 포착한 여러 범주를 다시 '숫자'라는 형태로 변환하는 방법을 알려준다. '상자 3개', '몸무게 80킬로그램', '순수익 100만 원', '3승 2패', '남은 시간 3시간 20분'처럼 말이다. 이렇게 범주를 어렴풋하게나마 숫자로 표현한 후에야 비로소 머릿속에서 더하기나 빼기를 수행할 수 있다.

문제는 우리가 '더하기와 빼기'라는 행위 자체는 숱하게 배우고 연습했지만, 과연 '무엇을' 더하고 뺄지에 대해서는 충분히 생각할 기회를 많이 얻지 못했다는 것이다. 어린 시절부터 집과 학교에서 배워온 모든 덧셈과 뺄셈을 떠올려보면, 그 덧셈과 뺄셈의 대상은 항상 선생님이나 교과서, 문제집이 일방적으로 제시한 것뿐이다. 예컨대 다음과 같은 것들이다.

"사탕 5개에서 3개를…."

"피자 1판을 3명이 나누어 먹을 때…."

"점 A에서 점 B까지의 거리가…."

"원 O에서 삼각형 ABC의 넓이를…."

"함수 f에 대하여 f(3)-f(1)…."

우리의 인생과는 관계없이 바깥에서 툭 던져진 대상에 대해서 우리가 해야 할 나머지 행위로써의 덧셈과 뺄셈을 경험했을 뿐이다. 그마저도 틀리면 "어떻게 덧셈, 뺄셈을 틀리니" 같은 반응이 돌아온다. 더구나 누군가가 더하기와 빼기의 대상으로 제시한 것들도 찬찬히 훑어보면 전부 물리적인 대상이거나 순수한 기호로서의 숫자에 불과하다. 그러니 당연히 수학 수업 시간에 아이들은

"나는 사탕을 좋아하지도 않는데…?"

"왜 거리를 구하라는 거야?"

"내가 이걸 왜 구해야 하는 건데?"

와 같은 불평을 할 수밖에.

나도 지금은 수학 선생님이지만, 학창 시절을 떠올려보면 수학 앞에 느꼈던 복잡다단한 감정 속에는 항상 '단절감'이 깊숙이 자리하고 있었던 것 같다. 더하기와 빼기라는 경험은 철저하게 '동사'일 뿐이었고, 문장을 완성하기 위해 필요한 주어와 목적어는 온데간데없었다. 현실이 이러하니 우리의 덧셈, 뺄셈 공부는 모두 빵점짜리 작문 시험지에 불과했을지도 모르겠다.

성 아우구스티누스는 『참된 종교』라는 저술에서 "신기하다는 이유로 쫓아다니고, 깨달음보다 배움만을 좋아하는 철학은 단순한 호기심에 불과하다"라고 말한다. 진정한 사색과 탐구는 앎

과 삶의 결합을 추구하는 자세여야 한다는 것.

그렇다. 우리는 상식적으로 안다. 인생이 단순한 물질의 총합이 아니라는 것을. 유물론적인 관점은 무언가를 이해하기 위한 가장 낮은 수준, 최소한의 견해를 제시할 뿐이다. 세상을 '물질과 에너지의 교환 작용'이라는 철저한 유물론적 관점으로 보는 사람이 있다면, 꽃이 피지 않은 라벤더 나무나 두 송이 꽃을 틔운 라벤더 나무나 같은 것이라 할 것이다. 또, 꽃집에 있던 튤립이나 남편이 아내에게 건넨 튤립이나 다르지 않다 말할 것이다. 그런데 대체 어떻게, 대관절 어떻게 이 둘이 같은 것이 되겠는가?

열역학 제1 법칙에 따르면 우주에 다시 생겨나는 것은 없다. 다만 에너지의 형태가 바뀔 뿐이다. 고체가 액체가 되고, 위치에너지가 운동에너지가 될지언정 새롭게 만들어지는 것은 없다. 무한한 제로섬 게임이 아직까지는 우주의 법칙인 셈이다.

하지만 우리네 삶은 그렇지 않다. 하루의 얼마만큼의 시간을 빼내어 쓰레기를 줍고, 통장의 얼마만큼을 빼내어 꽃 몇 송이를 사고, 얼마만큼의 에너지를 빼내어 꽃 몇 송이를 틔워내는 것을 단순히 시간과 쓰레기의 교환, 돈과 꽃의 교환, 칼로리와 생장의 교환으로 볼 수 없다. 그 쓰레기를 줍고, 꽃 몇 송이를 사고, 꽃봉오리를 틔우는 것의 부가가치가 피부로 와닿기 때문이다.

인생이란 과학에서 말하는 '고립계'가 아니다. 좌변과 우변의 숫자를 수없이 이항하여도 여전히 성립하는 방정식 같은 것이 아니다. 오히려 무수히 엔트로피가 증가해가는 어떠한 역동적인 과정이다. 그리고 그 과정에 참여하는 적극적 활동이 인생이라는 이름의 '더하기와 빼기'인 것이다.

"당신은 당신의 하루에서 무엇을 빼고 무엇을 더할 것입니까?"라는 나 자신에 대한 끊임없는 성찰과 물음이 바로 내 삶의 행복 엔트로피를 증가시킨다.

4. 흰 바탕에 흰색

인생을 유물론적으로 보자면 '미니멀리즘'이라는 라이프스타일 또한 깊이 이해할 수 없다. 생활의 저변을 가득 채우고 있는 물건들을 하나씩 줄여나가면서 종국에는 최소한의 물질만으로 생활을 영위하자는 삶의 자세인 미니멀리즘. 단순히 쓰지 않는 물건을 아까워 말고 중고 마켓에 팔아 남긴 이익으로 치킨 한 마리 사 먹자는 뜻이 아니다. 미니멀리즘은 내 인생의 물질문명을 하나, 둘 줄여나가면서 물질에 속박되어 있던 집착과 정신을 보기 위함이다.

여기서 한발 더 나아가, 사라진 물질들이 남긴 공간을 정신과 감성으로 채워 나가면서 되려 나의 세계가 넓어질 수 있다는 깨달음의 실천으로 이해되어야 한다.

초등학생 시절, 한 선생님이 기억난다. 그 선생님은 미술 시간에 학생들에게 흰 도화지를 나눠주시며 크레파스로 그림을 그리도록 하셨다. 그림의 주제는 생각나지 않지만 부족한 솜씨로 열심히 그렸던 기억이 있다.

어린 나는 도화지에 이것저것 열심히 그렸고, 남은 모든 흰 여백을 그대로 남겨둔 채 멀뚱히 다른 아이들이 그리는 것을 구경하고 있었다. 그러자 선생님께서 다가오시더니 "그림 안 그리고 뭐 하고 있어?"라 물어보셨다. 나는 당당히 "다 그린 거예요!"라고 대답했다. 그러자 나의 상황을 이해하신 선생님께서는

"흰 바탕에도 흰색으로 모두 칠해야 한다."

고 알려주셨다. 애당초 도화지가 흰색인데, 거기에 왜 흰색으로 가득 채워야 하는지 이해가 좀처럼 가지 않았지만, 선생님의 말씀을 잘 들었던 착한 학생이었던 나는 열심히 흰색 크레파스를 문질러 대었다.

서양의 미술사를 아주 조금 알게 된 오늘의 나는 캔버스를 가득 채우는 식의 그림을 추구하셨던 선생님의 말씀을 이해한다. 그러나 그런 미술 풍습이 교육적으로 적합했는지에 대해서는 지금까지도 여전히 의문스럽다. 사각의 캔버스를 가득 채워야만 하는 고전적인 서양화보다도 여백까지 그림으로 품는 동양화가 더 곱씹을 만하지 않나?

그러고 보면 요즘 카페에는 인테리어 용도로 고흐, 모네의 따

듯한 인상주의 작품이나 에곤 실레나 마티스의 강렬한 표현주의 작품이 그려진 엽서와 잡지를 붙여놓는 곳이 많다. 이른바 '인스타 감성'이 이런 건가? 캔버스에 허용된 여백이라는 측면에서 아주 눈에 띄는 작품들인데, 카페를 찾는 젊은 사람들의 심성도 이렇게 다양해지고 있는 것은 아닐까 한다.

그렇다고 하여 내가 반물질주의를 숭배하는 것은 결코 아니다. 정신적 여백 운운하는 나의 새로운 집에는 로봇 청소기와 식기 세척기, 빨래 건조기, 러닝 머신이 들어서 있다. 얼마 전에는 러닝을 위한답시고 백화점에서 러닝화까지 샀다. 읽는 책은 빌려보지 않고 대부분 사서 본다. 집 앞 걸어서 오 분 거리에 도서관이 있고, 출근하면 학교의 도서관도 이용할 수 있는데도 불구하고 말이다. 심지어 컴퓨터의 바탕화면에는 나의 로망, 포르쉐 911을 띄워 놓았다.

물질들을 집에 들여놓음을 마다하지 않은 이유는 간단하다. 이러한 물건들로 인해 얻는 것이 더 많기 때문이다.

로봇 청소기와 식기 세척기가 아침 일찍 집 청소를 해주는 대신 출근 전에 커피 한 잔을 마시며 독서를 꾸준히 여유롭게 할 수 있게 되었다. 빨래 건조기를 사용해 자취생 특유의 꿉꿉한 냄새가 나는 옷을 더 이상 입지 않게 되었고, 러닝 머신을 집에 들여놓음으로써 헬스장이 너무 멀다는 핑계로 운동에 소홀히 하지 않을 수 있게 되었다. 운동으로 얻는 생활의 활력이라는 가치를 몸소 느끼고 있는 요즘이다. 그리고 책을 사서 봄으로써 글을 쓰거나 읽을 때 다시 살펴보고 싶은 책을 그 자리에서 바로 찾아 읽을 수 있게 되었다. 지적 허영심을 보여주는 인테리어 효과는 행복한 덤이고.

우리가 일상에서 겪는 '더하기와 빼기'라는 행위를 물물교환이나 금전 교환과 같은 일대일 교환 수준으로 이해하는 것을 넘어서야 한다고 생각한다. 그러기 위해서 우선 우리가 과연 '무엇을' 더하고 빼는지에 대한 주체적인 인식이 필요하지 않을까? 꽃 한 송이가 단순히 세포 덩어리로서의 꽃 한 송이를 의미하지 않고, 5천 원이 단순히 5천 원짜리 지폐를 의미하지 않는다는 것을 알 때야 비로소 우리가 정말로 '무엇을' 더하고 빼고 있었는지 알 수 있게. 그 무엇이 무엇이든, 그 무엇이 자신의 인생에서 무엇을 상징하는지 캐물어야 한다.

실제로 나에게 전혀 행복감을 주지 않지만, 행복이라 착각하여 과도한 교환을 하는 경우가 많다. 아름다운 미술작품 앞에서 사진 한 장을 찍어 SNS에 올리기 위해 수많은 관람객의 동선을 당당히 막는 악업惡業을 초래하거나, 손이 불편하다는 이유로 쓰레기를 아무 곳에나 버리는 일처럼, 자신 한 명의 안위만을 생각하여 다른 무수한 사람에게 피해를 끼치지 않도록 부단히 고심해야 한다. 좀 더 행복한 사람이 되는 것은 선한 영향을 끼칠 때야 비로소 가능해지니까.

이를 위해 미리 확인할 사항이 있다. '행복이란 바라는 것이 아니라 얻어내야 한다'는 사실 말이다. 어린 시절에 특히 많이 했던 작문 시험 중에는 다음과 같은 식의 주문이 많았다.

"사과, 소풍, 엄마, 가을 네 단어를 써서 문장을 만들어 보세요."

또, 교내 글짓기 대회에서는 몇 가지 주제를 제시하고 그에 맞는 글을 다양하게 지어 올리도록 하기도 했다. 우리에게 제시된 단어는 모두에게 똑같지만 그 결과에 있어서는 확연한 차이가 나기 마련이다. 누구는 장원 감의 글을 쓰고 누구는 그러지 못한다.

우리의 인생도 그렇다. 아니, 인생이라는 단어가 너무 거창하다면 그냥 '사는 것' 정도도 괜찮겠다. 우리는 매일 자신의 인생에서 '무엇을 더하고 무엇을 덜어낼지' 고민한다. 그것은 때로는 돈에 관한 고민이 되기도 하고, 시간에 대한 고민이 되기도 한다. 사람마다, 그리고 자신이 처한 상황마다 고민의 변수는 달라진다. 고민 끝에 한 실행이라도 같은 재료를 어떻게 조합하느냐에 따라 결과물이 달라지기가 부지기수다. 같은 단어를 받아 만든 문장이 모두 다르고, 같은 하루를 살아도 사람마다 하루의 가치가 다르듯이. 하지만 결과가 변화무쌍하고 예측하기 어렵다 할지라도 그 방향만큼은 명료하다.

우리는 '더하기와 빼기'의 목적이 결코 내 삶 주변의 물질문명을 불리고 줄이는 것이 아님을 명확히 알아야 한다. '더하기와 빼기'는 내 인생에서 더 중요한 것과 덜 중요한 것의 차이를 밝게 드러내고, 그 결과를 삶에서 실현하는 '측정술'의 한 방법이다.

지금껏 줄기차게 언급한 '더하기 빼기'의 실천으로 내가 항상 지키려 노력하는 것이 있다. 그건 바로 '치킨 무와 콜라 빼기'다. 조금이라도 다이어트하려 그러냐고? 아니다. 애초에 치킨을 시키면서 다이어트는 무슨.

꽤 오래전부터 개인적인 취향의 문제로 치킨 무와 콜라를 먹지 않는다. 그래서 항상 치킨 무와 콜라는 공짜로 받게 되어도 결국 버리게 되었다. 그럴 때마다 치킨 무와 콜라를 처리하는 노력이 아깝고, 이유 모를 죄책감과 플라스틱에 의한 환경오염과 낭비에 일조한다는 생각이 들더라. 지구야 미안해⋯. 그런고로 요즘은 배달주문 때마다

"사장님, 치킨 무랑 콜라는 빼주세요."

라는 요청사항을 기재하게 되었다. 그렇다고 사장님이 가격을 덜 받는 것은 아니지만, 그래도 쓸모없는 치킨 무와 콜라를 받지 않는 것은 내 인생에 양陽의 값을 더해가는 긍정肯定과 낙

천樂天의 길이라 생각한다.

그러니 이 글을 읽는 남편들이여, 그리고 미래의 남편들이여. 오늘 집에 들어갈 때는 부디 잊지 말고 붉은 꽃 몇 송이를 사서 들어가도록 하자.

혹시 모르지 않는가. 오늘의 지고지순하고 선량한 붉은 꽃 한 송이가 카르마를 가로질러 훗날 붉은 포르셰가 되어 돌아올지.

아, 참.

"더하기 빼기만 잘하면 되지 이런 것들은 왜 더 배워야 하죠?"라는 질문에 대한 답이 남았다. 나는 말한다.

"더하기 빼기를 더 잘하기 위해서 배웁니다."

아들

1.

그런 때가 있었다. 어린 내가 한참이나 높이 있는 아빠 손가락을 몇 개 쥐고서 동네 어귀의 시장터로 장 보러 가던 때가.

붉은색, 회색 보도블록이 마름모로 번갈아 놓인 인도에서 오로지 빨간 보도블록만을 골라 밟으며 깡충깡충 열심히 걸었다. 그 누구도 알려주지 않은, 스스로 만든 놀이에 빠져 시장터로 가는 길은 어린 나에게 하나의 작은 여행이었다.

깡충거리는 나의 작은 모습을 보며 염려하셨던 아빠는 혹여 튀어나온 보도블록에 아들이 걸려 넘어지지는 않을까 내가 잡은 손가락에 단단히 힘을 주셨다. 아빠의 손가락은 몹시 튼튼해서 시장터에 이를 때까지 끄떡없이 붙잡아주었다. 장을 보고 돌아오면 아빠가 전해준 손가락의 온기가, 다시 아빠의 손가락을 붙잡을 날이 기다려지던 때가 있었다.

내 키가 아빠 어깨쯤에 다다른 시절까지도 우리 집은 평안했다. 부유하지는 않아도 늘 필요한 만큼의 양식이 있었고, 나 역시 시골에서 자란 부모님의 소박함을 이어받아 물질로 욕구를 채우려는 투정을 부릴 일도 없었다. 소박하게 풍요로운 시절이었다.

"돈이란 게 돌고 도니까 '돈'이라고!"

오래전 어떤 예능 프로그램에서 한 코미디언이 내뱉은 말이다. 돈은 언제나 돌고 도는데, 그 돈이라는 놈이 어딜 그렇게 싸돌아다니는지 대한민국 어디에도 돈이 밝지 않은 땅이 없더라는 이야기.

『중용中庸』에

"하늘의 지극한 성실함은 쉼이 없다至誠無息."

라 하였는데, 돈이란 놈은 도道도 아닌 것이 어찌 그리도 쉼 없이 모든 곳에 이를 수 있을까? 집도 절도 없는 노숙자까지 한 끼를 때우기 위해선 삼각김밥 하나 사 먹을 돈이 필요하지 않던가. 그러니 당시 집도 있고, 지어먹을 밥도 넉넉히 있던 우리 집에는 이 돈이라는 놈이 얼마나 자주 드나들었는지 말하지 않아도 될 듯하다.

그런 연유로 아빠는 어느 날엔가 출근을 하지 않으시곤 흰 러닝셔츠 차림으로 거실에 앉아 신문을 보고 계셨다. 철없던 나는 한동안 아빠가 집에 계셔서 좋았으나 한번은 아무 생각 없이

"아빠, 출근 안 하세요?"

라 물었더랬다. 아빠의 대답은 기억나지 않는다.

다시 얼마의 시간이 지나 아빠는 저 멀리 군산에 직장을 구하셨다고, 그래서 주말에만 가끔 집에 올 수 있다 하셨다. 어린 나는 우리 가족이 겪어가는 일을 알지 못했다. 그저 아빠를 가끔, 그리고 짧게 만나야 한다는 것이 아쉽기만 할 뿐이었다. 당시 아버지가 신문을 들춰 찾으시던 것은 구인 광고였고, 그 시절이 'IMF'라 불린다는 사실을 안 것은 나중 일이다. 나에게 'IMF'란, 학교를 마치고 집에 오면 아빠가 나를 기다리고 있던 장면과, 일요일이면 다시 먼 길을 나서야 하는 아빠에게

"다녀오세요."

하고 서운하게 인사했던 기억이다.

'주말 부부'라는 새로운 문화의 선두에서 고생하셨던 건 가족을 만나기 위해 초과근무 후에도 매주 열 시간의 왕복 운전을 하셨던 아빠만이 아니었다. 살림에 보탬이 되고자 엄마도 맞벌이를 시작하셨고, 언제까지 이어질지 모를 아빠의 부재를 이겨내고 자식 교육에도 앞장서셔야 했다. 그런 엄마의 속 타는 마음을

몰랐던 나는, 마냥 행복하게 학교를 다니기만 했다.

　나는 또래 아이들보다 시계 보는 법을 늦게 배웠고, 구구단
도 훨씬 늦게 외었다. 사실 이건 나름의 사정이 있었다. 우선,
내 주위엔 시간을 물어오는 어른들이 없었기에 시계를 볼 기회
가 매우 적었다. 그리고 더하기의 반복이 곱셈인 것을 이미 배
웠기 때문에, 곱셈 문제가 나오면 빠르게 더하기를 해내는 것만
으로도 충분하게 여겼다. 그러나 엄마는 이러한 나의 상태(?)를
우연히 아시고서는 부리나케 시계 보는 법을 알려주시고, 쇠뿔
도 단김에 빼라고 불같이 채근하시며 하루 만에 구구단을 욀 수
있게 하셨다.

『순자荀子』에는

　"천리마는 하루에 천 리를 간다고 뽐낸다. 그러나 조랑말도
꾸준하기만 하면 열흘에 너끈히 도달할 수 있다. 도달하려는 바
가 명확히 있느냐의 문제일 뿐이다."

　라는 말이 있다. 어떤 앎이든 다다르고 나면 똑같다는 말씀이
지만, 조랑말을 몰고 먼 길을 가야 하는 사람의 입장에서는 느긋
하고 태연한 조랑말이 속절없이 밉기만 할 것이다. 하물며 나무
한 그루도 10년을 내다보고 심어야 한다고 했는데, 자식을 키우
는 엄마의 타는 속은 얼마나 녹아내렸을까?

한 반에 사십여 명의 학생이 있던 초등학생 시절, 아빠의 부재와 엄마의 바쁨 사이에서 나는 확실히 철학자 화이트헤드가 말한 '로망스의 시절(The romance Step)'을 보내고 있었다. 엇나가지 않는 선에서. 다른 친구들은 하교 후 학원으로 향할 때, 나는 집에서 책 읽고 TV 만화를 보며 근심 없이 지냈다.

학교 성적은 당연히 그다지 로맨틱하지 못했다. 사십 명이 조금 넘는 반에서 아슬아슬하게 20등에 안착했다. 어느 날 모처럼 모인 부모님이 심각하게 아들의 성적에 관한 얘기를 하시는 것을 듣고서는, 정작 당사자인 나는 태연하게도

"반에서 절반 위에 든 거면 잘한 거 아니에요?"

라고 당차게 말했더랬다. 그때, 부모님께서는 처음으로 나의 문제 인식 '없음'에 문제 인식을 '가지고'서는 빠듯한 살림에도 학원을 보내셨다. 그때가 아마 중학생이 되기 3개월쯤 전의 일일 것이다. 설 명절에 만난 사촌 형은 새로 산 카세트 플레이어를 자랑했다. 처음 본 카세트 플레이어가 마냥 신기해서 형이 건네준 카세트 플레이어를 이리저리 만져보고 음악도 들어보았다. 그 모습을 아빠가 보셨나 보다. 집으로 돌아와서 아빠는

"(중학교) 첫 중간고사 잘 보면 카세트 플레이어 사줄게."

하시는 것이 아닌가. 정작 카세트 플레이어를 갖고 싶다는 마음까지는 없었는데. 아빠가 사주신다고 하니 뭐, 그냥 그런 줄로만 알았다.

초등학교 시절 사십 명 중 반에서 20등을 했던 나는, 한 학년이 삼백 명이 넘던 중학교에서 첫 시험에 전교권에 들었다.

2.

애당초 높은 등수를 위해 공부해 본 적이 없기에 전교권 등수가 가지는 크나큰 의미를 전혀 파악하지 못했다. 당시 우리 반에 있던 전교 1등 친구에게 관심이 쏠린 것도 한몫했다. 다만 부모님만은 크게 놀라셨는지 성적표를 가져다드린 다음 날 아빠는 나를 데리고 곧장 음반 매장에 가서서 원하는 카세트 플레이어를 고르게 해주셨다. 원래 욕심 없던 물건이라 무얼 고를지 모르고 멀뚱멀뚱 서 있자, 아빠는 전시된 제품 중 가장 최근에 출시된 것을 손에 쥐어 주셨다. 듣고 싶은 음악 앨범도 골라보도록 해주셨다. 카세트 플레이어도 가질 생각이 없던 내가 음악 앨범은 갖고 싶어 할 것이라 생각하셨던 것일까. 어떤 앨범을 살지 못 고르고 우물쭈물하다, 가판대에 진열된 신규 앨범 중 커버가 가장 멋있어 보이는 것으로 하나 쥐었다. 아빠가 사주신 카세트 플레이어에 금방 빠지게 되었고, 어딜 가든 꼭 가지고 다녔다.

테이프가 늘어지도록 듣고서도 한참이 더 지나서 알게 된 것이지만, 그때 고른 앨범은 '드렁큰 타이거'의 4집 앨범 〈뿌리〉였다.

시험 기간이 되면 학원에서 자정이 가까워지도록 내내 공부를 했다. 동네 시장터에 있던 작은 상가에 자리 잡은 단출한 입시학원이었다. 그 작은 학원의 한쪽 자리에 앉아 카세트 플레이어를 켜고, 가냘픈 이어폰을 귀에 꽂고, 뻑뻑한 눈을 연신 껌뻑이며 한밤이 깊어 가도록 문제를 풀어대었다.

얼마의 시간이 흐르고 자정 즈음이 되어 학원을 나서게 되면 시장터의 모든 점포는 이미 문을 닫은 지 오래라는 듯 간판 불만 희미하게 켜져 있었다. 흐린 형광등처럼 시장 골목엔 적막이 흘렀다. 그 적막하고 어두운 시장터 끝자락에서 아빠는 우두커니 날 기다리고 계셨다. 어려서부터 살던 동네라 그리 무섭지도 않은 귀갓길이지만, 아빠 손을 잡고 주황 가로등이 비추는 골목길을 지나 집으로 돌아갔다. 가끔은 주황빛 골목에 드물게 열리던 포장마차에 들러 아빠랑 나란히 앉아 따끈한 우동 한 그릇을 비우고는 집으로 돌아오기도 했다.

중학생 시절, 나의 기억 속에 아빠는 모든 전등불이 꺼진 시장 골목 주황 가로등 아래서 담담하게 기다려주시던 분이었다.

그렇게 중학생 시절이 가고, 드디어 고등학생이 되면서 달라진 열한 가지.

첫째, 아빠의 얼굴이 내 어깨쯤에 닿을 정도로 성큼 자란 키.

둘째, 많아진 여드름.

셋째, 더 빨라진 기상 시간.

넷째, 나보다 일찍 일어나 나를 깨워주는 아빠.

다섯째, 아빠의 출근 차를 얻어 타고 함께한 등교.

여섯째, 학교 전체에서 가장 먼저 등교하는 나.

일곱째, 매일이 된 자정까지의 공부.

여덟째, 이제는 차를 몰고 데리러 와주시던 아빠.

아홉째, 포장마차 우동 대신 작은 뚝배기에 아빠가 끓여주신 라면. 가끔 계란찜으로 대신.

열 번째, 새벽까지 이어진 공부.

열한 번째, 이 열 가지의 매일 반복.

학창 시절 내내, 아빠는 항상 기다려주던 이였다. 다행히도 고등학교를 졸업하기 전에 '교사'라는 꿈이 생겼고, 운이 좋게 꼭 진학하고 싶던 대학교에 입학할 수 있었다.

대학에서는 정신적으로 매우 풍요로운 시절을 보냈다. 평생의 은사님을 한 분 만날 수 있었고, 좋은 형과 친구들, 동생들을 사귀었다. 수학에 관해 치열하게 공부했고, 또 그만큼 절제된 일탈을 하염없이 즐기던 '로망스'가 있었다. 잠깐 군대를 다녀오고서는 해야 하는 공부 대신, 하고 싶은 공부가 그리워 1년의 추가적인 휴학을 했다. 그동안 어학연수를 다녀왔고, 복학해서는 다시 수학과 책, 교사 임용시험 준비와 윤리학 공부에 파묻혀 정신없이 살았다. 대학 생활의 로망이라 하는 축제 기간에도 광장에서 자리를 펴고 친구들과 술판을 즐기는 것 대신, 그들 사이를 지나쳐 수학책과 철학책을 가슴에 안고서 도서관으로 향했다. 그야말로 술 대신 지적 '로망스'에 취해 살던 시절이었다. 그러다 문득 정신을 차려보니 대학교 4학년 2학기, 어느덧 스물일곱 살의 9월이 되었다.

나의 아빠는 스물일곱 살에 처음 아빠가 되었다.

아빠도 이 세상에 올 적부터 누군가의 아버지였던 것은 아니었지만, 나에게는 아빠가 언제나 아버지였다. 그리고 아빠가 '아빠'로 불리기 시작한 그 로망의 시절에 아들인 내가 세월의 바다를 건너 비로소 도착한 것이다. 그 도착지에 선 소감을 누군가에게 이렇게 말했던 기억이 난다.

"우리 아빠는 대체 어떻게 이 어린 나이에 벌써 '아빠'가 됐지?"

같은 스물일곱 살이었겠지만, 난 여전히 스스로가 공부하는 학생이면서도 아는 것 없는, 할 줄 아는 것 없는 사회적 미숙아라고 가슴 깊이 느끼던 터였다. 그런데 아빠는 그런 스물일곱 살에 무려 '아빠'가 되었던 것이다. 아빠는 그것만으로도 참 위대한 사람이었다.

아빠는 내가 세상에서 우러러볼 수 있는, 그리고 싶은 유일한 스물일곱 살 청년이었다. 나는 술을 좋아하지 않지만, 같은 시절에 살았다면 흔쾌히 먼저 술을 한잔 사고 싶었을 것이다. 나의 아빠는 그만큼 멋진 스물일곱이었다.

그리고 교사 임용시험에 떨어졌다. 두 번. 상심傷心은 너무나도 컸다. 도저히 집에 붙어있을 수가 없었다. 스스로가 너무 미천하게 느껴졌다. 고작 이 정도 일에 장벽을 느끼며 질질 짜는 내가 견딜 수 없었다. 다시 곧장 원룸촌으로 돌아가 삼수를 시작했다.

3.

그런 때가 있었다. 아빠의 손을 잡으려면 한참 팔을 들어 손가락이라도 부여잡아야 했던.

그런 때가 있었다. 키가 쑥쑥 자란다고 달마다 문틀 앞에 꼿꼿이 서서 정수리에 연필을 대고 긋고는 이만큼 자랐다고 몇 번이고 자랑하던.

그런 때가 있었다. 아빠 어깨에 내 키가 간신히 닿던. '언제가되어서야 아빠만큼 키가 클 수 있을까?' 궁금했던.

매일 극심한 압박 속에서 공부를 계속했다. 부모님과 종종 통화하면서 잘 지낸다고, 밥 잘 먹고 다닌다고, 괜찮다고 말했지만 사실은 그렇지 않았다. 매일 악몽 속에 시달렸고, 밥 먹는 시간과 돈이 아까워 한없이 굶었다. 그렇게 야위어 갔지만 끝내 말하지 않았다.

『논어』에서 한 제자가 스승 공자에게 "효孝란 것이 대체 무엇입니까?"라고 묻자 공자께서는,

"너의 부모님은 네가 어디 가서 아프지나 않을까 늘 걱정하신단다."

한마디로 답하는 장면이 있다. 우문에 현답이다. 다행히도 그 마음을 조금이나마 알기에, 나보다 나를 더 아끼시는 부모님의 마음을 알기에, 도저히 힘듦을 말할 수 없었다. 그 마음을 잘 알아서, 여름에 한 주 정도는 집에 내려와 서로 얼굴도 좀 보고 한숨 돌리며 쉬다 가라는 아빠의 말씀에 그저 그러겠다고 할 수밖에 없었다. 아빠는 언젠가 말씀하시길

"동진이 선생님 되고 나면, 내도 일하는 거 정리하고 개인택시나 할라꼬. 손님 있으면 태우고, 없으면 그냥 저 강가나 바닷가로 낚시나 하고 놀러 다니면 되지, 머."

라 하셨다. 아빠는 카우보이가 되고 싶으셨나 보다. 아빠에게도 아빠의 꿈이 있었는데, 그 꿈이 1년, 2년 자꾸 늦춰지고 있었다. 아들은 집에서 편히 쉬라 하시던 아빠였지만, 정작 아빠 자신은 새벽일을 가셔야 해서 일찍 잠자리에 드셨다. 불이 다 꺼진 집에서 나는 혼자 방에 앉아 작은 상을 펴 공부했고, 새벽이 다가오자 주섬주섬 일터로 나갈 준비를 하시던 아빠의 소리를 들었다. 어머니가 깨지 않게 조용히 나갈 채비를 하시던 아빠를 배웅해드리려 방문을 열고 나갔다.

아빠는 핀 조명 하나만 켜진 현관에 쭈그리고 앉아 신발을 신고 계셨다. 불 꺼진 거실, 그 가물가물함 속에서 주황색 핀 조명 한 줄기만을 받아내던 아빠의 등은 밝은 굴곡과 검은 그림자로 인해 몹시도 그로테스크했다. 아빠의 뒷모습을 감싼 어둠이 짙었던 탓인지 쭈그리고 앉아 신발을 신던 아빠의 등은 노트르담의 콰지모도처럼 너무나 작고 더욱 굽어 보였다.

너무 작았다.
나의 아빠의 등이, 너무 작았다.

어린 시절, 거실에서 TV를 보다 잠든 나를 조용히 업어 침대에 뉘어주던 아빠의 등이었다. 밤보다 새카맣던 아빠의 머리카락은 어느덧 회색빛이 되어 있었다.

눈물이 목구멍에서부터 솟구쳐 나올 것만 같았다. 아빠의 회색 머리 빛과 작은 등이 모두 나의 탓만 같아서 그대로 주저앉고 싶었다. 언제쯤이면 아빠만큼 키가 클 수 있을까 궁금했던 때가 있는데, 지금은 아빠보다 키가 훨씬 커져서, 아빠의 키가 이제는 되려 나의 어깨쯤에나 이른다. 다행히도 눈물이 아직 목구멍을 넘어서기 전에 아빠를 배웅해드릴 수 있었고, 아빠가 현관문을 열고 나가신 후에 방문을 닫고 들어와 한참을 꺼억꺼억 울었다. 그리고 다짐했다. 이번이 마지막 시험이 될 거라고.

다음 날 급하게 짐을 챙겨 원룸촌으로 돌아갔다. 부모님께는 이러저러한 일이 있다며 급히 둘러대었다. 두 분은 대체 무슨 일이기에 오랜만에 온 집을 서둘러 떠나는지 구태여 묻지는 않으셨다. 공부에 필요한 일이겠거니 하며 그냥 보내주셨다. 깊이 죄송할 따름이었다.

그렇게 다시 겨울은 찾아왔다. 시험에 또 떨어졌다.

4.

당초 마음먹은 대로, 스스로 약속한 것과 같이 앞으로의 시험을 포기하고 당장 부모님 댁을 떠나 학원 강사 생활을 시작했다. 오랫동안 다짐했던 일이었지만 막상 상황에 맞닥뜨리자 받아들이기는 쉽지 않았다. 그야말로 모든 것을 내려놓고 다시 시작해야 했기에 부담감이 컸고, 불안했고, 외로웠다. 시간이 지나면서 점점 적응하여 나아졌지만 근원적인 공허함과 막연함은 쉽게 덜어지지 않았다.

'천지불인天地不仁'이라 했던가! 그렇게 바랄 때엔 자리를 주지 않더니, 과거를 비우고 강사로서 살려던 때가 되어서야 하늘은 기회를 주었다. 운 좋게도 모교에서 선생 일을 할 수 있게 된 것이다! 가장 먼저 아빠에게 전화했다.

"아빠! 저 붙었어요!"

전화 건너편에서 아빠는

"그래, 고생했다.

이제 학교 가서도 열심히 해라. 열심히 애들 잘 가르치고, 선생님들 밑에서 많이 배우고, 그러면 된다."

단출하게 말씀하셨다.

강사 생활을 하던 동안 지내던 자취방을 정리하고, 창원으로 내려와야 했다. 옷가지 조금과 많은 책들을 용달 트럭에 실어 창원으로 날라야 했고, 그전에 새로운 자취방부터 알아보아야 했다. 할 일이 많았다. 부모님도 내가 다시 고향으로 돌아올 줄은 꿈에도 모르셨을 것이다. 교사가 되려던 꿈을 접었던 터인데, 하필 고향의 모교에서 선생 일을 하게 될 줄 그 누가 알았을까. 부모님은 창원에서의 모든 생활을 정리하여 고향 시골로 귀촌하셨고, 어찌어찌 창원으로 다시 돌아온 나는 또 기댈 곳 없이 자취를 해야 했다.

아빠의 도움으로 괜찮은 자취방을 구할 수 있었고, 아빠와 함께 이사하기 전 자취방의 상태를 살피려 그곳을 찾았다. 한동안 아무도 살지 않아 텅 비어있던 그곳은 넓고, 햇볕이 잘 들고 창이 크게 있어 쾌적했고, 깨끗했다. 하지만 그 '텅 빔'이 주는 공허함 때문이었을까. 기나긴 번뇌의 시절을 뒤로하고 찬란한 새로운 시작이 펼쳐질 줄 알았건만, 새로운 시작이란 그저 주소가 달라졌을 뿐인 또 다른 원룸 신세였다. 삶의 지리멸렬함을 생각하지 않을 수 없었다. 삶이라는 무한히 넓은 좌표 공간에서, 아무리 곡선을 평행이동 한들 곡선의 모양은 한 치도 바뀌지 않는다. 나의 삶은 마치 대구에서 창원의 거리만큼 평행이동한, 변화 없는 하나의 그래프에 지나지 않았다. 이러한 심정이 얼굴에 나타났던 것일까. 아빠는

"왜? 서글프나?"

라 물으셨다.

"돌고 돌아서, 다시 또 원룸 생활이네요."

라고 답했다. 그러자 아빠는

"괜찮다. 이제 시작이다. 앞으로 하나, 둘 바꿔 나가면 된다. 뭐가 걱정이고? 이제 나아질 일만 남았는데."

라고 하셨다. 그래. 현재는 과거의 끝이고, 미래의 시작이니까. 끝이 아니라 시작을 보자. 마음을 다잡고 대구로 올라와 그날로 이삿짐을 꾸리기 시작했다.

수업을 마치고 돌아오니 엄마에게 짧은 문자가 와있었다.

'할머니, 돌아가셨다.'

할머니는 오랫동안 편찮으셨고, 위급한 일들이 몇 번 있었기에 많이 놀라거나 황망하지는 않았다. 그렇지만 나로서는 처음 가족이라는 존재를 떠나보내는 일이라 무어라 마음을 종잡기 어려웠다. 장례식장에는 벌써 친지분들이 많이 와 계셨고, 아빠와 엄마는 상복을 입고 날 맞아주셨다. 할머니께 절을 올렸다.

참, 많이도 울었다.

나는, 아빠가 슬퍼 우는 것이 슬퍼서 울었다.

흐릿하지만, 아주 어린 시절 어린이집에 가기 싫다고 울며불며 엄마 다리를 붙잡고 매달렸던 기억이 난다. 어린이집 통학 버스 앞에서 선생님을 난처하게 만들면서도 버스에 타지 않으려고 엄마 손을 붙잡았던 것 같다.

나는, 할머니를 영영 보내던 날, 아빠에게서 어린 나를 보았다. 나는, 아빠가 처음부터 아빠인 줄로만 알았다. 그런데 아니었나 보다. 그냥, 내가 아빠를 아빠로만 보았나 보다.

꽃을 사러 가면 꽃잎만 떼어주지 않는다. 줄기 언저리를 잘라, 잘린 부분부터 꽃잎까지 모두를 꽃이라 하여 이것을 포장해 준다. 그럼, 대관절 줄기란 어디에서 끊는 것인가? 위쪽? 아래쪽? 그것도 아니면 뿌리 근처? 그러면 화분에 심긴 꽃은 어떠한가? 줄기부터가 꽃이라면 화분에 '심어진' 국화나 수국은 대체무엇이며, 엄마가 힘들게 심고 키운 담장의 장미는 대체 무엇인가? 한 송이 꽃도 제대로 보려면 어디부터 끊어낼지 알 수 없다.

뿌리까지가 꽃이다.

'주자朱子'는 공부의 과정을 '일이관지一以貫之'라 말했다. 무언가를 알게 된다는 것은 하나하나 쌓으며 공부하다 보면 불현듯 그 전체의 실루엣을 볼 수 있게 됨으로써 알게 된다는 말이다. 조랑말처럼 천천히 하나, 둘 공부를 쌓으면 자연히 '활연관통豁然貫通'하여 깨달음을 얻게 된다는 것이다. 공부라는 것이 전체를 볼 수 있는 안목에 도달할 때까지 진행되어야 함을 말하는 것임과 동시에 하나, 둘을 전체와 떨어뜨려 생각할 수 없다는 뜻이기도 하다.

나는 결코 학교 선생님일 수만도 없고, 반대로 누군가의 아들일 수만도 없다. 학교 선생 노릇을 제대로 못 하면 부모님을 욕되게 하는 것이고, 부모님의 의지를 본받지 못하면 선생님으로서 학생 앞에 부끄러울 뿐이다. 사람도 뿌리까지가 사람인 것이다. 사람의 뿌리는 가족이다.

그러므로 교사이며 '동시에', 그리고 '언제나' 누구누구의 아들 '김 선생'일 수밖에 없다.

"내 몸의 털끝까지도 모두 부모로부터 받은 것이니 감히 상하게 하지 않는 것은 효의 시작이다. 좋은 자리에 나가 이름을 널리 알려 부모를 빛나게 하는 것이 효의 완성이다."

공자께서 하신 말씀이다. '효'라는 것은 단순히 몸을 잘 가꾸고 챙기는 것을 넘어, 정신적인 섬김의 과정이다.

"이제 학교 가서도 열심히 해라. 열심히 애들 잘 가르치고, 선생님들 밑에서 많이 배우고, 그러면 된다."

나는 아빠의 이 말씀을 섬긴다. 아빠가 내게 주신 한 문장이
교사이자 동시에 아들로서 사는 매일의 철학이다.

뿌리까지가 사람이니까.

선생님 앙케트

그 계절이 돌아왔다. 교지와 학교 신문의 계절. 수업을 마치고 돌아오니 자리 위에 하얀 종이 한 장이 고이 놓여있다. A4 용지에 검은 글씨로 무언가 반듯하게 적혀있다. 싸늘하다. 본능이 반응한다.

'일감이 또 하나 왔나 보군….'

과연 다가가 보니, 가장 위쪽에 적힌 선생님 '앙케이트'. 그 아래로 1번부터 8번까지의 질문들이 적혀있다. 이게 무언가 싶다가도 매년 이맘때쯤 돌아오는 '선생님 인터뷰, 선생님께 물었다!' 시리즈가 불현듯 떠올랐다. 교지 편집부 아이들이 자리에 다녀갔음을 군이 묻지 않아도 알겠다. 오랜만에 맞닥뜨리는 서술형 문제. 출제자는 학생이고 답안자는 선생님이다. 자리에 앉아 차분히 질문지를 읽었다. 하나하나 만만치 않다. '앙케이트' 시험에서 만점을 받을 수 있을까. 모나미 펜을 꺼내 들고 우선 이름부터 써넣었다.

< 선생님 앙케이트 >

성명: 김 동진

시험이 시작되면 항상 답안지에 이름부터 쓰자.

성명 : 김동진

김해 김金 자에 동쪽 동東, 별 진辰 자를 쓴다. 지구는 둥그니까 동쪽으로 자꾸 걸어 나가면 온 세상 어린이를 다 만나고 오겠네. 그런고로 동쪽에 뜬 별이라 함은 온 세상 하늘 위에 뜬 별이라는 뜻이다…

라며, 스스로 의미 부여하고 산다. '동'은 돌림자다.

자, 이제 본격적으로 시험 시작해볼까?

1. 나 자신이 자랑스러웠던 순간은?

어음.

1. 나 자신이 자랑스러웠던 순간은?

첫 질문부터 상당히 당황스럽다. 망했다. 펜이 움직이지 않는다. 문제의 수준이 너무 높다. 철학적이다. 우선 '나 자신'의 정의부터 어렵다.

예수님 가르침에 따르면 우리 모두 하나님 아들로, 육신은 먼지가 되어 사라지고 영혼만이 남아 그분 곁으로 돌아갈 것이다. 그러니 '나 자신'이라는 말은 맥락에 따라 육신을 의미하기도, 영혼을 의미하기도 한다. 육신의 나는 당연 곧 버려버릴 것으로, 딱히 자랑스러울 것이 없다. 영혼의 나는 뭐…. 하나님 앞에서 자랑이라 할 것이 뭐 있겠는가. 부처님 가르침에 따르면 변치 않는 '나'라는 것은 없다. 모두 시시때때로 변하는 상황에 적응하는 동사, 흔적이 있을 뿐이다. 시간과 공간을 관통하여 꼿꼿이 존재하는 '나'라는 건 없다. 그러니 '나 자신'이랄 것도 없고, '자랑'이라고 남겨질 것도 없다. 다 흩어질 바람이고, 그물에 걸리지 않는 바람이다.

공자님 맹자님 운운까지 흘러나올까 싶어 급히 생각의 뚜껑을 꽉 틀어막는다. 여차저차, 자랑할 것이 뭐 있겠나. 그냥 열심히 사는 거지.

"없음."

자존심. 자신감과 자존심이 다르다는 것을
알게 되었기 때문.

2. 지금껏 살아 봤더니 막상 중요하지 않았던 것과 그 이유는?

질문을 읽고 한참을 고민했다. 막상 살아 봤더니 '중요했던 것'
이 질문이었다면 더 적을 말이 많았을 것 같다. 하지만 출제자의
의도에 맞추어 다시 고민해본다.

막상 중요하지 않은 것. 로맨틱하게 '돈'이라 해볼까 싶다가,
위선이다 싶어 일찌감치 접어두었다. 학벌? 친구? 연애? 명성?
세속적 가치를 찬찬히 떠올려보았지만, '중요하지 않다'고는 할
수 없을 것들이라 생각된다. '가장' 중요한 건 아니지만, 중요하
기는 중요하지.

내향성 짙은 인간이라 그럴까. 돌고 돌아 다시 내적인 주제로
관심을 돌리게 된다. 아무래도 나는 2번 질문의 답으로 '자존심'
을 적어야겠다. 자신감 없는 자존심은 있을 수 없고, 자신감이
있다면 자존심은 필요 없다고 생각된다. 지금껏 살아 보니, 자존
심은 내가 갖겠다고 가질 수 있는 것이 아니었다. 주변에서 만
들어주는 것이더라.

이유 : 자신감과 자존심이 다르다는 것을 알게 되었기 때문.

(정신적으로) 피곤해지지 않는 능력. (정신적으로) 피곤하기 때문.

3. 내가 가지고 싶은 초능력과 그 이유는?

휴, 쉽게 풀 수 있는 문제가 나왔다. 자신 있게 써넣었다.

'피곤해지지 않는 능력'

이게 필요하다. 육체와 정신이 모두 피곤해지지 않으면 좋겠지만, 욕심이 과한 것 같아 '정신적으로'를 써넣었다. 세상을 구할 슈퍼 파워는 사양하겠다. 영어도 제대로 구사하기 힘들기 때문에 국제적 영웅 활동은 하기 힘들지 않을까? 게다가 극도로 내향적인 한 사람으로서, 집 밖을 뽈뽈 돌아다녀야 하는 히어로 생활은 정신적으로 피곤하다 싶다. 유명해지기라도 하면 어떡하나. 슈퍼 파워 계열의 초능력은 사양하련다. 그냥 퇴근 후에도 책 한 권 읽을 정신적 체력이 남아있는 삶을 즐길 수 있다면, 그걸로 충분하겠다.

이유 : (정신적으로) 피곤하기 때문.

4. 무인도에 가게 되었을 때 가지고 갈 물건 3개와 그 이유는?

① 지붕이 있는 텐트 (비와 이슬을 피하기 위함)

② 충분한 물 (목마르니까)

③ 커다란 꽃나무 (마지막 잠자리 곁에 심어두기 위함)

4. 무인도에 가게 되었을 때 가지고 갈 물건 3개와 그 이유는?

우선 질문이 중의적으로 해석될 여지가 많아 '자발적으로'라는 문장을 스스로 삽입했다. 타의에 의해 무인도에 가게 되는 상황이라면, 가지고 갈 물건 3개를 선택할 자유가 있다는 상황이 비합리적으로 보인다.

무슨 이유에서건 자발적으로 무인도에 들어가기를 선택했다면, 무인도 밖으로 탈출하려는 마음은 없을 것이다. 탈출하려 무인도를 들어간다? 나는 베어 그릴스가 아니다. 집이 제일 좋은 평범한 교사 1인이다.

탈출하지 않을 무인도. 생존에 미련이 없다고 보아도 될까? 고통스럽게 죽고 싶지는 않다. 그래서 추위와 목마름을 해결할 텐트와 물은 가져가고 싶다. 배도 고프니 '충분한 음식'이라 적을까 싶다가, "왜? 아주 그냥 '뷔페'라고 적지"라는 원성을 들을까 겁이 났다. 그래서 음식 대신할 것을 고민하였고, 커다란 꽃나무를 문득 갖고 싶었다. 지금은 살아있어도 언젠간 죽겠지. 죽고 난 뒤 언젠가 무인도도 유인도가 되겠지. 그러면 훗날 나 죽고 없을 자리에서 누군가 커다란 금목서 나무 하나 마주치면 좋겠다 싶었다. 거기에 텐트 치고 살았던 한 사람이 있었다는 사실은 모르더라도, 커다랗고 색 밝은, 풍성하고 향 좋은 주황 금목서 나무 앞에서 옹기종기 사진 찍고 놀면 좋겠다 싶었다.

이슬비 피하던 텐트가 저 멀리 나풀나풀
쓰레기 되어 휘날리고 있으려나.

5. 교사 생활을 하면서 들었던 말 중에 가장 감동적이었던 말은?

5. 교사 생활을 하면서 들었던 말 중에 가장 감동적이었던 말은?

아무리 생각해도 적을 것이 없다. 길지 않은 교사 생활. 말로 기대했다 행동으로 실망하고, 말에 기대 않다 행동에서 감동받았다. 아이에게도 어른에게도. 아이가 커서 어른이 되어 그런가 보다.

젠장. 만점은 물 건너갔네….

6. 지금 담당하고 있는 과목 외에 가르쳐 보고 싶은 과목과 그 이유는?

없음. 수학이 제일 쉬움.

6. 지금 담당하고 있는 과목 외에 가르쳐보고 싶은 과목과 그 이유는?

없다. 당연 없지. 빈말이 아니라, 수학이 제일 쉽다.

"저, 저, 저, 저놈이! 어디 뚫린 입이라고 그런 망발을 하느냐!"

라 말씀하고 싶으신 그 마음이야 어찌 이해 못 할 일이겠습니까마는, 그 노여움 잠시만 내려놓으시고 소인의 말을 잠깐 들어 주십시오. 헤헤.

수학 외에도 과목이야 많습니다. 국어, 영어, 제2외국어, 미술, 음악, 체육, 가정, 기술, 컴퓨터(정보), 물리, 화학, 생명과학, 지구과학, 사회문화, 경제, 윤리와 사상(철학), 생활과 윤리, 동아시아사, 세계사…. 아주 많습니다. 많아요.

그런데 말이죠, 이 많은 과목들과 수학의 차이점이 무엇인지 아십니까? 여러 가지를 말할 수 있겠습니다만, 저는 언제나 '사람이 없다'는 것을 꼽습니다. 다른 말로 '인간적이지 않다' 그 말입니다. 깊이 들어가자면 '수학이야말로 가장 인간적이다!'라고 말씀하실 분도 있으시겠지요. 저도 백번 천번 동감합니다. 그런데 세상 사람들은 그렇지 않은 것 같습니다. 대중 영화에서 '수학 천재'가 그려지는 모습만 보아도 말이죠. 어딘가 결핍되어 있고, 또는 과하고. 이해되지 못할 '특이한' 사람으로 그려지지 않습니까?

수학에는 김 첨지가 아내에게 "설렁탕을 사 왔는데 왜 먹지를 못하니" 하며 흘리는 눈물도 없고, 외국어에서 느껴지는 이국적인 감성도 없고, 예술 과목의 역동성도 없고, 과학의 가설과 실험, 최신 도구도 없고, 사회 과목의 인간 관찰도 없습니다. 세속이라 할 것이 없다는 말입니다.

그래서, 정말, 믿지 못하실 수도 있으시겠지만, 저는 기분이 좋지 않을 때 수학 문제를 풉니다. 조용한 수학 기호가 심어진 논리라는 오솔길을 걷다 보면 정신이 맑아지거든요. 농담 아닙니다. 그런고로 수학이 제일 쉽다는 말입니다.

네, 맞습니다.
선생님이 제일 바봅니다, 바보.
하하. 하하하. 하하하하하.

이제 마지막 질문만 남았다.

7. 신조어 맞추기(ex 완내스 → 완전 내 스타일)

1) 스불재

2) 캘박 몰러.

3) 알잘딱깔센

7. 신조어 맞히기

…….

그…. 진짜 이런 말을 쓰나…? 진짜 쓴다고…? 미셸 푸코의 말이 생각난다.

"그 사실을 알면 안 된다."

나는 말하고 싶다.

"그 사실을 모르고 싶다."

오늘까지 교지 편집부 아이에게 제출하기로 약속했고, 아이는 때에 맞추어 찾아왔다.

"선생님, 앙케트 다 작성하셨어요?"

작성한 질문지를 소심하게 건네주며 말했다.

"응, 하기는 했는데….

혹시 부분 점수도 주니?"

누르지 마시오

누구에게나 자기만의 '누르지 마시오' 버튼이 하나씩 있다. 새빨 간 색으로 만들어져, 한번 누르면 돌이킬 수 없는 사태가 벌어 지는 버튼. 버튼을 누른 후에 벌어질 일이 차마 눈 뜨고 볼 수 없 는 경우를 대비해 여러 보안장치를 겸하기도 한다. 위로 휜 유 리 케이스를 덮어씌우거나 음성인식을 거쳐야 누를 수 있도록 설계된 버튼 모습이 익숙할 거다.

　문제는 '누르지 마시오' 버튼의 설계가 소유자마다 다르다는 것이다. 어떤 이의 버튼은 신체의 특정 부위를 접촉하여 누를 수 있다. 특정한 동작을 보면 눌리는 버튼이 있는가 하면, 유달 리 특정 단어에 민감하게 반응하는 버튼도 있다. 예민하고 위험 한 발작 버튼. 만약 이것을 하나도 모자라 여러 개 가진 사람이 있다면 어떨까? 거기다, 누군가 오늘도 버튼을 살짝궁 눌러주기만 내심 기다리고 있다면? 그래서 일부러 위험한 버튼에 보호장치 하나 달아놓지 않았다면? 지나가다 누군가 '톡' 건드린 버튼에 참담한 잔소리 융단 폭격을 쏟아낼 수 있음을 알면서도, 정작 그런 상황을 은근히 즐기는, 그런 사람이 있다면?

그 버튼 주인, 그는 오늘도 교무실 문 앞에 덩그러니 서서 복도를 오가는 아이들을 노리고 있다. 그러다 그의 눈에 걸려든 한 아이. 교무실 근처를 서성이며 멀뚱멀뚱 서 있은 지가 벌써 오 분째다. 그는 아이에게 천천히 다가간다. 남은 쉬는 시간 오 분. 초조해하지 말자. 아직 시간은 충분하다.

"여기 서서 뭐 하니?"

"교무실에 들어간 친구 기다려요."

"친구? 여기 한참을 서 있는 거 같은데. 먼저 돌아가지 그래? 오래 걸리는 거 같은데."

"아 뭐, 심심하기도 하고, 그래서요."

'심심하다'라….

딸깍.

아. 버튼을 누르는 청명한 소리가 들려온다. 그는 설레는 마음으로 잔소리를 장전한다.

"므ㅓ↗? 심심↗? 고3이 지금, 므ㅓ↗? 심심↗?"

갑작스러운 미사일 한 방에 아이는 당황한 듯하다. 아이의 동공이 흔들린다. 하지만 너무 서두르지 마라. 잔소리 미사일은 아직 많이 남았으니까.

"고3이 지금 심심할 때야↗? 으ㅓ↗? 그리고 심심↗?

심심하다는 게 대체 뭔 줄 알어↗?

쌤이 말이야, 나이가 많지는 않지만 그렇다고 또 마냥 어리지는 않단 말이에요.

그런 내가 말이야, 어렸을 때는 말이야, 너희처럼 뭐 콤퓨타, 스마트폰, 께임기. 이런 거 마 아무것도 없었어↗

쌤이 어릴 때는 말이야, 집에 아무것도 없었어↗

어? 농담이 아니고, 진짜 아무것도 없었어↗

집이 허허벌판이었다고. 아주 만주 벌판이었다고↗

'만주 벌판 달려라 광개토대왕~' 그 만주 벌판이 우리 집이었다고↗

어? 웃어↗?

집에 가도 할 게 없어요, 할 게.

너네처럼 요새 머, TV 틀면 채널이 워~낙 많아서 대체 뭘 봐야 하나 고민하던 그런 세대가 아냐↗

아, 고민하기는 했지. TV를 틀어도 채널이 몇 없어가지고 대체 뭘 봐야 하나 고민하기는 했지.

그렇다고 머 콤퓨타가 있기를 하나, 께임기가 있기를 하나.

너희 머, 머, 머, 인강 본다는 핑계로 쓰는 태블릿?

우리 때는 그런 거 상상도 몬해써↗

놀랍게도 말이죠, 쌤이 어릴 때 처음으로 가정용 컴퓨터가 나왔어요.

그때는 인터넷도 없었다니까?

아니 아니, 인터넷이 느린 게 아니고

없. 었. 다. 고. 으잉↗?

그렇다고 뭐 친구라도 있나 뭐가 있나.

너희는 IMF를 책으로 배웠겠지만 말이야↗

쌤은 몸으로 배웠다는 말이야↗

아직도 그 기억이 생생해요.

우리 집이 그 IMF를 아주 직빵으로 맞아뿟거든.

얼마나 직빵으로 맞았는지,

다른 집 애들은 학교 끝나면 슬슬 학원도 가는데

쌤은 학교 끝나면 그냥 집에 있어야 했어↗

그니까 말이야,

너희는 앉은자리에서 쩌어~기 먼 서울 유명 강사 수업을 들으면서 감사한 줄은 모르고,

머 누가 낫네, 누가 별로네 그런 말만 할 줄 알고.

에잉, 쯧쯧.

어쨌든 간에 말이야. 쌤이 그렇게 멍하니 집에 혼자 앉아 있
었다고╱

침만 안 흘렸지, 잠 덜 깬 강아지마냥 멍하니 있으면

쌤 아버지가 오셔서는 꼭 하시는 말씀이

'거 앉아서 뭐 하고 있어?' 하셨다고╱ 그러면 쌤은 꼭 너처럼

'그냥, 심심해서요'라고 말했다고╱

그럴 때마다 우리 아버지가 쌤한테 뭐라 하셨는지 아니?"

"아, 아니요."

"심심하믄,

 공부해라."

"…예╱?"

"심심하면 공부해라고.

공부하면 안 심심하다고.

가서 공부해, 공부.

어╱? 수능이 지금 한 달 밖에 안 남았는데

지금 심심이 해? 으이╱?

친구도 다 컸으니까 교실 알아서 찾아가겠지.

혹시 친구 길 잃으면 내가 데려다주꾸마.

가서 공부해, 공부. 쪽잠이라도 자라고.

얼른 가, 얼른."

"아하하. 네엡!"

쉴 새 없이 쏟아지는 잔소리도 호탕하게 웃어넘기는 아이였다. 교실로 호도독 돌아가는 아이를 보고서 교무실로 돌아왔다. 곧 쉬는 시간이 끝나겠다. 수업 교재를 꺼내 들고 물 한 잔 마시며 부푼 숨을 내려놓자니 마침 수업 종이 울린다. 컵을 내려놓고 수업을 하러 교실로 향했다.

휴,
만족스러운 쉬는 시간이었어.

운수 좋은 날

운이 좋은 날이었다. 우려했던 대출 심사에 무사히 통과했던 날이었고, 투고했던 출판사의 대표님께서 글이 마음에 든다는 회신을 보내주신 날이었다. 게다가 야근 없는 금요일. 사람이 들뜰 때 조심해야 한다고 항상 아이들에게 말해왔는데, 내가 그러지 못했다.

언제부터인가, 일이 바쁘거나 집중을 해치고 싶지 않을 때면 끼니를 거르는 것이 습관이 되어버렸다. 아마도 학창 시절 공부가 급한 마음에 밥 먹는 시간도 아끼겠다며 책상 앞에 붙어있던 것이 화근이 되었지 싶다. 그땐 뭐가 그리 급했는지 점심, 저녁 식사도 마다했다. 화장실 오가는 시간도 아깝다며 물을 마시지 않았더랬다. 그러다 탈수 증상에 쓰러졌지만, 링거 한 방에 기운을 차린 몸을 이끌고 다시 펜을 잡았던 기억이 새록새록하다. 그야말로 피와 살을 버려가며 공부하던 것이 습관이 되어 대학에 가서도 걸핏하면 끼니를 걸러댔다. 역시 삶의 관성은 외력 없이 바뀌지 않나 보다.

학교도 교사에게는 직장이다 보니 불특정한 주기로 일이 몰려들 때가 많다. 그럴 때 어떤 귀소본능 강한 인간은 이른 퇴근에 대한 갈망 때문에 제 버릇 개 못 주고 또 습관적 단식을 감행하게 된다. 문제는 때에 따라 습관적 단식이 이틀에 걸치기도 한다는 점과, 피해도 피해도 피하기 어려운 술자리가 있다는 점이 이어지며 드러난다. 이런 이유로 며칠 전 막걸리 몇 통을 빈속에 마셔 넘겼다는 이야기다.

빈속을 울리는 차가운 막걸리를 느끼며 김 첨지를 떠올렸다. 운수 좋은 날 몰려드는 손님에 끼니를 거르며 내달렸던 김 첨지도 막걸리 몇 잔에 속을 달랬더랬지. 김 첨지가 뭐랬더라… 빈속에 막걸리가 닿는 느낌을….

'찌르르.'

하다 했던가? 당장 내시경을 해도 좋을 만큼 깨끗했던 나의 위장도 차가운 막걸리에 매번 찌르르했더랬다. 그렇게 집으로 돌아온 김 선생은 오랜만에 관우만큼 얼굴이 발개져 있었다. 샤워하고 산뜻해진 기분과 한껏 취기 오른 얼큰한 걸음으로 노트북 앞에 앉았다. 그리고 맘씨 좋은 어떤 분이 보내주신 회신을 다시 꺼내 읽으며 몹시 행복해하다 잠이 들었다.

다음 날. 해와 함께 숙취는 찾아왔다. 그야말로 막걸리의 효과는…. 대단했다. 김 첨지는 설렁탕을 먹지 못하는 아내를 붙들고 한참을 꺼윽꺼윽 울었고, 김 선생은 변기를 붙들고 한나절을 꺼윽꺼윽 울었다. 화장실에 고꾸라져 있으며 그동안 아이들에게 했던 말이 생각나 부끄러웠다. 밥은 먹어가며 공부하라고 했던 말이 부끄러웠고, 성인이 되더라도 술과 담배를 제발 멀리하라 이르던 때가 부끄러웠다. 아세트알데히드 앞에서 선생님은 어찌 이리도 처참하게 되었는지. 술 때문에 혼미한 정신이 창피했다. 꺼낸 말을 스스로 지키지 못한 선생님이 부끄러웠다.

지엔장.

사족.
그래도 담배는 피지 않습니다. 절대.

사족 2.
술 없는 회식 문화를 장려합시다.

사는 게 제일 어려워

.

그렇지 않은 척하지만, 선생님도 사람인지라 긴 수업보다는 짧고 굵은 수업을 좋아하고, 심오한 이론보다는 가벼운 농담을 더 좋아한다.

대학 시절 '미분 기하학'을 가르쳐 주셨던 교수님이 계셨다. '미분 기하학'이란… 뭐, 그런 게 있다. 호탕하고 푸근한 모습이 편안했던 교수님이셨는데, 강의 중 어느 대목에서 자신의 이야기를 들려주시기 시작하셨다. 모든 농담이 그러하듯, 앞뒤 맥락은 전혀 기억나지 않는다.

수학계에는 풀리지 않는 '난제'가 여럿 있다. 어느 수학자가 "~는 ~ 아닐까?"라고 추측만 제기하고 해결은 못 한 문제를 '난제'라 한다. 이 중에는 비교적 최신의 것도 있고 제기된 지 100

년이 훌쩍 넘은 녀석도 있다. 최근엔 한국의 '허준이' 교수가 해결하여 대서특필 된 문제도 여러 난제 중 하나였다. 난제를 해결하면 갖가지 상은 물론이거니와 유명세, 좋은 연구직 등이 따라오게 된다. 경우에 따라 100만 달러의 상금을 받기도 한다. 100만 달러 현상금이 걸린 난제는 세계에 단 일곱 개뿐이다. 이 난제를 '밀레니엄 난제'라 보통 수학 하는 사람들은 부른다.

7대 난제 중에서도 단연 유명한 것이 '리만 가설'이라는… 뭐, 그런 게 있다. 이름에서 알 수 있듯 '리만'이라는 수학자가 추측한 가설로, 추측이 제기된 지 100년이 넘은 지금까지도 해결되지 못했다. 우리의 교수님은 '리만 가설'을 꼭 해결해보고 싶어 하셨다. 그리고 덧붙여 말씀하시길 리만을 꿈에 한 번 만나는 것이 평생의 소원이었다고 하셨다. 리만을 만나서 '리만 가설'을 어떻게 해결해야 하는지 꼭 물어보고 싶다고.

그런데 이 이야기의 시점을 기준으로 몇 해 전, 교수님은 바로 그 리만을 꿈에서 만나셨다고 하셨다. 그토록 기다리던 전설의 수학자를 드디어 꿈에 만났다! 꿈속에서 만난 독일 사람 리만은 어찌 된 일인지 한국어에 능통했다고 한다. 교수님은 리만의 손을 꼬옥 붙들고, 정말 만나고 싶었다고, 평생의 우상이었고 존경한다며 찬사를 쏟아내었다. 그토록 만나고 싶던 이었기에 침이 마르도록 그와 이야기를 나누고 싶었으나 교수님은 문득 자신이 꿈속에 있는 줄 자각하였고, 이 꿈이 깨기 전에 서둘

107

러 꼭 묻고 싶었던 질문을 해야겠다는 생각이 들었다고 한다. 교수님은 물었다.

"리만, 제가 꼭 묻고 싶은 게 하나 있는데, 대답해주실 수 있으시겠습니까?"

"네, 제가 대답해드릴 수 있는 것이라면."

리만은 흔쾌히 웅했다. 이 대목에서 강의실의 모든 사람들은 숨을 죽였다. 교수님은 이어서 리만에게 말씀하셨다.

"이번 주 로또 번호가 어떻게 됩니까?"

…예?

듣던 우리는 일제히 당황. …로또요? …교수님? 지금, 로또라고 하신 거 맞나? '그' 리만에게? 강의실의 웅성거림에 교수님도 멋쩍으신지 서둘러 덧붙이시기를, 자신도 왜 로또 번호를 대뜸 물어봤는지 모르겠다며 머리를 긁적이셨다.

그건 그렇고. 리만은 뭐라 대답했을까? 꿈속에서 리만도 적잖이 당황했다더라. 그 무뚝뚝한 독일인은 움찔, 하더니 이내 한마디를 남기고 사라졌다.

"로또? 그건 나도 모르지."

리만은 두 번 다시 꿈에 찾아오지 않았다고 한다. 아디오스.

교수님은 세속과 떨어져 고고한 수학 연구를 한다고 자부하던 당신이 정작 중요한 순간에 흔들린 모습을 자조적으로 돌아보며 꺼낸 이야기였다. 하지만 나는 교수님을 더욱 좋아하게 되었다. 교수님이 리만에게 묻고 싶었다던 난제의 비밀은 단지 100만 달러의 경제적 이익만을 가져오는 것이 아니다. 그야말로 '역사적'인 수학 분야 1위라는 명성. 그로부터 도출되는 모든 명예직과 강연, 인터뷰. 다시 그로부터 촉발되는 부가적 수입은 로또와 비견될 수 없다. 그렇기에 교수님의 꿈 이야기에서 '리만 가설'과 '로또'의 분리에 더욱 주목할 수밖에 없었다. 교수님은 감히 '그' 리만 앞에서 '로또'라는 속세를 꺼낸 자신의 가벼움을 탓하셨지만, 나는 무의식 속에서도 '리만 가설'과 '로또'를 분리한 교수님의 청정함을 보았다. '리만 가설'을 부와 명성의 상징으로 여겼다면 당장, 로또가 뭐라고, 교수님의 무의식은 리만 뒷덜미를 정중히 부여잡고 난제를 풀어(달)라 요구(부탁)했을 것이다. 하지만 교수님은 **"됐고, 로또 번호나 알려주십쇼!"** 하셨을 뿐이다.

공부에는 경제적 요인이 작용한다. 책이 필요하고, 마땅한 장소를 찾아야 하고, 도구를 마련해야 하고, 스승을 모셔야 한다. 이것으로는 모자라, 소기가 끝날 때까지 끝내지 않겠다는 염원과 무거운 엉덩이가 필요하다. 졸음을 쫓아내려 눈꺼풀을 뜯어버린 달마 대사의 과격함은 안 되겠지만, 잠깐의 기쁨을 내려놓을 수 있는 성실한 용기도 필요하다. 그런고로 '난제'를 해결한 사람이 그토록 위대한 것이다. '난제'는 그야말로 추측일 뿐이라 "어쩌면 ~아닐까?"와 다름없다. 사실은 명확한 답이 있는지 없는지조차 모른다.

다시 말해, '난제難題'를 연구한다는 것은 답의 유무도 모르는, 그래서 난제에 바친 인생이 이슬처럼 허무하게 끝날지도 모르는, 그 와중에 가족을 등에 업고 사람 구실까지 해야 한다는 '난생難生'을 함의한다. '난제'는 결코 꺾이지 않는 각오를 수반한다. 그러니 '난생'을 걷는 이에게 100만 달러의 상금은 실상 아무것도 아니다. 실제 '7대 난제' 중 하나를 해결했던 '페렐만'이라는 수학자는 허준이 교수가 수상한 필즈상과 100만 달러 수상자로 꼽힌 자리에 참석하지 않았다. 대신 그를 쫓아온 기자들에게 남긴 말이 전해져 오는데…. 긴말을 짧게 요약하자면

"당신들이 뭔데 나한테 상을 준다 만다…"

는 식이다. 과연 '난생'에 꺾이지 않은 초인이라 할 수 있지 않을까! 비단 수학뿐만 아니라, 인생이 난관이고 난제다. 인생에 정해진 답은 없고, 결정의 순간에도 그것이 '정답'인지 미리 알 수 없다. 훗날 잘 풀리면 정답이었다며 안심하고, 안 풀리면 "이런 지엔장!"을 외치며 또 다른 방법을 찾아가는 거지. 인생은 수학과 달라서 '정답'이 '정답'인지도 영영 알 수 없다. 인간 삶은 고작 일백 년인데, 죽기 전에 문제가 안 생기면 다행이다. "내가 전

부 안다!" 하는 사람은 모두 사기꾼일 수밖에. 어찌 '전부'를 알까? 보다 설득력 있게 "~것 같다" 정도가 딱 좋다.

그러니 어떠한 정확한 결실을 담보로 하는 공부란 난센스에 불과하다. 공부는 한 사람의 능력이자 노력이고, 결실은 그에 따르는 인과이며 미래의 사건이다. 역순은 불가능하다. 도저히 나의 능력으로는 아직 해결할 수 없는 문제가 "100점!"이라는 미래를 바란다는 열정 하나로 해결되냐는 말이다. 그런 식으로 세상이 돌아갔다면, 우리는 왜 아직도 치킨 한 마리 시키는 데 배달비를 걱정하고 살까. 그냥 "부자!"라는 사태를 바라기만 하면 될 것을.

능력 밖의 것을 바랄 시간과 노력을, 능력 안의 문제를 해결하는 데 쓰는 것이 더 좋다. 결과를 앞서 알 수 없는 것이 공부라면, 당연한 말이지만, 결과를 걱정하지 않도록 돕는 것이 선생의 역할 전부다. 오로지 끝날 때까지 끝내지 않는 자세. 시시포스의 자세. 난생을 견디는 자세. 묵묵한 자세. 마지막 일 분, 마지막 일 초까지 분투하는 자세. 침착한 자세. 오로지 그것만이 아이들의 공부가 되기를 바랄 뿐이다.

오늘 하루도 공부하는 모든 이가,

그들을 바라보는 모든 이가

묵묵함의 자세를 응원하기를 바랄 뿐이다.

여담으로, '페렐만'이 '7대 난제' 중 하나를 풀어내며 '7대 난제'는 '6대 난제'가 되어야 했다. 하지만 한국인들이 숫자 4를 '죽을 사死'와 발음이 같다는 이유로 싫어하듯, 서양인들은 종교적 이유로 '6'을 싫어하여 은근슬쩍 여덟 번째 난제를 빈자리에 끼워 넣었다.

'7대 난제'는 유지되는 중이다.

오래된 미래

15년 전 즈음 고등학생 시절. 지금 돌이켜보면 이래도 되나 싶을
만큼 무모한 결정이었다. 주변에 옹기종기 모여 앉은 십 대들 사
이에서 수학으로 '초큼', 아주 '초큼' 두각을 보인다는 이유 하나
와, 부귀영화는 없더라도 안락한 삶을 누리고 싶다는 이유 하나.
그 둘을 더하여 '수학 선생님'이 되어야겠다 마음먹었으니까.

아니, 그 보통의 고등학교에 모인 십 대 열혈 청춘들 사이에서
수학을 잘해봐야 얼마나 잘한다고 그리 마음먹었을까. 게다가,
대학교 첫 수업부터 지금까지 뼈저리게 느끼는 것이지만, 고등
학생 때 배운 '수학'은 수학이 아니었다. 그건 수학이라기보다 뭐
랄까…. '수학적으로 생각하기' 정도랄까. 요즘 말로 '수학적 사
고력'이랄까. 그런 것이었다. 그래서 당시에는 수능 시험에서도

113

'수학 영역'이라 부르지 않고 '수리數理영역'이라 불렀다. 그런데 이런 사정을 모르고 순진하게 교과서에 '수학'이라 적혀있다는 이유로, 나는 내가 '수학'을 잘하는지 알았지.

마치 수박바에서 수박 향이 나니까, 수박바를 먹고선 수박을 먹었다 억지 부리는 꼴이었달까.

출근 준비를 하며 종종 부모님과 안부 전화를 하곤 하는데, 내가 교사가 된 지 몇 년이나 지났지만 방학철이 다가오는 때마다 부모님은 이리 물으시는 것이다.

1번. 각 물음에 답하시오. [문항당 부분 점수 1점]. [총점 5점]. [보기 없음].

1) "애들 시험은 다 끝났나?"

2) "좀 있으면 곧 방학이겠네?"

3) "방학 되면 여유가 좀 있겠네?"

4) "방학 때 어디 놀러 안 가나?"

5) "방학 때는 좀 쉬어야지?"

각 물음에 정해진 답은 없겠지만, 내가 제출한 답은 이렇다.

답.

1) 네.

2) 네.

3) 아니오.

4) 네, 못 갑니다.

5) 그러게 말입니다.

아니, 왜 아무도 방학은 '방학放學'이지 '방교放敎'가 아니라 말해주지 않았던가. 너무 당연한 말이라 말을 하지 않은 것일까. 너무 당연한 말을 왜 나는 뒤집어 생각했던 것일까. 대체 왜 나는 '방학 때면 못 가본 여행도 다니고, 해외에서 휴가도 보낼 수 있겠지?'라 생각했던 것일까. 대체 왜. 대체 왜 아무도 선생님에게는 방학이 더 바쁜 철이라 말해주지 않았던가. 학생부의 구석구석을 채워야 하는 철이라고. '자율활동'이니 '진로활동'이니 '행동 발달 및 특기사항(줄여 행특)'이니 '과목별 세부능력 및 특기사항(줄여 과세특 또는 더 줄여 세특)'이니 '동아리 활동 사항'이니. 모두 합해 2,500자 정도를 개인마다 작성해야 하니 그 분량이 독자님이 읽고 계신 이 꼭지의 반 정도, 두 명의 학생에게는 딱 이 꼭지만큼이 된다. 담임 선생님 한 분마다 얼추 스무 명의 학생을 도맡으니, 없는 요령 있는 요령 박박 긁어모아도 한 학기마다 단편 소설 한 권 쓰는 셈.

그뿐이랴. 방학이 목전이란 말은 시험 성적이 곧 나온다는 얘기니 학업 상담하랴, 고등학교 3학년이면 진로 상담하랴 진학 상담하랴…. 그 와중에 수업은 또 여전히 챙겨야 하고. 방학 중에 수업이라도 있다면 그것도 챙겨야 하고. 수업 연구도 해야 하고, 입시 공부도 해야 하고, 이러다 퍼져 앉으면 안 되니 운동도 해야 하고. 연애도 해야 하고, 결혼도 해야 하는데. 연애를 하려면 데이트를 해야 하니까 밥집도 알아보고 여기저기 다닐 곳도 알아보고. 여기저기 다니면서 어색하면 안 되니까 있어 보이게 책도 읽고 자기 계발도 해야 하고.

그러다 결혼을 하려면 예식을 해야 하니까 청첩장도 만들고 예식장도 알아보고 웨딩 사진도 찍고. 웨딩 사진 찍으려면 식단을 해야 하는데, 그러려면 도시락을 싸야 하고. 도시락을 싸려면 장을 봐야 하고, 장을 봤으면 재료 손질을 해야 하는데. 이걸 다 해야 하는데, 내일 당장 수업도 해야 하고 학부모님 상담도 있으니까 준비를 해야 하는데, 그러려면 한 시간 일찍 일어나야 하고, 이 와중에 오늘 오후에는 대출 상담받으러 은행도 가야 하고, 그러려면 조퇴를 해야 하는데 수업 교체는 언제 다 한담. 줄줄줄줄줄.

바쁘다 바빠 현대사회. 바쁘고 바쁜 줄 익히 들었지만, 이렇게까지 바쁜 줄은 몰랐다. 이런 야단법석을 매일 겪으면서 어떻게 다들 그렇게 평온하신지 모르겠다. 아직 내가 요령이 없어 그런지, 아니면 내가 모르는 세상이 어딘가에 있는 건지.

이런 와중에도 내가 학생이던 때에는 '선생님'을 진로 희망란에 써놓았던 학생을 더러 볼 수 있었다. 유치원, 초등학교, 중고등학교 선생님을 모두 포함하면 그 수가 제법 되었다. 나도 그중 하나였고. 옆 반에 누구, 옆옆반에 누구누구도, 옆옆옆반에 누구

누구누구도 선생님이 되고 싶어 했다. 그중 몇몇은 지금 성공적으로(?) 교사 생활을 하고 있고.

그러다 우여곡절 끝에 간신히 '선생님'의 자리에 있게 되었더니, 대체 그사이에 세상이 어떻게 변한 노릇인지, 선생님하고 싶다는 아이들이 죄다 사라져 버린 것이다. 꼭 정식적인 진로 진학 상담이 아니더라도, 오며 가며 아이들과 얘기하다 보면 선생님 하고 싶다는 아이가 없다.

어느 날은 수업 중에 잠깐 시간이 비어 아이들과 이런저런 얘기를 나누던 중에 "혹시, 학교 선생님이 되고 싶은 사람 있어?" 하고 물으니, 한 아이가 쭈뼛쭈뼛 손을 드는 것이다. 그래서 반가운 마음에 "오! 어떤 선생님?! 유치원? 초등학교? 중학교?" 물으니 뭔가 부끄러운 듯이 "초등학교요. 하하" 한다. 이런 아이가 한 반에 많으면 한 명, 대부분 없다시피 하다. 학원에서 아이들을 가르친 시간을 포함하더라도 내가 학생을 지도한 경력이 오래되지 않아 공신력은 없겠으나, 그간 선생님 되고 싶어 하는 아이를 본 일이 손에 꼽는다.

초등 교사가 꿈인 아이 셋, 역사 교사가 꿈인 아이 하나. 그마저 역사 교사가 되고 싶었던 아이는 다른 진로를 찾아갔고, 지금 행복하게 지낸다. 이쯤 되니 스멀스멀 이런 생각이 드는 것이다.

'어쩌면 나는,

아무도 자기 손에 쥐고 싶어 하지 않는 무엇을

자기 손에 쥐고 있는 그 한 명일지도 모르겠다.'

는 생각.

'교사'라는 직업이 다른 직업에 비해 더욱 어렵고, 험난하고, 고독하다 생각하지는 않는다. 전혀. 언제나 무언가를 무언가와 비교하기 시작하면, 언제나 한쪽엔 훨씬 좋아 보이는 세상이 있고 다른 한쪽엔 훨씬 부족해 보이는 세상이 있다. 그냥 지금 내 삶의 모양에 '교사'라는 모양이 잘 맞물리는지 살피는 것으로 족하다고 생각한다.

그런 면에서 나 개인은 '교사'라는 직업에 꽤 만족하는 편이다. 예상치 못했던 바쁨과 곤혹스러움, 가끔은 답답함이 있기는 하나, 누리는 것에 비하면 감내해야 할 부분이 아닐까 싶다. 아아 아아주 특별한 일이 아니면 주말과 공휴일을 누릴 수 있고, 어찌 되었든 일정한 월급이 있고.

여러 다른 누림이 있겠으나, 무엇보다 순진한 건지 순수한 건지 모를 아이들과 지내는 데서 오는 낭만이 크다. 그 낭만에 가리어진 그늘도 있으나, 다시 얘기하자면, 누리는 것에 비하면 감내해야 할 부분이 아닌가 싶다. 주관적 견해로는 그렇다.

그래서인가, 어쩌면 지금까지는 '초심자의 행운'이었을지도 모르겠지만, '선생님'이라는 호칭이 누군가의 진로 희망란에 다시 오르면 좋겠다는 생각이 든다. 이도 저도 원하는 진로가 없다는 아이들 중에 참 괜찮다 싶은 아이를 만나면 옆에 잠시 앉히곤 종종 이렇게 얘기하곤 하는 것이다.

"봐봐봐. 혹시 정해둔 진로나 진학하고 싶은 과나, 대학교 같은 거 있니?"

"아니요, 아직 그런 거 없는데요."

"아니면 뭐, 마냥 해보고 싶은 거라든가, 배우고 싶은 거는 있니? 꼭 직업이랑 상관없어도 말이야. 그림을 배워보고 싶다든가, 너 좋아하는 커피 만드는 걸 배워본다든가 뭐 그런 거."

"음… 딱히….."

"그러면 말이지, 봐봐봐. 쌤이 널 참 아껴서 하는 말인데 말이지. 선생님 해보는 건 어때?"

"예? 선생님요? 하하. 하하하. 하하하하하."

"아 물론, 선생님을 하고 싶다 해서 당장 할 수 있는 건 아니고, 또 임용고시라는 난관이 있기는 하지만, 그 임용고시라는 게, 너도 익히 들었을 교사 기피 현상 때문에 네가 졸업할 때가 되어서는 지원율이 현격히 낮아질 거라. 그렇지 않더라도 대기업 취업률에 비하면야…."

"하하. 하하하. 하하하하하."

하고 아이는 웃고 만다.

"그래, 그래. 그냥 웃으라고 한 얘기야. 그렇게 웃으라고. 하하. 하하하. 하하하하하."

"하하. 하하하. 하하하하하."

몇 해 전, '아이가 미래다'라는 제목의 칼럼을 보았다. 제목만 읽어서는 '우리의 미래를 위해 아이 교육에 관심과 최선을 다합시다'라는 내용인 줄만 알았다. 그런데 막상 읽어본 내용인즉, 저출산 문제로 인한 인구 감소 문제가 워낙 심각하여 '아이가 없으면 우리의 미래는 정말로 없습니다'라는, 제목에 해석의 여유 따위 주지 않는 살벌한 내용이었다.

이런 의미로든 저런 의미로든 '아이가 미래다'라는 말에 고개를 끄덕거리게 된다면, 그렇다면 이제 '선생님'은 과거에 남겨질 유물이 되고 마는 걸까? 선생님 되기를 원하지 않는 아이들의 미래에는 여전히 '괜찮은 선생님'이라는 개념이 작동하고 있을까? 혹여 아이가 사라진 미래가 한발 먼저 찾아온다면, 가르친다느니 먼저 태어났다先生느니 하는 말처럼 허무한 것이 또 있을까?

모르겠다. 나는 그저 아이가 '하하. 하하하. 하하하하하' 하고 웃어 넘어간 그곳으로 함께 넘어가고 싶을 뿐이다. 어딘가에는 분명 진로 희망란에 '선생님'을 떡하니 단단한 글씨로 박아 놓은 아이도 있겠지. 그중에 '수학 선생님'을 특별히 점찍은 아이도 있으면 좋겠다. '좋겠다'라는 희망이다.

언젠간 옆에 앉은 어느 아이가 웃으며 "저도 수학 선생님 하고 싶어요"라 말해주길.

독한 여름 감기에서 살아난 지 며칠 지나지 않아, 출근 준비 중에 아버지에게 전화가 걸려 왔다. 간단한 안부 전화였지만, 감기에 걸렸었다는 말은 구태여 드리지 않았다. 이런저런 안부를 물으며 신발을 갈아 신고 있는데 아버지가 물으셨다.

2번. 아래 물음에 답하시오. [총점 5점]. [보기 없음].

"이번 추석은 대체휴일이랑 개천절이 끼어서 연휴가 엄청 길더만? 거, 여름방학 때 쉬지도 못하는 거 같던데, 명절은 고마 짧게 쇠고 며느리랑 둘이 어디 멀리 바람이라도 쐬고 오지 그래?"

부지불식간에 "저도 그러고 싶은데…." 라는 답안이 튀어나올 것 같아 아랫입술을 깨물었다. 별별 궁색한 얘기를 아침부터 꺼내게 될 것 같아 그랬다. 부실한 답안이 주절주절 길어지기까지 하면, 그것도 볼썽사납지 않나? 그리하여 소신껏 짧은 답안을 써내기로 했다. 물었던 아랫입술을 풀고서 아버지께 간단히 말씀드렸다.

답. "바람이요? 하하. 하하하. 하하하하하."

다행히 아버지는 같이 웃어주셨다. 웃고 더는 묻지 않으셨다.

스님이 되고 싶었다

선생님이 되기 전 몇 해 동안은 대구에서 머물렀다. 대구의 커다란 학원가. 그중 어느 곳에서 강사 생활을 하며 홀로 지냈다. 선생님이 되고 싶어 오랫동안 준비했던 임용고시에 세 번 낙방하고, 모든 것을 정리하여 도착했던 그곳. 염치도 없이 아버지에게 빌린 보증금 5백만 원으로 마련한 어느 구석진 빌라 원룸.

지금은 그 일대가 어찌어찌 이름난 맛집들이 여럿 들어서며 대구에서 유명한 맛집 투어 코스가 된 듯하지만, 과거 누군가에겐 공허한 출퇴근길일 뿐이었다. 친구도 없고 가족도 없이 홀로 도망친 그곳을 저녁과 새벽마다 걸었다. 모든 이들이 일과를 마치고 즐거이 술 한잔 걸치는 시간, 평일의 노고를 풀고 휴일의 여유를 즐기던 시간, 보석 같은 공휴일. 그 시간이 누군가에겐 출근의 시작이고 퇴근의 순간이었다. 하루에 한 번 오가는 그 시끌벅적한 길가에서 매번 건져 올린 것은 수심과 허탈이었다. 내적 공허를 달래려 일에 몰두한 탓이었을까? 수업은 날로 커갔다. 물어물어 찾아오는 사람들이 많아졌고 벌이가 쏠쏠해졌다. 나를 늦게 만난 것이 아쉽다며 재수까지 감행하는 아이들도 생겨나자 재수 전담반도 떠맡게 되었다.

강사로서의 첫출발치고는 나쁘지 않았다. 그럼에도 수심과 공허는 잦아들 줄 몰랐다. 되려 늘어만 갔다. 강사 생활의 본질은 성적 향상을 매개로 하는 수단적 만남인데, 나는 이것이 버거웠다. 집도 절도 없는 학원가에서 한 인간의 가치가 오롯이 수단만으로 매겨지는 상황이 불편했다. 수단으로 쌓은 성과가 불안했다.

다시 한번 도망치고 싶었다.

이십 대 초반, 군대 훈련소에서는 다양한 경험을 할 수 있다. 그중 특별한 것으로 '종교행사'를 꼽고 싶다. 일요일 오후에 모든 훈련병들은 개신교, 가톨릭, 불교 중 하나의 종교행사에 참여할 수 있다. 선택에 따라 교회, 성당, 법당으로 보내어진다. 무교의 경우는 어떡하냐고? 아무 곳이나 선택하여 가든가, 두 시간 정도 걸리는 종교행사 시간 동안 교관과 오붓한 시간을 보낼 수 있다. 이슬람, 힌두교도 예외 없다. 그래서 대한민국 국군 훈련소에는 종교 분쟁이 없다. 훈련 교관들이 진정한 종교 평화 지킴이다. 사정이 이렇다 보니 교회, 성당, 법당에서는 '종교 낭인'들을 유치하기 위한 유인책을 여럿 이용한다. 그중 대표적인 것이 '까까'다. 달달하고 향긋한 초코파이와 몽쉘. 사회의 맛이라면 무엇이든 좋다. 그들의 상대는 밀떡 다섯 개와 어포 두 개에도 득달같이 달려들 배고픈 청춘이었다.

종교 낭인 중 하나였던 나. 몽쉘 두 개에 교회를 뿌리치고 성당으로 향했다. 마리아 님이 두 팔 벌려 환영해주시던 그날, 마침 성당에서는 세례식을 열었다. 종교행사가 끝날 무렵, 나에게는 몽쉘 두 개와 '스테파노'라는 세례명이 남아있었다. 소대로 돌아온 스테파노 훈련병은 불교 행사에서 소보로빵과 흰 우유를 먹었다는 누군가의 얘기를 듣게 된다. 가롯 유다는 은 삼십에 예수를 배반했다던데. 일주일 뒤 스테파노 훈련병은 소보로빵과 작은 우유팩 하나에 마리아 님을 뿌리치고 법당으로 나서게 되었다.

부처님이 인자하게 맞아주시던 그날, 마침 절에서는 보살수계가 열렸다. 성당의 세례식에 해당하는 행사다. 세례식에서 신부님이 신도에게 성수를 뿌리며 세례명을 내려주듯, 보살수계에서는 스님께서 작은 향불을 팔 한쪽에 살짝 대었다 떼며 법명을 내려주신다. 우리는 이것을 '향빵'이라 불렀다. '김동진'과

'스테파노', 그리고 '무진 보살'의 삼중 국적을 갖게 된 사연이다.

예수님 돌아가신 뒤의 열두 제자 이야기로 『사도행전』이라는 것이 있다. '스테파노'는 그 열두 제자 중의 한 명이다. 훗날 『사도행전』을 읽다 '스테파노'의 이야기를 읽게 되었다. 감동적이었고, '스테파노'로 이끌어준 몽셸 두 개가 너무 고마웠다. '무진'은 아직도 정확한 출처를 알기 어려우나, 진은 아마 '탐진치貪瞋癡'의 '진'이 아닐까 한다. 소보로와 우유 소식을 들려준 기억나지 않는 친구에게도 고마움을 느낀다.

이러한 연유로, 강사라는 수단으로써의 삶에서 도망치고 싶던 스테파노는 마침 원룸 근처에 있던 성당을 찾았다. 대학 시절 뒤늦게 종교 공부를 하며 성경이며 불경이며 뒤적거리던 때에 몇 번 찾았던 이후로 오랜만이었다. 마침 낙엽 지던 계절에 성당 앞을 부지런히 쓸어내는 신부님의 빗자루 소리를 들으며 예수님 앞에 한참을 앉아있었다. 평일 낮에 성당을 찾아온 낯선 청년이 반가우셨던 아주머님들과 수다도 한참 떨었고.

그날 밤. 조금 가벼워진 마음으로 퇴근하여 잠자리에 들었고, 꿈에 부처님을 만났다. 아무것도 없는 텅 빈 곳에서 부처님을 마주 뵈었다. 머리를 땋아 올리시고 가사를 둘러 입으신, 무릎까지 내려오는 긴 팔을 가진 그분은 정녕 부처님이었다. 부처님을 뵙자마자 무릎이 무너지듯 엎드려 어찌할 수 없이 펑펑 울게 되었다. 막힌 둑이 터지듯 쏟아지는 온갖 서러움과 불안, 슬픔, 회

한을 눈물과 소리에 태워 보냈다. 부처님 발 앞에 납작 엎드려 한참을 우는 동안에도 그분께서는 그저 기다려주셨다. 그리고 어느덧 울음을 그치게 되어 여전히 납작 엎드린 채 부처님 발가락만 보았고, 용기 내어 부처님께 한 가지를 여쭈었다.

"제게 언제쯤 구원이 오겠습니까, 부처님⋯."

부처께서 낮고 또렷하게 말씀하셨다.

"지금, 오고 있다."

파란 새벽. 젖은 베개 위에서 눈을 떴다.

나는 부처의 말씀을 이해했다. 구원은 어느 날 어느 시에 도착하는 택배 같은 것이 아니었다. 문 앞에 도착하면 손으로 뜯어버리는 박스나 점차 낡아가는 내용물이 아니라, 항상 그다음이 기다려지는 '내년 가을' 같은 것이라 이해했다. 그저 계속해서 삶과 가까워지는, 삶과의 거리가 0으로 수렴해가는, 구원의 '과정'이 곧 구원이었다. 그리하여 부처님을 만난 스테파노는 그냥, 그냥 살기로 하였다. 나 하나로 다가오는 계절을 거스를 수 없다면 그저 다가오고 있을 구원과 가까워지고 있는 이 삶을 열심히 가꾸기로 하였다. 그러다 혹여 또 한 번 세속의 광풍에 휩쓸려 괴롭거든, 그땐 부처께서 오시기 전에 먼저 뵈러 가야겠다 마음먹었다.

**옆통수가 튀어나온 편이라 삭발이 어울리지 않겠지만,
부처님은 이런 두상도 품어주시겠지.**

세상이 참 요상하여, 막상 스님이 되어도 좋다 생각하니 홀
연히 기회가 찾아와 선생님이 되어버렸다. 그리 고생하여 만난
아이들이라 그런지, 아이들에게서 자꾸만 나의 어리석던 시절
을 보게 된다. 구원이라는 어떤 상자가 떡하니 있고, 그걸 손
에 쥐어야 번뇌가 사라질 거라 믿던 시절. 수능이든 학교 시험
이든, "시험 잘 봐야 하는데!"라는 생각에 사로잡혀 휘청거리는
모습을 볼 때면 더욱 그렇다.

"시험 점수가 행복을 결정하지 않습니다!"

같은 낭만적인 말을 하고 싶지는 않다. 다만, "잘 봐야 해!" 한
다고 어디 잘 보아지던 시험이 있던가? "다 맞혀야지!" 하는 마
음만으로 정말 그렇게 되는 시험이 세상 어디에 있었나?

없다. 그런 건.

그냥 준비한 만큼 보고 오는 거지 그런 게 어디 있겠나. 시험
시간 마지막 일 분까지 집중하고, 눈앞의 문제 하나에 정열을
쏟는 것이지. 잘 보는 시험이란 어떻게 움켜쥘 수 있는 것이 아
니라, 거기까지 다가가는 과정 자체가 아이들을 잘 보는 시험으

로 이끄는 것이다.

잘 본 시험이 있다면
이런 게 '잘 본' 시험이겠지.

사랑에는 약간의 그리움이 필요한데, 아이들에게도 적당한 무관심이 필요하다. 그런 무관심함 속에서 아이들은 마음이 뛰놀 수 있는 공간을 갖게 되고 영원히 다가오고 있는 무언가를 느끼게 되니까. 그렇게 비로소 공부가 되고 허상에 불과한 각종 제약에 서두르지 않게 되며, 역설적으로 한 문제라도 더 풀게 된다.

그래서 구원이 있다면
과정이 곧 구원이라는 것이다.

그러니 곧 큰 시험 앞둔 아이들일수록 그냥 조용히, 제발 호들갑 떨지 않고 다독여 보내주는 것이 좋지 않겠나… 싶다. 어른이 될수록 입은 닫고 지갑은 열라 했는데. 맛있는 '쪼꼬렛' 하나 쥐여주고 등 한 번 두들겨 주는 걸로 응원 삼으면 좋지 아니할까? 물론 선생님이 되고 보니, 스님이 되었어도 이 많은 사리를 만들었을까…. 싶은 나날이 잦다.

오늘도 그런 날이었다.

부처님이 보고 싶다.

수능 시험 응원 한마디

학원 강사로 자리 잡지 못한 이유이며 선생님으로서 가진 치명적인 단점인데, 정말이지, 나는 아이들의 시험 성적에 도통 관심이 없다. 며칠 전 방송부 아이들이 교무실에 여럿 찾아왔다. 손에 바리바리 들고 온 촬영 카메라와 삼각대를 보아하니 무슨 일을 벌일 작정인 것 같은데. 방송부장으로 보이는 아이가 먼저 나서서 하는 말이, 역시나, 수능이 며칠 남지 않은 고3 선배들에게 들려줄 '선생님들의 수능 응원 한마디'를 촬영하고 싶다 하였다.

일순간의 정적. 몇십의 아이들 앞에서는 하루 몇 시간씩 천연덕스럽지만, 카메라 앞에서는 영 숙맥이 되는 선생님들이었다. 아마 순간의 정적 동안 선생님들의 머릿속에 울리던 소리는 아마 '올 것이 오고 말았구먼' 아니었을까? 좁은 두개골 속에서 소리 없이 울리던 생각은 용케 메아리까지 불러왔다.

'그래, 올 것이 왔으니 누군가 시작을 하기는 해야겠는데···. 누가 먼저 하면 좋을까···. 교무실 막내가 누구였더라···?'

싸늘하다. 비수가 날아와 꽂힌다. 선생님들의 시선은 조용히 수학 문제를 풀던 한 수학 선생님의 등판에 우수수 꽂혔다. 그 막내가 나였다는 이야기다. 정적이 흐르는 교무실을 천천히 돌아보았다. '교무실에 계신 선생님의 수 × 2'만큼의 눈동자가 이미 나를 향해 있었다. 거기에 더해진 두 개의 눈동자. 방송부장의 눈이 웃고 있었다. 지엔장.

"자 그럼 얘들아, 우리 어디서 촬영할까? 조용한 옆방으로 옮겨볼까? 삼각대는 쌤이 들어줄게. 근데 이거 매년 하는 거니? 아니아니, 하기 싫어서 그런 건 아니고. 그냥 궁금해서. 표정이 왜 안 좋냐고? 원래 이렇게 생겼어. 하하. 하하하. 하하하하하."

자리를 옮긴 옆방. 삼각대 설치에 열중인 방송부원들과, 전하고 싶은 응원이 있지만 먼저 하기에는 조금 쑥스러웠던 선생님 몇 분. 그들 모두를 마주하고 카메라 앞에 앉은 한 사람. 카메라 설치가 끝났는지 방송부장이 말했다.

"선생님, 준비되셨으면 바로 시작할게요!"

"아, 지금 바로? 녹화 버튼 눌렀다고? 지금 녹화 중이야? 아니, 준비가 안 됐··· 알겠어, 알겠어. 음···. 네. 김동진입니다. 뭐, 수능이 벌써 며칠 안 남았네요. 어···.

아니, 잠깐만. 다시 하자. 준비가 안 됐… 알겠어, 알겠어. 계속할게. 거참, 방송부장 박력 있구먼?

음…. 네. 김동진입니다. 여러분들의 수학 선생님이죠. 여러분들 2학년부터 지금까지 저와 함께 수학 공부를 해오느라 참 고생이 많은 줄 알고 있습니다. 어느새 수능이 가까워졌고, 응원을 해달라 하여 이렇게 영상을 찍고 있네요.

그런데 사실, 뭐, 여러분들이 더 잘 알고 있겠지만…. 저는 여러분들의 수능에 별 관심이 없습니다."

왜일까? 여기까지 말했을 뿐인데, 앞에 있던 방송부원들과 선생님들이 웃음을 터뜨리며 주저앉았다. 의아해하면서 인터뷰를 이어 나갔다. 응원의 긴 마음을 짧은 '한마디'로 할 재주가 없어 여러 마디로 채웠다. 곧 촬영이 끝나고 인터뷰를 보았던 방송부원 아이들과 선생님들은 참 좋은 말이었다며 칭찬해주셨다.

정말 내용이 좋았던 것인지,
미운 놈 떡 하나 더 주는 것인지.

나는 아이들의 시험 성적에 도통 관심이 없다. 수능 시험이든, 내신 시험이든, 자격증 시험이든, 실기 시험이든, 받아쓰기 시험이든 대체 선생님이 '시험' 응원을 왜 해야 하는지 도통 이해되지 않는다. 아이들 각자 삶의 목표가 다른데 아이들을 응원해야지 '시험' 응원을, 왜 하는지 알 도리가 없다.

나는 아이들 각자의 노력을 응원한다. 그런데 그 노력이, 상당히 많은 아이들이 '시험을 잘 본다'는 것을 중하게 여기기에, 오로지 그런 의미에서 '시험'을 응원하는 것뿐이다. 아이들이 자격증 시험을 준비하면 그것을 응원할 것이고, 대학이 아닌 다른 곳에서 삶의 의미를 찾겠다 하면 그것을 응원할 것이고, 유학을 준비하겠다 하면 그것을 응원할 것이다. 어떻게 모든 아이들보는 영상으로 '시험' 응원을 택했는지 도통 이해되지 않는다.

다행히, 사회성이 조금은 있어서 생각만 하고 말은 하지 않았다.

수능 시험에 응시한다는 이유 하나만으로 선생님 모두의 응원을 받을 이유가 무엇인가? 게다가, 수능 시험에 응시하지 않는 아이들이 '수능 응원' 영상을 보고 앉았을 이유는 또 대체 무엇인가?

그래서 쌤은 '수능 대박'을 응원하지 않는다 말했다. '찍은 거다 맞혀라'든가, '원하는 대학에 다 붙어라' 하고 말할 수 없었다. 다만 각자의 자리에서, 각자가 노력한바, 각자의 노력만큼 온전히 보상받기를 응원한다 했다. 노력의 목적이 '수능'이든 '자격증'이든 '취업'이든, 그건 이름일 뿐이다. 그 이름에 다다르기까지 기울였던 노력을 응원했고 끝까지 노력하기를 응원했다. 노력의 시간 속에서 소소히 깨달은 것을 응원했다.

노력을 넘어선 결과를 응원하는 건
당최 헛되고 헛된 시간 낭비였다.

자세한 인터뷰 내용은 우리 아이들에게만 공개되니 천만다행이다. 아이들이 배운다는 것의 의미를 알고 학교를 떠나면 좋겠다. 그런데 그걸 알려주기가 너무 어렵다. 차라리 수학을 가르치는 게 곱절은 더 쉽다. 언제부턴가 아이들에게 배움은 '시험과 관련된 것'이 되어버렸다. 그런데도 어떤 선생님은 이거 정말 재미있다고, 이거 배우면 정말 좋다고 아이들에게 맨날천날 꺼내놓는 것이 하필 '수학'과 '책 읽기'니. 그러니 아이들과 대화가 안 된다, 대화가.

제가 한때 그랬다는 말입니다.
하하.

학교에서는 왜 모든 아이들에게 수학과 국어를 중요하게 가르칠까? 그게 아이들의 자연스러운 삶에서 가장 멀기 때문이다. 가장 멀기 때문에 억지로 가깝게 하려 가르친다. 우리나라에 '수학'과 '국어'가 있은 지 고작 100년 남짓 되었을 뿐이다. 없이도 그동안 잘 살았다. 그러니 우리나라에 어찌어찌 수학이 자리한 지 100년이나 지났음에도 여전히

"덧셈 뺄셈만 해도 충분한데 이걸 왜 배워야 해요?"

라든가

"컴퓨터가 다 계산해주는데 왜 배워야 해요?"

같은 질문이 나온다. 그런 질문에 대한 세련된 답을 알려준 책이 있는데, 바로 『쓸모없는 수학』이라는….

이런 이유로 언제부터인가, 아이들에게 배움에 관한 얘기를 할 때에는 '수학'과 '독서'는 되도록 넣어두는 편이다. 대신 순수한 나의 배움 이야기를 꺼낸다. 꽃, 마카롱, 커피, 영어, 글쓰기, 시, 선물, 새벽 기상(외국어로 '미라클 모닝') 등. 다행히 아이들도 재미있게 듣는 편이다. 어쩌면 콘텐츠 자체의 재미라기보다는, 무슨 얘기든 재미있게 만들어주는 수학 수업의 마법인지도 모르겠다.

이유야 무엇이든 어떠랴.
재밌으면 됐지.

라는 생각을 하며 다시 교무실로 돌아왔다. 그리고 이참에 아

이들에게 들려주는 몇 가지 배움 이야기에 대해 글로 찬찬히 남겨둘까 싶다. 선생님들이 으레 그러듯, 주제는 선생님 내키는 대로. 얼마나 값진 글이 될지 모르겠지만, 뭐….『쓸모없는 수학』보다야 재밌지 않을까?

하하. 하하하. 하하하하하.

봄 저녁에 산책을 하다가

때는 늦은 봄. 한날은 저녁 산책이 하고 싶어졌다. 이른 저녁을 가볍게 먹고서 주섬주섬 추리닝을 챙겨 입었다. 며칠 전에 있었던 학교 체육대회 날 입으려 산 녀석이었다. 매일 면바지에 셔츠만 입었더니 정작 체육대회에 입을만한 적당한 옷이 없어 고민고민하다 큰맘 먹고 산 추리닝. 그 와중에 윗옷은 사지 않고 바지만 샀더랬다.

  아래는 새로 산 검정 추리닝 바지, 위로는 구매한 지 5년이 넘은 물 빠진 검정 티셔츠를 주섬주섬. 대학생 시절에 선물 받아 오늘까지 애용하는 2만 7천 원짜리 카시오 시계를 착. 고무 패킹이 다 떨어져 나간 2년 된 흰색 크록스를 샤샤샥. 그리고 어느새 아내가 된 구 여자친구와 함께. 하늘빛이 슬슬 바이올렛과 주황빛 사이의 어스름이 되어갈 때 집을 나섰다.

집 근처에 있는 공원을 무심히 지나쳐 마냥 걷기 시작했다. 공원을 뱅뱅 돌며 걷기보다 사람 사는 모습을 보는 것이 더 재밌어서 그랬다. 옆 아파트 단지도 구경하고, 그 옆의 주택가도 구경하고, 그 옆의 상가도 구경하고. 같은 저녁의 다른 장소를 보는 재미랄까.

이곳에서 살며 보는 저녁 풍경은 이렇겠구나. 놀이터에선 이런 소리가 들리고, 앞마당의 나무는 이런 빛깔이겠고, 식당과 카페에서는 이런 냄새가 풍기겠구나. 이런 생각이 걸음걸음마다 흘러 들어와서는 옆에 같이 걷는 사람과 쫑알쫑알 떠드는 재미가 쏠쏠했다.

그렇게 걷다 보니 우리는 어느새 야트막한 오르막길에 있었다. 양옆으로 주택들이 줄지어 선 야트막한 오르막길. 집을 나설 때보다 짙어진 노을만큼 더 조용해진 집들. 아마 다른 집들도 저녁 식사가 얼추 끝났나 보다. 골목에는 나와 아내의 자박자박 걷는 소리만 들렸다.

그런데 문득 코끝에 어느 향기가 스쳤다. 코를 움찔거려 향을 좇았더니 과연 낯설지 않다. 아주 어릴 적 어머니가 자주 씹던 껌에서 나던 향. 어머니를 졸라 껌 반쪽을 간신히 받아 씹어보면 비강의 끄트머리로 풍겨오던 그 향. 아카시아다. 아카시아 향이 골목에 온통 은은했다. 봄은 봄인가 보다 하였다.

아카시아 향이라는 것이 참으로 신기하더라. 요즘은 어딜 가든 쉽게 찾아볼 수 있는 디퓨저나 몸에 뿌린 향수에서 풍기는 향은 그 냄새가 짙을수록 후각 세포를 강하게 자극하지 않던가. 그런데 아카시아 향은 한 골목을 다 채울 만큼 짙으면서 동시에 은은한 것이다.

은은하기만 한 것이 아니라, 그 향의 근원을 아무리 따라가 보아도 향이 더 짙어지지 않는다는 사실이 더욱 놀랍다. 아니나 다를까. 향을 따라 걷다 걷다 보니 마침 아카시아 나무가 주르륵 늘어선 가로수길을 곧 만났다. 언제부터 아는 사이라고, 아카시아 나무가 줄지은 가로수길이 반갑기까지 하더라. 흰 아카시아 꽃이 걷는 사람 머리까지 늘어섰다.

정해진 곳 없이 걷던 나와 아내는 아카시아 나무 아래를 따라 걷기로 했다. 그 아래의 향은 얼마나 달콤할까 싶었다. 그렇게 가로수길의 중간 즈음 지났을까. 아카시아 나무는 여전히 향을 은은하게만 내놓을 뿐이었다. 왠지 섭섭한 마음에 아카시아 멱살 한 줄기를 붙들고 코를 맞춰보았지만, 그럼에도 향은 묵묵히 은은할 줄만 알더라.

코에 닿은 이것이 아카시아가 아닌 향수였다면, 가까워진 만큼 강해진 향기가 콧속을 파고들었을 텐데. 어쩌면 찌르는 듯 강해진 향에 온 얼굴이 찌푸려졌을지도 모를 일이고. 그러다 향유가 코끝에 살짝 묻기라도 했다면, 닦아도 닦아도 끈덕지게 남아있는 향기 분자 때문에 남은 산책길이 온갖 짜증으로 가득 찼을 테고. 하지만 아카시아 나무는 자신과 나 사이의 거리가 0으로 수렴한다는 사실을 외면한다는 듯, 그렇게 상수常數처럼 있었다.

앞서 말했지만, 나는 정말이지, 아이들의 성적에 도통 관심이 없다. 이런 '노관심'을 애써 밝히려 하지는 않으나, 그렇다고 애써 숨기려 하지도 않는다. 그저 '성적'에 관한 나의 몫은 수업 준비를 열심히 하고, 수업을 잘하고, 시험 결과에 열심히 상담해 주고, 열심히 질문받아 주고, 공부 분위기를 잘 만들어주고. 그쯤이라 생각한다.

그렇게 마련된 환경에서 아이가 나름의 최선을 다했으면 되었지. 원하던 성적이 나왔느냐 그렇지 않느냐에 대해 내가 왈가왈부할 일이 무어 있겠나. 다만, 아이들 스스로가 자신의 모자란 점과 아쉬운 점을 밝히도록 돕는 일이 나의 역할이라 생각한다.

그저 아이들이 "이번 시험은 망쳤다", "이번 시험을 잘 봤다", "내가 약한 부분이 출제되었다", "공부한 데서 시험이 나왔다"는 식의 한마디로 자신의 공부를 정리하지 않도록 짚어주는 것.

자기 공부의 잘나고 모자란 부분을 외면하지 않게, 직면할 용기를 갖게 다시금 옆자리에 불러 앉히는 것으로 또 한 순환을 시작할 뿐이다. 성적에 관해 선생님으로서 도울 일은 이것이 전부다.

내가 무엇보다도, 성적보다 중요하게 여기는 것은 아이들의 '묵묵한 마음'이다. 아이들의 초심은 당차다. 학기 초가 되면, 학년 초가 되면 아이들의 기세는 백두대간을 가로지를 듯하다. 인생을 뒤엎어버리겠다는 눈빛. 무언가에 몰입하는 모습에 위압이 될 것만 같다.

그 기세가 그야말로 끝까지 지속되는 아이도 더러 있으나, 상당수의 아이들은 백일을 넘기지 못하고 마음이 흐트러지기 마련이다. 아무렴, 그동안 쌓아온 습벽을 무너뜨리는 일이 쉽지는 않으니까. 바로 그때, 무너지는 마음을 다시 붙들도록 나서야 하는 지점이 선생님의 순간이라 믿는다.

슬슬 등교 시간이 늦어지거나 자습 시간이 줄어드는 지점. 자리를 지키고는 있으나 눈이 풀려있는 나날이 잦아지는 시점. 눈은 뜨고 있으나 오며 가며 보는 얼굴에 생기가 없어지는 지점. 바로 그곳을 비집고 들어가 아이를 불러내어 이런저런 얘기로 다시금 돌려놓는 일. 그 일이 선생님의 몫이라 믿는다. 무너지는 마음을 붙들어 올리고, 다시 무너지려 하면 다시 붙들어 올리고. 그렇게 몇 주기 돌다 보면 곧 졸업이고.

그렇게 무너지는 마음에 시멘트를 섞어 다시 보수공사를 하려다 보면 아이들과 마찰이 생기기 마련이다. 아이들을 괴롭게 하고자 하는 것이 아님에도, 어찌 되었든 아이들의 마음에선 괴로움이 일어나니까. 지난 세월 동안 마음에 새겨진 습벽을 깨부수고 새로운 길을 만들기는 아이의 마음속에서는 부자연스럽게 느껴지니까.

사실 아이뿐만 아니라 너, 나, 우리 모두 그렇다. 새로운 습관을 만들려면 부단한 괴로움이 동반된다. 커피를 줄이려는 노력에도, 아침에 일찍 일어나려는 노력에도, 책을 꾸준히 읽으려는 노력에도, 식단을 꾸준히 유지하려 함에도. 어른도 그리 괴로운데 감수성 예민한 아이들은 얼마나 괴롭겠나.

단단한 습관이 건축되고 나서야 이런 노력을 그칠 수 있겠으나, 그때까지의 괴로움은 필연이다. 성장통은 싫으면 덜어내면 그만인 카레 속의 당근이 아니다. 끝까지 같이 가든가, 시작을 않든가. 둘 중 하나다. 괴로움은 쏙 빼고 첫 마음을 지키는 방법은 없다.

몸매 만드는 데에도 근육통이 따르는데,
마음 만드는 일에야 어찌 통증이 없겠나.

그러다 한날은 어느 학부모님께 이런 전화를 받았다.

"선생님. 우리 아이가 곧 졸업을 할 텐데, 그러면 동네에서 오다가다 선생님 얼굴 한번 볼 일 생기지 않겠어요? 그때 우리 애가 선생님한테 웃으면서 인사하면 얼마나 좋겠어요? 애 입장에

143

서 좀 더 생각해 주셔서…."

아이 없는 내가 어찌 학부모님의 마음을 다 헤아릴까. 아이가 그만한 괴로움을 느낀 것에, 그리고 학부모님이 느낀 답답함에 죄송했다. 다 나의 무력함 때문이라 생각하며, 좀 더 자상하게 아이의 입장에서 지도하도록 하겠다 말씀드렸다.

통화 후로는 나의 모든 자상함을 박박 그러모아 아이에게 주었다. 무뚝뚝한 내 성격에서 짜낸 자상함이 과연 밥 한 숟갈만큼이라도 간신히 되었을까. 아이가 그 한 숟갈에서 포만감을 느꼈는지 나는 알 수 없다. 어쨌든 내 남은 자상함을 모두 그러모았다고 말할 수밖에.

사실, 학부모님과 통화하며 마음속으로는 수십 번을 항변했지만 입 밖으로는 한 번을 내뱉지 못했던 말이 있었다. 나는 정말이지, 아이가 영영 나를 잊고 살아도 상관이 없다고 말하고 싶었다. 오다가다 마주쳐 웃어주기는커녕 나의 이름도, 나의 얼굴도, 나의 존재도, 모든 것이 잊혀도 상관없다. 오히려 잊히는 것이 좋을지도 모르겠다.

그저 아이가 학교를 떠나 어딘가에서, 다른 사람에게 상처 주지 않고, 그저 묵묵히 자신의 자리에서 자기 마음먹은바 꾸준히 실천하며 살기를. 그저 그렇게 살기만을 바란다. 그게 '선생님'이라 불리는 내 마음의 전부지 뭐 더 바랄 게 있겠나.

교육은 본래 허망한 것이다.

아닌 게 아니라, 선생님은 한 명 한 명이 '안 유명한 연예인'이다. 선생님 한 명이 어느 동네에서 몇 년 아이들을 가르치다 보면 그 선생님을 거쳐 간 졸업생만 금세 수백 명이다. 졸업생들의 부모님까지 포함하면 그 수가 곱절은 되니, 동네에서만큼은 이 못난 얼굴 알아보는 사람을 드문드문 만난다.

집 앞 편의점 점주님이 유독 살갑게 맞아주는 것이 그저 내가 단골이라는 이유인 줄로만 알았지. 자주 가던 식당 사장님이 주시는 서비스 반찬이 나는 그저 넉넉한 인심인 줄만 알았지. 알고 보니 졸업생 어머니고, 알고 보니 수업 들던 학생 아버지다.

이러니 맥주 한 캔 사러 집 앞 편의점에라도 갈라손 치면, 식당에서 반찬 조금 더 달라 부탁드릴라손 치면 그 조심하는 마음이 얼핏 연예인 같다가도, 그렇다고 부귀영화나 유명세가 따라붙지는 않으니 결국 '안 유명한 연예인' 같다는 말이다.

'1타 강사'란 말은 이제 누구나 아는 말이 되어버렸지만, 이 넓은 세상에 '1타 교사'란 말은 아직 존재하지 않는다. 그러니 내 얼굴 아는 사람이 아무리 주변에 많다 한들, 어쩌면 그저 이름 없이 묵묵히 잊혀 가는 게 '선생님'이란 호칭에 포함된 암묵적인 계약사항일지 모르겠다.

언젠가 노자 말씀에 '공성이불거功成而不居'라는 말을 읽었다. 일을 다 이루되, 이루고 나서는 비비적거리지 말고 쿨하게 떠나라는 말씀이다. 처음 읽던 때는 '참 좋은 말씀이구나' 하고 말았지만, 선생님이라 불리고 나서야 '과연 이런 뜻이었구나' 싶다.

나는 그저 아이들이 자신의 초심과 기원을 끝까지 좇기를 바란다. 흐트러지고 다시 세우면서도 그 마음의 평균값이 유지되도록. 그 마음이 묵묵히 자리 잡기를 바란다. 그리고 이것으로 나의 역할은 끝이다. 이런 바람이 나의 묵묵함이 되기를 바란다.

그러던 어느 날 잊고 살던 바람에 아카시아 향처럼 우연히 만나거든 그냥 '너 거기 있고, 나 여기 있구나' 하며 묵묵히 지나치면 되지. 각자가 각자의 자리에서 묵묵히 살면 되지. 혹여 나만 알아보게 되거든 '멋있게 잘 컸네' 하는 마음만 가지면 되지. 뭐 더 바랄 게 있겠나.

또 그렇게 담백한 사람이어야 오며 가며 만나게 되지 않겠나. 또 그렇게 가깝든 멀든 묵묵히 은은해야 오르막을 걸어 언젠가 만나지 않을까. 또 그렇게 노을 지는 저녁에 만나거든 그땐 서로 반갑지 않을까.

제자리를 오래 지킨 아카시아처럼 말이다.

2장

주관적 교육 연구소

선생님이 되기 전에 알아야 했던 것

학생이던 때에는 선생님에게 필요한 재능이란 딱 두 개로 충분할 줄 알았다.

1. '똑똑'하고,
2. 뭐든지 '잘 설명하기'

하지만 이 두 재능보다 '더' 중요한 것이 몇 가지 있다는 걸 선생님이 되어버리고 나서야 알았다. 그중 하나를 간단히 소개한다.

0. '잊어버리기'

선생님이 되려면 뭘 잘 잊고 까먹어야 한다. 무엇을? 내가 이 아이들에게 무언가를 가르쳤다는 것을. 그 무엇이 무엇이라도! 수업에서 가르친 것은 당연하고! 알려준 것이 그 무엇이든 그냥 빨리 잊어버려야 한다. 어려운 수업 내용을 말하는 게 아니다.

'교실에서 신발 신지 마라. 지각하지 마라. 밥 먹으면서 떠들지 마라. 계단에서 뛰지 마라. 바닥에 쓰레기 버리지 마라. 욕하지 마라' 등등…. 성숙한 어른에게는 아주 기본적인 것들이 아이들에게는 어렵다. 아이들에게는 모든 것이 낯설고, 그만큼 서툴다. 한두 번으로는 잘 해내지 못하기 때문에 문자 그대로, 열번, 스무 번이라도 말해줄 수 있어야 한다.

아이들은 빨리 잊고, 자주 실수하고, 잘 하지 않는다. 이러한 사태에 화내지 않는 것, 평정심을 잃지 않는 것, 빨리 잊는 것, 나아가 가능하다면 이러한 것에 대해 지도했었다는 사실 자체를 잊어버리는 것. 그게 선생님에게 필요한 재능 0번인 것 같다. 이걸 너무 늦게 알았다.

오늘도 몸에서 사리가 나온다.

커서 뭐 할래?

나도 내가 선생님이 되고 싶은 줄만 알았다.

요즘 고3 아이들의 대학 입시 상담을 하다 보면 이런 생각을 자주 하게 된다.

'고등학생 때로 돌아가게 된다면 다시 교사를….'

이런 생각의 마침표가 찍히기도 전에 답이 튀어나온다.

"아니."

나는 내가 정말 선생님이 되고 싶은 줄만 알았다. 진로를 결정하지 못했던 때도 있었지만, 다행스럽게도 고등학교 3학년 여름방학 즈음하여 수학 선생님이 되고 싶다는 '꿈'이 생겼다. 당시의 담임 선생님께도 결정한 진로를 말씀드리니 이런저런 사범대학을 소개해주셨고, 그중 내가 가장 마음에 들어 했던 학교에 운 좋게 합격했다. 고즈넉한 시골에 있는 조용한 학교였다.

대학교에서 배우는 수학에 적응하는 데는 꽤나 많은 번뇌와 풍운의 시절이 필요했다. 수학과 평생 같이 하려는 사람들은 정상적인 사람이 아니라는 걸 왜 그때는 몰랐을까. 그들 사이에서 나는 무슨 평화를 누릴 생각이었을까.

하지만 인생은 '존버'가 답이라 했던가. 버티다 보니 어느덧 대학 수학에 맛을 들인 나를 발견할 수 있었다.

추상적인 기호들이 난무하는 수학책 속에 내 청춘을 열심히 묻어두었다.

새로운 교양수업을 찾다 우연히 듣게 된 윤리학 수업이 있었다.

첫 수업, 교수님께서는 학생들이 앞으로 어떠어떠한 책을 먼저 읽고 수업에 참여하길 바라셨다. 윤리학 수업에 참여한 단 한 명의 '이과', 그중에서도 하필 수학교육과라 교수님 눈에 띄었던 나는 별수 없이 학교 도서관으로 향했다.

부끄럽게도, 당시 대학교 3학년이면서도 나는 중앙도서관 어디서 책을 빌릴 수 있는지 몰랐다. 그간의 과제들은 책 없이 문제 풀이로 진행되던 수학 수업이 대부분이었기 때문이라 평계

대어 본다.

후배들에게 물어물어 책 빌리는 방법을 알아냈다. 도서관 3층에 있다는 서가를 찾아 계단을 열심히 올랐다. 3층에 도착하자 자동 유리문이 설치된 서가가 보였다. 유리문 앞에 다가섰고, '우웅'하는 소리를 울리며 유리문이 양쪽으로 미끄러졌다.

열린 문틈 사이로 아주 짙은 책 냄새가 불어왔다.

초등학교 저학년 시절, IMF로 인해 가족의 사정이 어려워졌다. 아버지는 먼 곳으로 일을 떠나게 되셨고 어머니는 맞벌이를 시작하셨다. 외아들인 나는 학교를 마치면 딱히 갈 곳이 없었다. 그래서 동네 시장의 작은 서점에서 매일 시간을 보냈다. 오락실보다는 조용하고, 아늑하고, 편안한 서점이 좋았다.

그 작은 서점 한 귀퉁이에 앉아서 뭣도 모르고 많은 책을 읽었다. 읽기 쉬운 책도 있고 어려운 책도 있었지만, 그 당시에는 그게 쉬워서 잘 읽히는지 어려워서 안 읽히는지 모른 채로 아무 책이나 잡아 읽었더랬다. 『연금술사』나 『해리포터』 시리즈도 그때 읽었던 것으로 기억한다.

서점 주인분은 중년의 아저씨였다. 지금 돌이켜보면 웬 어린 녀석 하나가 "안녕하세요!" 하고 꾸벅 들어와서는, 돈도 안 내고, 묻지도 않고, 새 책을 꺼내서 한참을 읽다가 "안녕히 계세요!" 하고 가기를 매일 반복하니 귀찮고, 싫기도 하셨을 것이다. 하지만 아저씨는 왜인지 항상 구석에 앉아 책을 읽는 나를 가만 지켜주셨고, 가끔은 팔리지 않아 색이 점점 바래가는 책을 하나씩 손에 쥐여주기도 하셨다. 이때의 기억이 참 좋았나 보다. 도서관의 유리문이 열리며 이때의 기억이 쏟아져 나왔다.

나는 알았다. 이곳에 오려고 그간 숱한 번뇌의 시절을 겪어왔나 보다.

내가 고등학생이던 시절, 어느 선생님이라도 "동진아, 네가 제일 좋아하는 게 뭐야?"라든가 "너는 뭐할 때가 제일 즐거워?"라 한 분만, 한마디만 해주셨더라면 지금 나는 '선생님'으로 불리지 않았을 것이다. 나는 아마 '서점 사장님'이 되었을 것이다. 하지만 아무도, 어떤 말도 해주지 않으셨고 나는 내가 선생님이 되는 걸 제일 원하는 줄 알았다.

아니었다. 이걸 너무 늦게 알았다.

내가 고등학생이던 10여 년 전에도, 지금도, 소위 공부를 잘하는 아이일수록 좁은 세상만이 허락된다. 한 평 남짓한 책상과 '국영수사과'라는 좁은 세상.

우리 학교에서 가장 성적이 좋은 학생이 의사가 되고 싶단다. 그래서 물었다.

"왜?"

그러니 아이가 대답하기로

"모르겠어요, 저도. 중학교 때부터인가? 엄마, 아빠나 주변 선생님들이 의대에 가라고 하시다 보니 그렇게 됐어요."

라고 한다. 나는 생각한다.

어른들이 공부 잘하는 아이에게 진심으로 좋아하는 것이 무엇인지 묻지 않는 이유는, 어쩌면 아이들의 대답이 '공부'가 아닐까 봐 두려워서는 아닐까…

하고.

아이들이 자신의 숨겨진 마음에 대해 깨닫는 것이 두려워서는 아닐까? 진정 원하는 게 무엇인지 눈치채 버려서 '공부'에 소홀해질까 봐. 그래서 어른이 계획한 아이들의 미래가 무너질까 봐.

물론 서점을 열고 운영하는 것이 아주 어려운 일임은 안다. 교사로서의 삶이 행복하지 않은 것도 아니다. 나는 아이들 앞에 설 때 나의 재능을 확신하고 살아있음을 느낀다.

다만, 아이들을 가르치는 것이 내 삶에서 두 번째로 좋아하는 것임을 말하고 싶을 뿐이다. 내가 가장 좋아하는 것은 '책과 함께하는 것'이다. 읽는 것도 좋고, 만지는 것도 좋다. 책과 함께 있고 싶다. 오죽하면 대학을 졸업할 때쯤, 훗날 열고 싶은 서점의 이름도 이미 정해져 있었다.

'낮에는 책을 생각하고, 밤에는 책을 읽는다' 하여 '낮책밤책'. 언젠가는 이 간판을 단 서점을 열어야지 다짐했었다. 1층에서 커피와 조그만 디저트를 팔고 2층에서는 공부하고 책 읽는 카페. 책이 그득한 카페. 저녁 즈음하여서는 카페 문을 닫고서 주변의 처지가 어려운 친구들을 모아 같이 공부하고, 수학을 가르쳐주는 노년의 로망을 즐기길 바랐다. 풍성한 흰머리와 함께면 더 좋고.

돌이킬 수 없는 지금에 와서는 두 번째로 좋아하는 것을 직업으로 삼게 된 것의 장점만 생각하며 산다. 가장 좋아하는 것을 가장 좋아하는 것으로 남겨둘 수 있게 되었으니까. 그럼에도 불구하고, 아이들이 나와 같이 번뇌 가득한 청춘을 보내지 않기를 바라는 마음에 나는 오늘도 아이를 옆에 앉혀놓고,

"네가 제일 좋아하는 게 뭐야?"

라든가

"너는 뭐할 때 제일 좋아?"

를 물으며 상담을 연다. 그리고 아이는 말한다.

"잘 모르겠는데요."

하….

오늘도 상담이 길어지겠구먼….

사람 잡는 사람

살면서 사주를 세 번 보았다. 그 세 번, 사주가는 자신 있게 내가 무슨 일을 하는지 알아맞히려 했지만 단 한 번도 맞히지 못했다. 그럼에도 그들의 오답만큼은 한결같았다.

한날은 여자친구님을 모시고 사주를 보러 갔었다. 여자친구님과 점심을 먹고 나오는 길에 떡하니 마주친 '사주 봅니다'. 교제를 시작한 지 얼마 되지 않던 터라 궁합 같은 것을 알아보면 재미있을 것 같았다. 문을 열고 들어갔다. 사주가 앞에 나란히 앉았다. 사주가는 짤막하게 인사하고는 곧바로 생년월일시를 물었다. 조용히 무언가를 열심히 계산하셨다. 그리고는 인상이 밝고 인자하신 여자친구님께 먼저 말씀하셨다.

"선생님인가보네예?"

놀랄 노 자다! 단박에 맞혔다! 나와 여자친구님은 신기함을 감출 수 없었다.

"어떻게 아셨어요?!"

"여기 사주에 다 나와 있는걸요, 뭐."

사주가는 이어서 나를 바라보았다. 입이 살짝 열린다. 무언가를 말할 낌새다. 싸늘하다. 몇 해 전 보았던 첫 번째 사주 경험이 떠오른다. 임용시험에 자꾸 떨어져 우울한 마음에 보았던 사주. 그때 사주 보시던 분은 나에게….

"경찰입니꺼?"

에헤이. 같은 오답이다.

"예? 아닌데요…."

사주가는 고개를 갸우뚱한다.

"그러면…. 군인이신가?"

데자뷔인가? 처음 만난 사주가도 경찰 후에 군인이냐 물으시더니.

"아니요. 저도 선생님입니다. 허허."

"예에?"

이번엔 사주가분이 격하게 놀란다. 미간을 급히 찌푸리시더니 갸우뚱하신다.

"쓰읍…. 이 사주는 선생님 할 사주가 아닌데…."

"어떤 사주길래요?"

"이 사주는요, 사람 잡으러 다니는 사주거든? 경찰이 사주를 보면 꼭 이 사주가 나와요."

사람 잡으러 다니는 사주라.

정확히 보신 것 같은데.

인생을 살면서 자신의 가능성을 섣불리 한정시키는 것은 좋지 않지만, 안 되는 것은 안 되는 것이다. 피카츄를 부러워한다고 해서 꼬부기가 백만 볼트를 사용할 수는 없는 노릇 아닌가? 꼬부기가 피카츄 되기란 '진화론'적으로 불가능하듯, 나에게는 '경찰'과 '군인' 되기가 그러했다.

우선 '경찰' 되기부터. 내가 어린 시절을 보낸 90년대와 2000년대 초반에는 조폭 영화가 그렇게나 많이 쏟아져 나왔었다. 〈친구〉, 〈달마야 놀자〉, 〈가문의 영광〉 같이 조폭 사이의 '끈끈한 의리'를 다룬 영화가 많았다. 제목부터 '조폭'이 들어간 〈조폭 마누라〉도 기억이 난다.

양산되는 조폭 영화와 조폭 미화에 점점 국민적 반감이 일 때쯤 등장한 영화로 〈와일드 카드〉라는 영화가 있다. 배우 정진영과 양동근이 파트너 형사로 등장한다. 자세한 줄거리는 생략하겠지만, 이 영화는 개봉하여 지금까지도 '현실적인 경찰'의 모습을 잘 담고 있는 훌륭한 수작으로 꼽힌다.

지지부진한 잠복 수사, 맨몸 수사, 함정 수사 같은 그야말로 '목숨 내놓고' 뛰어다니는 형사들의 모습. 가족과 좋은 추억은커녕, 아내는 집으로 걸려 오는 협박 전화에 쌍욕으로 대처하고 남편 형사는 매일 자식의 누워 자는 모습만 보게 된다. 그래서 아이의 키를 옆으로 누운 길이로 기억한다. 그래서일까. 중학교 3학년 겨울방학 때 처음 본 이 영화의 감상평은 이러했다.

나는 경찰 못하겠는데?

장교가 되고 싶던 시절이 잠깐 있었다. 호승심에 응시했던 해군사관학교 1차 필기시험. 덜컥 합격하게 되어버렸고, 그러자 없던 관심도 생겼더랬다. 2차 체력 시험과 면접시험을 준비하며 해군 장교의 멋진 모습을 이리저리 듣게 되면서 사관생도의 미래를 꿈꾸었었다. 해군 장교의 새하얀 제복도 그 꿈에 한몫했다.

2차 시험을 치기 위해 2박 3일 동안 해군사관학교에서 숙박을 했었다. 3일 동안 세 명이 한 방에 묵었는데, 체력 시험 첫째 날 한 명이 체력 시험 과락으로 귀가했다. 둘째 날 신체검사 결과 고혈압 판정으로 또 한 명이 귀가했다. 나만 남았다. 밤에 혼자 기숙사 방에 있는 나를 본 시험 조교가

"혼자 있기 심심하시면, 저녁 먹고 강당으로 오십시오. 입학

설명회도 있고, 질의응답 시간도 있을 예정입니다."

말했다. 강당으로 갔다.

우물쭈물 자리에 앉고 조금 시간이 지나자 강당의 불이 꺼지고 흰색 스크린에 사관학교 홍보 영상이 시작되었다. 영상 속에서 늠름한 사관생도들이 고무보트를 머리에 이고 해변을 누볐고, 겨울 바다 뻘밭을 구르며 훈련을 받았다. 이걸 본 고3 시절의 나는 이런 생각을 했었다.

도망쳐야겠다.

하지만 해군사관학교는 너무 넓었다. 도망칠 수 없었다. 꾸역꾸역 면접을 볼 수밖에 없었고, 어쩌다 보니 2차 시험도 합격을 해버렸다. 여차저차 최종 합격까지 했지만, 사관학교 입학은 포기했다. 군대를 다녀온 지금도 일말의 후회가 없다. 군인은 누구나 존경스럽다. 그저 나라는 꼬부기는 피카츄가 될 수 없을 뿐이다.

그렇다면 교사의 삶은 다른가? 지금까지의 경험으로는 '사람 잡으러 다닌다'는 기준에서는 딱히 다를 것도 없다. 오늘도 나는 여럿을 잡았다.

[오늘의 수사일지]

1.

"왜 어제 쌤한테 말도 안 하고 야자 도망갔니?"

— 예? 어떻게 아셨어요?

"그냥 한번 물어본 건데. 진짠가 보네?"

— 아니, 아니, 그게 아니고, 그게….

"일루 와, 일루 와."

2.

"너 어제도 집에 안 들어갔었니?"

— 예? 아닌데요. 집에 잘 들어갔어요.

"아니긴 뭐가 아니야. 양말이 어제랑 똑같구먼."

— 아니에요, 쌤. 똑같은 양말이라서 그런 건데요? 진짜예요.

"진짜는 뭐가 진짜야. 어제 분명 양말 오른쪽 엄지에 구멍이 나 있었지. 그런데 네가 바꿔 신었다는 양말도 어제랑 똑같이 오른쪽 엄지발가락에 구멍이 나 있네? 심지어 구멍 크기도 똑같구먼? 허허허. 내가 빙다리 핫바지로 보이냐?"

— 아….

"일루 와, 일루 와."

3.

"봐봐야. 쌤이 네 소식을 쪼매 들었는데…." (사실 아무것도 들은 게 없다.)

— 하, 쌤. 그게 사실 어떻게 된 거냐면요….

"그래, 그래. 여기 앉아서 천천히 얘기해봐."

4.

"봐봐야. 일루와 봐봐. 여기 쫌 앉아봐."

— 예? 왜요?

"어허잇! 거 어른이 부르면 '네, 알겠습니다~'하고 와야지! 요즘 젊은이들은 말이야, 에잉 쯧쯧."

— 하하하! 네, 알겠습니다~

"다른 게 아니고, 쌤이 너를 오늘 보니까 네 표정이 영 안 좋아 보여서. 무슨 일이 있나 싶어서 불렀지."

―아….

"왜? 집에 또 무슨 일 있나?"

―그게….

계절이 바뀌고 가을 즈음. 여자친구님을 모시고 남해 여행을 갔다. 찾아간 바다 앞 여행지에 노상 사주 집이 하나 있었다. 처음 방문한 남해에 홀딱 반했던 나는 기분이 들떠 무심코 여자친구님의 손을 이끌고 사주 집으로 들어갔다.

이번에도 사주가분은 간단히 인사 후 생년월일시를 묻고 사주를 이리저리 계산하느라 분주하셨다. 기다리는 동안 파란 남해 바다를 마냥 바라보았다. 계산이 끝났는지, 사주가분이 고개를 들었다. 이번엔 나를 먼저 보셨다.

"경찰입니꺼?"

역시나.

"뭐, 비슷한 거예요. 학교 선생님입니다. 고등학교 선생."

"선생님요? 하하하하! 그거 말 되네요!"

사주가분은 호탕하게 웃었다.

사람이 사람 잡을 일 없는 세상이면 좋겠건만.

선생님이 학생 잡을 일 없으면 좋겠건만.

아직은 그 세상이 멀리 있나 보다.

오늘은 몇이나 걸려들까?

낚싯대를 주섬주섬 챙겨 학교로 나선다.

학교 가기 싫다

솔직히 말하고 싶다.
나는 학교 가는 것이 싫다.

학생이 싫다거나, 교육이 적성에 맞지 않는다는 뜻은 전혀 아니다. 앞선 글에서도 말하였지만, 나는 학생들을 좋아하고, 가르치는 것을 좋아한다. '몬난' 녀석들도 있지만 그런 녀석들에게도 웃으며 장난칠 정도의 좋아함이 여전히 있고, 수업에서 나는 내가 살아있음을 느낀다. 꼭 수학이 아니더라도 내가 아는 바를 아이들에게 전해주고 그 아이들이 깨치게 되는 과정에서 나는 내가 이 일을 위해 태어났음을 느낀다. 학생들을 가르치고 기르는 것이 나의 재능이요 삶의 방향임을 믿어 의심치 않는다. 다만 학교가 가기 싫은 것이다.

학교 ≠ 교육기관

학교는 교육기관이다. 이것은 부정할 수 없는 사실이다. 학교는 교육을 위해 조직된 기관이니까. 하지만 '학교=교육기관'이라 등식화하는 것은 매우 위험하다. '학교가 교육이고, 교육하는 곳이 학교다'라는 식의 이해는 교육을 매우 협소한 범위로 축소하고, 학교의 의미를 왜곡하게 된다.

우리나라에 '학교'가 세워진 것은 고작 100년이 조금 넘은 일이다. '학교'라 이름 붙인 건물이 세워지기 전에는 교육이 없었겠는가? 긴 시간을 놓고 보자면, 교육이란 문자 그대로 '가르치고 기른다'는 뜻과 다름없었다. 때로는 말을 타고 활 쏘는 방법을 배우는 것이 교육이고, 누구에게는 내년에 수확할 좋은 종자를 골라내는 눈을 기르는 것이 교육이기도 했다.

특정한 지위를 얻는 과거 공부나 기술을 배우기 위한 도제식 가르침도 교육의 한 갈래였을 따름이다. 요즘은 나라에서 '교육과정'이라 이름 붙여 누구에게 언제 무엇을 어떻게 가르칠지 일일이 정해놓았지만, 교육 방법이란 원래 대강의 통용되는 과정일 뿐이고, 세세한 내용은 스승의 판단에 따라 달라졌다.

그리하여 옛이야기 중에는 주변 유명한 선비를 사랑방에 모서 "우리 아이 잘 좀 부탁드립니다" 하고 맡기는 장면이 허다하다. 집안 가족 중에 훌륭한 학자가 있으면 그분이 아버지이든 할아버지이든 가리지 않고 곧장 스승이 되기도 하는 것이다.

이러한 교육의 형태는 서양에서도 마찬가지였다. 주변에 뛰어난 학자나 식자가 있다 하면 그 사람을 중심으로 사람이 모이거나, 그를 초대해 배움을 청하는 것이었지 지금과 같은 정해진 교육과정을 따르는 학교가 뚜렷이 있었던 것은 아니었다.

플라톤도 소크라테스에게 그렇게 배웠고,

아리스토텔레스도 플라톤에게 그리 배웠고,

알렉산더도 아리스토텔레스에게 그리 배웠다.

그러던 것이 종교적이고 역사적인 이유로 서양에서 처음, 특정한 지식을 특정한 방식으로 대중들에게 지도해야 한다는 주장이 1700년대나 되어서야 광범위하게 퍼지게 되었고, 그리하여 처음으로 '공교육'이라는 개념이 만들어진 것이다.

우리가 알고 있는 '학교'는 아주 최근의 사건이고, 따라서 '학교교육'은 교육의 아주 일부분을 인위적으로 구성해놓은 것이다.

내가 좋아하는 『중용中庸』말씀 첫머리에

하늘로부터 받은 것이 좋은 본성이고, ─ 天命之謂性

좋은 본성을 잘 닦아내는 것이 참된 길이고, ― 率性之謂道

그 길을 잘 닦아 나가는 것을 '가르침'이라 한다. ― 修道之謂敎

라는 말씀이 있다. 깊은 이야기가 숨어 있는 말씀이지만, 대강의 요체는

"세상과 조화되는 사람을 만드는 과정, 그것을 '교(가르침 敎)'라 한다."

라 하면 무리가 없을 것 같다. '가르침'이라는 말은 대장간에서 쇠를 '갈고 치다'에서 온 말이다.

사람 '맹그는' 과정은 모두가 교육이라는 것이다.
'가정교육', '밥상머리 교육'까지도.

인간이라는 유인원이 지구 위에 존재한 지 분류되는 종에 따라 멀게는 200만 년 전, 짧게 보아도 20만 년이 넘는다. 문명을 건설한 지도 족히 5천 년은 되었는데 그 인간을 인간답게 만드는 과정이 고작 일백 년 되었다고 보는 게, 그게 말이나 되는 발상인가?

그런데 이놈의 학교라는 곳은 수천 년 문명을 건설해온 인간을 기르는 데 있어 아주 협애한 방식을 선생들에게 강요한다. 입시라는 명목으로 말이다.

이런 경향은 학생의 나이가 어릴수록 확실히 덜하다. 수업은

169

다양한 방식으로 이루어지고 콘텐츠도 다양하며, 그 시험 방식도 꽤나 자유로워 보인다(초등학교 선생님께서 이 글을 읽으신다면 '모르는 소리'라 하실지도 모르겠다).

반대로 학생이 고등학생이 되어가고, 그마저도 고등학교 3학년이 되어갈수록 경향은 짙어진다. 짙다 못해 새카매진다.

입시라는 명목으로 예체능 계열 학생들은 그놈의 '실기'를 대비하려 '무단' 조퇴와 결석을 아무렇지 않게 여기고, 정해진 일과를 이탈하는 것을 자유라 생각한다. 수능을 준비하는 대부분의 학생들은 자신이 배우는 지식에 대한 깊고 넓은 이해보다 당장 점수를 올리는 데 도움 되는 것을 우선한다.

그러다 보니 아이들은 학원가의 유명 강의와 교재에 현혹이 되고, 그 강의와 교재에서 이해되지 않는 것을 물어보는 수단으로 학교 선생님에게 질문이 잦다. 오죽하면 어떤 학원 강사는 수능 응원이랍시고

"수능, 여러분은 반드시 잘 볼 겁니다. 누가 가르쳤는데!"

라는 말을 하기에 이른다.

가르친 건 내가 가르친 거지, 꽉 씨!

이런 분위기가 아이들의 잘못은 결코 아니다. 아이들이 무슨 잘못이 있겠는가? 다 어른들이 이런 분위기에 아이들을 찬찬히 젖게 한 것이지.

그중에 역시 건강한 학부모님도 계셔서 '그저 학교에서 친구들이랑 잘 지내고, 건강하고 재밌게 학교생활 하기'를 바라시는 분이 종종 있으시지만 아주 소수이시다. 또는 막상 아이의 나이가 고등학교 3학년이 되어오면 '우리 아이 대학교는 어찌…'라는 고민이 되는 것이 현실적인 문제이기도 하다.

상황이 이러하니, 수요가 공급을 부른다고, 선생님들은 사회의 요구에 부합하기 바쁘다. 학습 태도가 엉망인 아이를 두고서도 정작 학생부에는

'(항상 엎드려 자기 때문에) 조용하며 학우들의 의견을 수용….'

'(뒷자리에서 딴짓하느라) 적극적으로 관심 주제에 몰두하며….'

'(지폐 모르기 때문에) 자신의 의견에 항상 자신감을 가지고….'

라 쓸 수밖에 없는 현실이다. 학기 말이 되면 모든 선생님이 소설가가 다 되어간다. 이럴 줄 알았으면 사범대학에서 '글쓰기 수업' 같은 것을 열심히 들어놓을 것을 그랬다.

사실을 사실로 기록하지 못하는 것은 선생도 마찬가지다.

교육을 교육이라 하지 못하고, 교육이 아닌 것을 교육이 아니라 하지 못하는 것이 답답했다. 선생님들 사이에서는 공공연한 이것을 바깥세상에 조금이라도 알리고 싶었다. 그래서 글을 써야겠다고 생각했다.

선생님만 바뀌길 바라는 어른들에게,

여러분도 바뀌라고.

여러분이 바라는 건 '교육'이 아니라고.

어떻게 하면 우리 아이 대학 잘 보낼까요? 영어 유치원 보내야 할까요? 초등학교 들어가기 전에 수학 공부는 어디까지 시켜야 할까요? 고등학교 선행 학습은 필수인가요? 특목고와 일반고, 어디를 보내는 게 좋을까요?

'교육'은 이런 질문에 답해주려 있는 것이 아니다. 답을 줄 수는 있다. 그래서 나도 이런 질문에 답을 해줄 수도 있다. 하지만 그 답은 아무도 듣고 싶어 하지 않는 답이기에, 이미 정해진 답이 있는 질문이기에, 나는 입을 꾹 다물 수밖에.

그러니 아무도 읽지 않아도 좋을,

글이라도 쓰는 수밖에.

'공부'한다는 것

새로운 영화 한 편 보는 것보다, 보았던 영화를 또 보는 것이 좋다. 그래서 한 번 감명 깊게 본 영화는 두고두고 다시 본다. 어떤 영화는 열 번, 스무 번도 넘게 돌려 보아 즉흥적으로 모든 줄거리를 설명할 수 있기도 하다. 아이들이 유독 힘들어하는 하루나 수업의 분위기가 도무지 살지 않는 경우에 이런저런 영화를 찰지게 소개하기도 한다.

아이들이 알지 못하는 영화가 대부분이지만 그럼에도 호기심을 이끌어내는 영화가 있는데, 그중 하나가 〈짱구는 못 말려 극장판 : 정면승부! 로봇 아빠의 역습〉이라는 애니메이션이다. 우리에게는 〈짱구는 못 말려〉라는 제목으로 친숙한 만화영화의 극장 버전 영화다. 이 영화를 내가 소개하면, 아이들은 다 큰 어른이 '짱구'를 본다는 콘셉트에 한번 놀라고 나의 진지함에 두 번 의아해한다.

'이 사람 지금… 진심인 거지?'

영화의 줄거리는 간단하다. 신짱구의 아빠 신형만 씨가 이러저러한 이유로 악당들에게 납치되고, 그들은 신형만 씨의 정신을 '복사+붙여 넣기' 하여 로봇을 만든다. 이 '로봇 아빠'가 짱구네 가족에게 찾아온다. 그리고 여차저차 납치되었던 신형만 씨가 탈출하여 로봇 아빠와 한판 겨루기 끝에 가족에게 다시 돌아온다. 운운.

이 영화를 흥미진진하게 만드는 부분은 '로봇 아빠'가 스스로를 '진짜 아빠'라고 생각한다는 것이다.

"누군가 날 납치했어. 눈을 떴더니 몸이 로봇으로 바뀌었다고!"

짱구와 가족들은 로봇 아빠 첫 등장에 아연실색하다가도, 진지한 로봇 아빠의 말에 어느덧 수긍하며 같이 살아간다. 그러다 진짜 아빠 신형만 씨가 다시 등장하는 것이다. 이쯤 하여 제4의 벽 뒤에서 영화를 보는 나(너, 우리)는 딜레마에 빠진다.

'로봇 신형만'은 어찌할꼬….

로봇 아빠는 아빠가 될 수 없을까?

자세한 뒷이야기는 혹여 영화를 보실 분을 위해 생략하겠다. 다만, 하나의 언급은 남기고 싶다. 로봇 아빠는 짱구에게, 아빠로서 남기로 하였다.

아이들에게는 미안하게도, 나도 선생인지라, 이 시점에 '공부'를 꺼내온다. '로봇 아빠는 정말 아빠인가, 아니면 그냥 아빠 흉내를 내는, 자신이 아빠라고 착각하는 기계인가?'라는 질문에 대한 답은 건너뛰자. 우리는 철학자가 아니니까. 그보다는 '이 질문이 애초에 왜 발생하는가?'로 돌아가고 싶다. 아마도 '애매하기 때문에'가 적당한 대답이 되지 싶다. 그리고 '애매하기 때문에'는 다시 이렇게 이해할 수 있을 듯하다.

'로봇이 아빠처럼 생각하고 행동하기 때문에.'

'공부'한다는 것은 우리 모두가 '로봇 아빠'가 된다는 의미다. 스승님이 나에게 알려준 어떤 내용을 입으로 술술 외는 것으로는 로봇 아빠가 되지 못한다. 영화를 스무 번 넘게 보아 영화의 줄거리를 줄줄 말할 수 있다는 것이 나를 영화감독으로 만들지 못하듯이.

하지만 스승님'처럼' 생각할 수 있다면? 스승님'처럼' 문제를 바라보고, 스승님'처럼' 상황에 접근하고, 스승님'처럼' 생각한다면? 적어도 생물학적 DNA는 다를지라도 정신적 DNA는 매우 유사해질 것이다. 그리고 정신적 DNA는 스승님이 곁에 없어도 나의 정신 속에 남는 것이기에, 언제 어디서든 나는 스승님과 함께 있게 된다.

문제 상황과 해결책 사이, 그 사이에 존재하는 스승님의 생각. 바로 그 생각을 공부하는 것이 공부한다는 것이지 않을까? 공부하는 학생은 스승님처럼 생각하기를 바라야 한다는 것이 지론이다.

그러니까 애들아,

질문은 "어떻게 풀어요?"가 아니라

"왜 이렇게 풀어요?"라 해야 하는 거란다.

사족.

이쯤에서 꼭 이런 질문이 들려온다.

"근데 로봇이 더 세지 않아요?"

"그러니까 말이야. 나보다 너희의 신체가 훨씬 영Young하잖아. 생물학적으로, 신체적으로 월등히 뛰어난 너희가 이제 정신적으로만 무장되면 참 좋겠는데…. 그런 의미로 이어서 문제 4번을 보면…."

네가 보는 세상이 마음에 든다

얼마 지나지 않은 이야기다. 몇 주 전, 여자친구님의 친구분들을 처음 뵈었다. 여자친구님과 사계절을 모두 보내고 나서야 뵙게 된 자리였다. 그동안 전해 들은 말로만 그려왔던 친구분들을 직접 뵙는 자리. 이런저런 일로 좀처럼 수다라도 떨어볼 기회가 오지 않았더랬다. 아니, 구태여 기회를 만들지 않았다는 것이 솔직한 고백이겠다.

나는 사람들과 어울리는 것이 좀처럼 익숙해지지 않는다. 한 사람이 하루에 사용 가능한 총에너지의 양이 있다면, 나에게 그 에너지는

1. 반경 3미터 이내에 존재하는 사람 수의 제곱에 반비례하고

2. 이 사람들이 만들어내는 와자지껄함의 세제곱에 반비례하며,

3. 그 와자지껄함 중 나에게 건네는 문장 길이의 네제곱에 반비례한다.

과학 중의 과학이라는 MBTI 검사를 아무리 해보아도 내향성 지수(I)가 매번 99와 100을 달성한다. 과학이 그렇다는데 이러한 에너지 소비 공식을 난들 어찌할 수가 없다.

겨울철 아이폰 배터리처럼 어디 데리고 다니기 상당히 까다로운 나를 도량이 넓으신 여자친구님께서는 널리 이해해주신다. 분주한 하루가 예상될 때에는 항상 충분한 휴식 시간과 낮잠 시간을 약속하신다. 그리하여 충분한 낮잠을 즐겼던 어느 주말. 사회적 동물로 태어난 책임을 다하기 위해 여자친구님의 친구분'들'을 만나기로 결심했다.

그랬다.
무려 친구분'들'이다.

'들'이라는 복수형과 '내향형'이라는 단수형 사이에서 여자친구님은 '두 명'이라는 탁월한 균형점을 찾으셨다.

그리하여 모인 네 명. 우려했던 것보다 덜 부담스럽고 더 재

미있었다. 이런저런 수다에 나는 점차 무방비 상태가 되어갔고, 홀연 이런 생각이 스쳐 지나갔다.

'생각보다 재밌는데? 가끔은 가볍게 이런 자리를 갖는 것도 어쩌면 좋겠….'

성급한 방어 해제의 순간.

"그래서! 여자친구 어디가 그렇게 좋아욧?!"

깜빡이도 켜지 않고 강렬한 질문 하나가 불쑥 끼어들었다. 질문의 포악한 짓궂음 앞에 나의 연약한 정신은 곧장 어지러움 속으로 낙하했다.

많이 당황했던 나.

그런 나를 보며 더 당황했던 여자친구님.

질문에 어찌 답하였던가는 정확히 기억나지 않는다. 그저 진지하게 답했던 것 같다는 느낌과, 대답의 일부분만이 간신히 떠오른다.

"…저랑은 상당히 다르신 분이죠. 관심사도, 배경도, 성격도, 많이 달라요. 그 다른 시선으로 보는 세상이 좋아 보였어요. 그게 좋아 보였고, 그렇게 보여진 세상이 마음에 들었어요. 이런 시선으로 세상을 보면 제 삶이 조금 더 괜찮아질 것 같다는 생각이 언제부턴가 들었어요."

다행히 친구분들은 나의 대답에 흡족해하셨다.

사실 내가 했던 말은 나의 말이 아니다. 즐겨보아 사랑하게 된 영화 〈그녀〉에 나오는 대사를 당황한 마음에 되는대로 멋없이 주절거린 것에 불과했다. 볼품없고 부서진 나의 문장보다야, 우연히 발생한 상황에 딱 들어맞는 정제된 대사에 마음을 실어 보내는 것이 더 좋을 듯하였다.

"사람은 언제 더 나은 사람이 되는가?"

역사 이래로 인간이 줄곧 쫓아온 한 질문. 어떤 지혜로운 분께서는 이리 답했다.

"사랑은 사람을 성장하게 한다."

소크라테스가 한 말이다. 꼭 연인 간의 사랑만을 말한 것이 아니다. 신을 향한, 부모를 향한, 자식을 향한, 지식을 향한, 무엇무엇을 향한. '사랑'이라 일컬어질 수 있는 마음이라면 족하다.

사랑이라면
나는 더 나은 사람이 된다.

이제 남은 질문은
"그래. 그런데…. 대체 사랑이 뭔데?"
아쉽게도 이에 대해서는
"치킨은 사랑입니다."

외에 제대로 아는 바가 없다. 다만 부족한 내가 여태껏 삶에서 이해한 사랑이 조금 있을 뿐이다. 나는 사랑을 이리 말한다.

"기꺼이 내려놓는 마음."

좋아하는 명구 중에 이런 말씀이 있다.

"지식을 좇으면 날로 얻어가지만, 깨달음을 좇으면 날로 비워간다." ㅡ 爲學日益 爲道日損

다 비워주는 마음이 사랑이 아닐까.
내어주지 않는 사랑이 사랑일까.

요즘 아이 교육에 가장 중요한 키워드는 단연 '자기 주도 학습'이다. 줄여서 '자습'으로 우리가 익숙히 사용하고 있는 말이다. 이런 교육 트렌드라는 것도 가만 보면 참 우스운 일이다. 자기 주도적인 것이 중요하지 않았던 시절이 있었던가? 자기 주도에 대한 관심이 드높아져 가면서 자연스럽게 따라 나오는 질문이 있다.

"그러면 학원이나 과외는 시키지 말고, 혼자 공부하는 게 좋은 건가요?"

그럴 리가. 좋은 스승과 책은 언제나 공부에 큰 도움이 된다. 어떻게 다른 것으로부터 배움 없이 곧바로 알 수 있겠는가?

독학? 그거 다 뻥이다.

공부에는 단 두 가지 질문이 있을 뿐이다.

"새로운 시선을 얻었는가?" 그리고 "새로운 시선으로 보게 되었는가?"

이 두 질문으로 모든 의문을 해결할 수 있다.

어떠어떠한 교재로 수업을 한다는 것은 전혀 중요치 않다. 그 교재를 '볼 수 있는' 눈을 선생이 학생에게 제대로 전달할 수 있는지, 도착 여부만이 오로지 중요할 뿐이다.

그 눈(시선, 안목, 관점, 실력 그 뭐라 부르든 좋다), 바로 그것이 잘 전달되었다면 학생은 이제 교실에서 걸어 나와, 전해 받은 시선을 스스로 숙달할 때까지 훈련한다. 그 고독한 훈련의 과정을 '자습'이라 일컫는다.

필요하다면 올바른 공부 방향에 대한 조언과 코칭을 들을 수도 있을 것이다. 하지만 조언과 코칭은 결코 수업이 될 수 없다. 어디 운동선수 코치가 칠판 앞에서 수업을 하던가? 자신의 공부 방향을 점검받고 보아줄 정도면 충분하다. 그렇게 배워온 것이 숙달된 후에는 다시 새로운 지적 먹잇감을 찾아 배울 터를 찾아 나선다. 먹음직한 '관점'을 찾아 배우고, 다시 자습한다.

공부는 배움과 숙달,

이 둘의 반복일 뿐이다.

그러니 학교든 학원이든 책이든, 그것이 학생에게 정말 '탁월한 안목'을 제대로 전수하였다면 자연스레 학생은 졸업 '되'기 마련이다. 그렇지 않고 매번 아이의 부족한 점을 들추고 들먹이며 새로운 교재와 강의를 궁둥이 붙이고 앉아 보고 듣게 한다면 당당히 때려치워야 한다.

성장에 필요한 것은 교재와 강의라는 텍스트가 아니다. 그것을 읽어낼 수 있는 실력과 안목이다. 이것이 그 유명한 '문해력' 아닌가. 교재와 강의 자체는 정말 아무것도 아니다.

문제집은 책이 아니다. 목 위로 달린 머리라는 것을 바꾸지 않는 이상, 아무리 많은 문제를 푼다 한들 똑같은 머리로 똑같은 문제를 푸는 것과 다름없다. 허송세월이다. 강의 그것 자체는 누군가 만들어낸 공기의 진동이며 광자의 산란일 뿐이다. 입자의 울림을 고막과 망막으로 오롯이 받아들이고, 이것이 밖으로 다시는 새어 나가지 않도록 부단히 몸속에 새겨 넣어야 한다. 이 두 가지가 순환하며 사람은 성장한다.

배우지 않는 공부는 공허하고

노력 없는 실력은 맹목적이다.

삶도, 배움도, 성적도,

수많은 단어에 그 자리가 있지 아니하고,

단어 사이의 공간에 그 뜻이 있다.

어느 부족한 한 사람이 다른 한 사람을 만나,

서로가 스스로의 낡은 모습을 비워내고

서로가 서로의 눈으로 세상을 채워가니,

날이 갈수록 서로가 서로를 닮아가는 것이

스승과 제자도 그러하고

한 쌍 남녀도 그러한가 보다.

서로에게 감사하기도 매한가지다.

공부, 공부

며칠 전, 여자친구님께서 지인 한 분의 고민을 듣게 되었다. 고등학교 1학년 자녀를 두고 계신 보통의 학부모.

"2학년부터는 수학 성적이 정말 핵심이라던데, 겨울방학 때 잠깐이라도 애를 서울 학원가로 보내서 공부시켜보는 거 어떻게 생각하세요?"

가 고민이었다. 여자친구님께서는 수학에 관한 얘기라 생각해 곧장 나에게 의견을 물어보셨고, 나의 대답은

"글쎄요…."

흐지부지한 대답에 여자친구님은 못마땅하셨는지 이것저것 캐물으셨지만 여전히 나의 대답은

"글쎄요…. 쉽게 말하기 어려워요."

요즘 재테크 공부를 짬짬이 하고 있다. 안빈낙도의 선비 같은 삶을 지향하는 한 사람으로서, 자본주의적 삶에 관한 공부는 고역이 아닐 수 없다. 집중도 잘되지 않고, 책을 몇 권이나 읽어도 '알겠다!'는 느낌이 도통 들지 않는다.

재밌게 공부할 것들이 세상에 얼마나 많은 줄 알면서도 왜 군이 재테크 공부를 하느냐? 다른 이유는 없다. 오로지 여자친구님 덕분이다. 여자친구님께서 재테크에 정말 관심이 많으시기 때문에, 이분과 대화를 나누기 위해서는 재테크의 언어를 이해할 필요가 있겠다 싶었다. 그래서 공부한다.

여태껏 수학, 철학에 마음을 두고 살아온지라 재테크라는 이야기 자체가 먼 나라 얘기만 같은 건지도 모르겠다. 개인적으로는 재테크 공부에 마음을 두기 어려운 이유를 꼽자면 '너무 광범위해서'라고 말하고 싶다.

재테크에 대해 전혀 모르던 시절엔 순진하게 은행, 주식, 부동산 세 가지가 재테크의 모든 것인 줄 알았다. 그러나 공부를 할수록 내내 드는 생각은 결국 '돈 되는 모든 것에 대한 모든 것'이 재테크라는 결론이다.

중고 거래, 블로그 광고, 협찬, 전자책 출판, 환치기, 지식 마케팅, 전자 부업 등 문자 그대로 '돈이 들어왔다 나가는 모든 것'이라면 가리지 않고 재테크의 범위가 된다.

스쳐 가는 통장의 월급이

재테크의 기본인 이유다.

자, 누군가 이렇게 묻는다.

"월급으로 뭘 해야 하죠?"

무어라 답할까? 누구는 은행에 차곡차곡 모아두라 말할 것이고, 누구는 주식을 시작하라 할 것이다. 부동산을 추천하는 사람도 있을 것이고, '은행에 차곡차곡 모아뒀다가 목돈이 모이면 주식을 해서 점점 불리고, 돈을 더 벌거든 부동산으로 넘어가'라 조언하는 사람도 있을 것이다. 이렇게 조언하는 사람 옆의 누군가는 이렇게 조언하고 싶을 것이다.

"에헤이, 월급만 가지고는 안 돼. 부업을 해야지. 생활비 쓰고 남는 돈이 얼마라고 그걸로 목돈을 만드니? 우선 블로그 계정부터 만들자. 블로그에 글을 쓰다 보면…."

이 중에 누구 말을 들어야 할까? 답을 알고 싶다면 고개를 들어 주위를 둘러보라.

무수한 실사례들이

옆자리에 앉아 있을 것이다.

재테크에 정답이 있는가? 정답이 있다면 '정답이 없다는 게 정답'이다. 사람마다 처지가 다르고, 수입이 다르고, 수입원이 다르고, 투자에 대한 가치관과 성향이 다른데 어떻게 획일화된 정답이 있을까? 그런 건 없다.

재테크 전문가가 아니라도 이 정도는 안다. 정답이라는 것이 있었다면 진즉 어느 똑똑한 기업가와 똑똑한 공돌이 친구가 '돈 버는 앱'을 만들었겠지. 월급을 입력하면 자동으로 '정답'에 따라 돈을 굴려주고 수수료를 떼 가는 그런 앱.

그러면 앱 이용자들은 '정답'에 따라 자동으로 돈을 벌게 되고, 앱 개발자는 정답을 이용해서 만든 앱으로 다시 또 돈을 버는 새로운 정답을 찾고…. 정답을 정답이 벗어나 새로운 정답이 되어가는 무한 논리의 모순. 무한한 논리적 모순의 굴레에 빠질 따름이다. 이 한바탕 모순의 춤판에 휩쓸린 한 학부모가 이렇게 말했다는 것이다.

"서울 학원가로 보내서 공부시켜보는 거 어떻게 생각하세요?"

안 좋게 생각한다.

성적이 좋다면 거기에는 각자의 이유가 있다. 선행 학습의 효과가 남아있었든지, 잔머리가 굵어서 요령껏 문제를 잘 푸는지, 기본기를 탄탄히 다졌든지, 정말 재능이 뛰어나든지…. 소위 '유형'이라고 하는 문제들을 단순히 달달 외워서 문제를 잘 풀어온 걸지도 모른다.

성적이 안 좋다면 거기에도 각자의 이유가 있다. 관심이 없든지, 공부 방법이 잘못되었든지. 반복 학습을 안 하는지, 너무 반복만 하는 건지. 논리력이 부족한 건지, 기본 문제를 소홀히 넘어간 건지. 기본 문제를 논리적으로 엮는 요령이 부족한 건지, 심리적인 불안이 있는지….

어쩌면 체력이 부족하여 그럴지도 모른다. 실제로 현재 담임으로 맡은 아이 중에는 체력이 부족하여 제 실력을 내지 못했던 아이가 있다. 한 문제, 한 문제 던져주는 수학 문제는 기가 막히게 잘 풀어내는 아인데 시험, 특히 백 분짜리 모의고사 시험만 보면 영 실력에 맞는 성적이 나오지 않았다.

하루는 시험 감독을 하며 아이가 수학 시험을 치는 모습을 보았다. 시험 초반, 아이는 맹렬한 기세로 문제를 풀었지만 시험 중반쯤이 되자 맥 풀린 오징어처럼 축 처져서는 끄적이듯 문제를 풀고 있었다. 막판쯤에는 눈꺼풀까지 다 풀어져는 작은 샤프 하나 잡는 것마저 힘겨워 보였다. 글씨는 꼬부라져 형체를 알기도 어렵다.

시험이 끝난 후 며칠이 지나 아이와 얘기해보니, 아이는 도저히 백 분 시험을 힘 있게 주파하기 어렵다고 했다. 그래서 용단을 내렸다.

'지각해도 좋으니 아침에 푹 자고 와라.'

'자율학습은 일찍 마쳐도 좋다. 대신 집에 도착하면 씻고 누워 바로 자라.'

'날씨 좋은 점심시간, 저녁 시간에는 식사 후에 무조건 운동장을 걸어라.'

이 세 가지를 '강요'했다. 늦은 등교와 이른 하교는 아이가 쉽게 반겼지만 식사 후의 운동은 삼십 분 정도 걷기에도 힘들어했다. 하지만 끈질기게 '강요'가 이어졌고, 몇 달이 지나자 아이는 힘든 기색 전혀 없이 하루 한 시간이 넘는 산책도 할 수 있게 되었다. 수업 시간에 픽픽 고꾸라지는 일 없이 눈빛이 살아있는 날이 점점 많아졌다. 그리고 이제는 전국 시험에서 수학 만점을 받는 일이 대부분이다. 아이를 서울 보내는 대신 운동을 시키라는 말이 아니다.

뭐가 문제인지 알아야
문제가 해결된다는 말이다.

문제가 있다면, 그 문제는 사람이 겪는 문제일 뿐이다. 사람이 겪는 것이 문제라면 원인은 그 사람에게 있기 마련이다. 사람이 가지각색인데 대체 어떻게 딱 한 가지의 해결 방법이 있겠는가?

"인강, 학원, 과외, 독학 중에 뭐가 더 좋은 방법일까요?"

라든가

"어떤 교재, 강의가 좋을까요?"

같은 말은 이제 질린다. 질문 자체가 잘못되었지! 학원도 학원 나름이고 교재도 교재 나름이다. 그것을 사용하는 사람에게 맞지 않는다면 시간 낭비, 돈 낭비는 물론이거니와 보통은 '나 그거 배운 거야!' 같은 근거 없는 자신감만 차오른다. 그런 마음이 오히려 공부를 더디게 만든다.

쉽지는 않다. '성적'과 '입시'가 '공부'를 대체하는 단어가 되어 버린 지 오래, 이것저것 따지는 것이 여유 부리는 것으로 보이는 현시대니. 모처럼 큰맘 먹고 여유를 부리려 해도 우리 아이를 요모조모 살펴주고 꼼꼼하게 따져줄, 그것을 아이 부모에게 알려줄 탁월한 선생님을 찾기가 하늘의 별 따기보다 어려운 시절이니. 그렇다면 방법이 없다. 직접 나서는 수밖에.

좋은 선생님을 찾기 어렵다면 스스로 '공부' 공부를 해야 한다. 아니, 그 선생님이 '좋은지' 판단하기 위해서라도 공부를 공부해야 한다.

마음 맞는 사람과 독서 모임도 좋고, 주변에 뜻있는 선생님께 배움을 청하는 것은 더 좋다. 방법이 무엇이든, 대체 그놈의 공부에 필요한 것이 무엇인지 전체를 볼 수 있는 공부를 해야 한다.

나무라는 한 생명 전체를 보아야 '등급'이든 '성적'이든 뻗어 나온 가지 하나를 붙잡을 수 있는 것이지, 가지를 나무로 알고 잡았다가는 떨어지기 십상이다.

그렇게 전체를 봐야 하는데, 정작 선생님이라는 나부터 아주 고역스럽다. 전체를 보자고 그리 다짐하며 아이들과 1년을 보내었지만 결국 가을보다 입시 철이 먼저 찾아왔다. 열심히 살아온 아이들을 숫자 몇 개로 미루어 대학교와 학과에 욱여넣고, '자기'소개서 속 부서진 문장 몇 개에 아이들을 새겨 넣으며 몇 달을 보냈다. 그리고 어제서야 원서 접수가 마무리되었다. 아이들도 나도 파김치가 되어버렸다. 나는 그렇다 치고, 아이들은 무슨 업을 지었길래 몇 달을 숫자와 글자로 자신을 해체하며 보내야 했을까.

아이들이 우리의 미래라더니,
우리의 미래는 숫자와 글자로 존재를 대체하는 시절일까.

오늘은 애들 입에 아이스크림이라도 하나씩 물려야겠다.

고생했다고.
근데 아직 끝난 건 아니고….

공부 상담(A는 A다)

그래도 명색이 교사인데 '공부 방법'에 대한 이야기를 빼놓으면 섭섭할 것 같아, 볼품없는 견해지만 몇 자 적어보려 한다. 실제로 여러 아이들, 학부모님과 공부 상담을 할 때 내가 주로 거치는 몇 단계를 알려드리고자 한다. 다만, 입시라는 시스템은 운운하지 않으려 한다.

실제 현장에서든 바깥의 친지들이 물어올 때든, 학원에서 일했을 때든 학교에서 아이들을 만날 때든, 구태여 입시와 관련해서는 공부 얘기를 꺼내지는 않는다. 정확히 말하자면 입시 시스템에 대한 상담은 굳이 하지도, 권하지도 않는다.

'입시제도'라든가 '수시와 정시' 같은 말들은 그저 단어일 뿐이라 그렇다. 입시와 관련된 단어를 많이 안다고 하여 공부가 쉽게 되지는 않는다. 상담 시에 나와 상대방이 서로를 이해하는 속도를 높이기 위한 도구로 가끔 입에 올릴 뿐, 입시 시스템 자체를 위한 상담은 꺼리는 편이다.

이렇게 말하는 나 자신도 과거엔 입시에 대해 빠삭하게 꿰고 싶었고, 입시 운운하며 상담하던 시절이 있었다. "요 학생에게는 요런 전형이 맞을 듯하네요! 이 전형을 대비해서는 이렇게 준비하고, 저 대학교에 들어가려면 저렇게 준비하는 게 중요합니다"라고 학생과 학부모 앞에서 술술 말할 수 있는 게 중요하다 믿었던 시절이 분명히 있었다.

부끄러운 고백이지만, 이는 분명한 착각이었다. 헛되고 헛되더라. 입시 시스템을 아무리 줄줄 꿰고 있더라도, 그것이 아이들의 공부를 결코 쉽게 만들어주지 못했던 것이다. 그 어떤 입시 전략을 가져온다 한들, 그건 전략일 뿐이다. 복싱 선수 타이슨이 그렇게 말했다고 하지 않나.

"누구나 그럴싸한 계획을 가지고 있다. 한 대 맞기 전까지는."

전략을 실현하기 위해서는 실력이 필요하고, 입시판에서는 실력을 '성적'이라 부른다. 이 애증의 성적을 만들어내는 건 입시가 아니라 결국 공부다. 내가 아이들과 학부모에게 누차 강조하는 것은 단 한 가지뿐이다.

"공부 못 하는 지원자를 원하는 학교는 없다. 모든 학교는 공부 잘하는 학생을 원한다."

여기서 말하는 '공부'란 1등을 했네, 5등을 했네 하는, 소위 등수와 성적을 뜻하는 것이 아니다. 학교마다 인재의 풀이 다양하기 때문에, 어느 학교의 1등이 어느 학교의 5등보다 더 '낫다'는 말을 할 수 없음을 누구나 알고 있다. 대학도 잘 알고 있으리라.

그렇다면 공부란 정말 무엇인가? 내가 정의하는 공부는 그저 '나아감' 또는 '나아짐'이다. 그것이 성적이든, 탐구 활동이든, 친구 관계든, 주머니 사정이든. 모자란 부분을 알고, 직면하고, 원인을 캐고, 계획을 세우고, 실천하는 길. 그것이 공부일 뿐이고, 이것을 종이로 기록한 것이 '학생부'로, '수능 성적'으로, 훗날엔 '스펙'으로 불리기도 하는 것이다.

입시 전략이 무용지물이란 말은 결코 아니다. 학교와 교사가 입시를 위해 있음은 아니지만, 입시를 준비하는 사람에게 입시 전략은 당연히 중요하다. 전략은 제한된 시간과 체력을 어떤 공부에 어떻게 쏟아야 할지 일정 부분 '방향'을 알려준다. 단지, 무엇이 먼저고 무엇이 나중인지 정도는 구분해야 한다知所先後고 말하고 싶다.

방향을 기껏 알려주면 뭐 하나. 걸을 체력이 있어야지 않겠나? 유비와 제갈량이 수어지교水魚之交라 한다지만, 관우, 장비가 있어 제갈량도 빛을 본 것이다. 제갈량의 '고오급' 전략도 관우, 장비쯤 되는 장수들이 있어야 피 터지는 전쟁터에서 비로소 실천될 수 있다. 그들 없는 제갈량은 이름 없는 백면서생으로 사라졌을 것이다.

글이 점점 길어진다. 구차해지기 전에 어서 본론으로 들어가야겠다.

앞서 공부 상담하는 몇 단계를 알려드린다 하였지만, 그럴싸한 요결이 있는 것은 아니다. 모자란 부분을 알고, 직면하고, 원인을 캐고, 계획을 세우고, 실천하기. 아이에게 이 다섯 단계를 짚어주는 것이 상담의 기본이요 전부다. 각 단계마다 나타나는 아이의 반응에 따라 세부적인 내용은 달라지지만 큰 틀은 다섯 단계를 결코 벗어나지 않는다.

어찌 보면 별것 아닌 당연한 얘기인 듯싶지만, 원래 당연한 것이 가장 당연한 일이다. 공부를 잘하고 싶으면 당연히 공부를 잘하게 되는 길을 좇으면 될 일 아닌가? A는 A니까. 당연한 길을 좇으면 당연한 길을 걷게 된다. 그 당연한 길, 같이 걸어보자.

1. "뭐가 맘에 안 들어?"

아이가 투덜대며 자리에 앉는다. 때로는 시무룩한 표정으로 찾아오기도 한다. 공부가 잘 안된단다. 시험을 망쳤다고 말할 때도 있고, 문제가 잘 안 풀린다고 할 때도 있다. 매번 입에서 나오는 문장은 다르지만 그 마음은 한 가지다. 뭐가 마음에 안 드는 것이다. 그러니 묻자.

"뭐가 맘에 안 들어?"

라고. 그러면 보통은 "**시험 점수가 너무 낮아요**"라든가 "**성적이 잘 안 올라요**" 같은 말이 돌아온다. 하지만 우리는 여기서 주의해야 한다. 입이 삐죽 나오고 시무룩한 아이들의 표정과 기운에 공감은 할지언정, 아이들의 말을 믿어선 안 된다.

같은 시험 점수를 받고서도 어떤 아이는 기뻐하고 어떤 아이는 슬퍼한다. 성적이 안 오른다고 하지만, 그 와중에 성적이 오르는 아이도 분명 있다. 기존의 자리를 지키는 것이 중요할 때도 있다. 게다가, 당연한 말이지만, 성적이 안 오르는 이유가 있으니 성적이 안 오른다. A는 A니까. 그러니 아이에게 다음 질문을 던져보자.

2. "아니 아니, '뭐가' 마음에 안 드냐고."

어느 시험은 너무 쉬워서 만점 가까운 점수를 받고도 성적이 낮게 나온다. 어느 시험은 너무 어려워서 사상 최악의 점수를 받고서도 성적이 높게 나온다. 흔히 말하는 '물수능', '불수능'이 대표적인 예다. 그런데도 아이들은 우선 점수만 보고서 지레짐작으로 우울하기도, 걱정하기도 한다.

마냥 공부가 잘 안된다는 아이도 마찬가지다. 아이들이 느끼는 불편하고 불안한 느낌을 아이 스스로 좀 더 정확한 맥락에서 풀어낼 수 있도록 한 번 더 물을 필요가 있다. 정확히 '뭐가' 마음에 안 드냐고. 마음에 들지 않는 그 결과가 대체 왜 생긴 것 같냐고. 그러면 아이들은 곰곰이 생각하다가 띄엄띄엄 운을 떼기 시작한다.

연습할 때는 잘하던 것이 실전에서는 안 된다, 자꾸 계산 실수를 하게 된다, 수업 시간에 너무 졸리다, 특정 문제에 시간 낭비를 많이 했다, 시험에 출제되지 않은 부분에 많은 공부 시간을 들였다, 풀 수 있는 문제를 틀렸다, 특정 문제는 아무리 공부해도 극복이 안 된다.

가끔 "나도 내가 왜 이런지 모르겠다" 운운하는 아이도 있다. 그런 아이가 있다면, 위의 예시들을 들려주어 좀 더 구체적인 맥락을 잡도록 도와주자. 그저 말없이 추상적인 느낌으로 공감하는 것도 관계의 중요한 부분이지만, 상담은 말로 표현된 바를 살펴야 나아갈 수 있다.

아이의 시험지나 학습지에 남은 공부 흔적을 같이 살펴볼 수도 있고, 아이가 문제를 인식하게 된 일화가 있는지, 있다면 어떤 일이었는지 좀 더 구체적으로 말해보게 할 수 있다. 어떤 맥락이었든, 말로 표현되지 않으면 상담은 나아가지 못한다. 나도 아이도 그렇다.

3. "젠장, 대체 왜 그랬을까?"

상담을 다섯 단계로 진행한다고 말했지만, 상담자의 입장에서 가장 힘이 많이 드는 부분은 앞의 두 단계다. 아이의 몽롱한 문제를 상담자가 이끌어내야 하기 때문이다. 자아, 세 번째 단계부터는 좀 수월하다. 왜 수월하냐고? 사실, 대부분의 문제는 그 이유가 뻔하기 때문이다.

실전에서 실수가 일어나는 이유는 '실전 같은 연습'을 충분히 하지 않았기 때문이다. 계산 실수를 하는 이유는 '계산을 소홀히' 했기 때문이다. 수업 시간에 자꾸 졸아 중요한 부분을 놓치는 이유는 '잠이 부족하기' 때문이고, 시험에 출제되지 않은 부분을 공부한 이유는 '맥락 파악을 못 했기' 때문이다. 풀 수 있는 문제를 틀린 이유는 '연습을 실전처럼 하지 않았기' 때문이다.

물론 전날 밤에 먹은 치킨이 탈이 나서 실전에 집중하지 못한 경우도 있겠으나, 어찌 되었든 일이 일어나는 데는 이유가 있다. 하지만 이유를 캐는 것만으로 고민은 해결되지 않는다. 아이들은 상담을 하기 전에 이미 자신의 부족한 부분을 잘 알고 있었기 때문이다.

다만 직면할 용기가 없어 애써 외면하고 있거나, 용기를 갖고 극복하려는 나름의 방법에 부족함이 있을 따름이다. 아이들의 '나름의 노력'이 없었다면 상담이 시작조차 되지 못했을 것이다. 그러니 아이들에게 필요한 도움이란, 이런 '나름의 노력'

에서 부족한 부분을 찾도록 이끌어주는 것이다.

그 방법이랄까 노하우랄까…. 아이를 돕는 구체적인 방법은 사례마다 달라서 중구난방으로 풀기는 어렵다. 대신 내가 최근에 했던 상담의 일례로, 수학 성적이 좋기로 유명했던 한 아이의 얘기를 풀어보아야겠다.

우리 반에 있었던 P군 이야기다. 이 아이는 우리 반뿐만 아니라 전교에서, 언제나 수학 성적이 좋기로 유명한 아이였다. 그러던 녀석이 언제부턴가 수학 시험만 보았다 하면 영 맥을 못추더라.

수학 성적이 예전 같지 못했던 첫 시험. 아이를 불러 연유를 물으니 컨디션이 안 좋았니, 자기 글씨를 자기가 못 알아봤니 하는 데서 이유를 찾더라. 그래서 우선은 놓아두었다. 정말 그것이 이유라면 곧 고쳐지겠지.

그런데 시간이 아무리 흘러가도 성적이 제자리로 돌아올 기미가 보이지 않아 다시 불러 앉혔다. 그러니 녀석이 하는 말이 시험 중에 자꾸 '계산 실수'를 한다는 것이다. 덧셈을 곱셈으로 착각을 한다는 둥, 뺄셈을 덧셈으로 풀었다는 둥, 3을 8이라 생각했다는 둥.

나는 개인적으로 실전에 있어서 만큼은 실수란 없다고 생각한다. 그게 정녕 '실수'라면 실전에서 그 실수를 하지 않은 다른 사람의 능력은 뭐라 부를 것인가? 행운인가?

어찌 되었든, 아이에게 수학 공부를 어떻게 하고 있냐 물으니 이런저런 교재로 공부하며, 매 문제를 정해진 시간 안에 푸는 연습을 한다는 것이다. 일주일에 몇 번은 시험지와 똑같은 양식의 문제지를 놓고 아주 실전처럼 시간을 재고 시험을 친다고 하였다.

나는 아이의 입에서 "구십 분 안에 문제를 푸는 연습"이라는 말이 나오는 순간 알아챘다. 아이는 계산 실수 극복과는 전혀 상관없는 공부로 세월을 보내고 있었다. 문제와 무관한 방법으로 문제를 극복하려 분투하고 있었다.

아이의 문제는 시간 안에 문제를 다 풀지 못해 생긴 것이 아니었다. 간단한 계산에서 자꾸 오류가 나는 것이 문제였다. 아주 어려운 문제를 다 풀어놓고서도 중간 계산이 틀려 후루룩 말아먹질 않나, 눈 깜빡할 새에 풀 수 있는 쉬운 문제도 그놈의 계산을 틀려 후루룩 말아먹질 않나.

물론 시간에 쫓기며 시험을 치다 보면 급한 맘에 계산 오류가 생길 수는 있다. 하지만 이 아이의 경우는 달랐다. 쉬운 문제든 어려운 문제든, 주어진 시간이 많든 적든 가리지 않고 틀리는 것이다. 그런데도 '시간 극복'이 '계산 극복'의 길이라며 공부 방법으로 세워뒀으니.

나는 "오른손을 왼손이라 생각하면 오른손이 왼손이 되나?"라

며 공부 방법을 뜯어고치게 하였다. 그렇게 장장 5개월을 겪은
아이의 '계산병'은 두 달이 채 안 되어 나았다.

4. "계획을 세워보자."

계획 세우기는 쉽다. 불필요한 것을 찾고, 빼고, 필요한 것을
채워 넣는다. 공부에 불필요한 것이 어디 있겠냐마는, 덜 시급
하고 덜 필요하고 덜 중요한 것은 있다. 계산 실수를 하는 아이
에게 '시간 재기'는 덜 중요한 문제지 않나.

아이의 계획을 같이 검토하고 수정하는 일련의 과정 또한 각
사례마다 달라서 역시 중구난방으로 풀기는 어렵다. 그럼에도
한 가지 꼭 남겨두고 싶은 말이 있으니, 너무 '스터디 플래너'에
집착하지 않았으면 한다.

나는 이런저런 성격검사를 할 때마다 '계획형' 부분에서는 아
주 높은 점수를 받는다. 정리 정돈과 계획적인 생활을 아주 중
요하게 여기고, 그렇게 사는 게 편하다. 여행을 가서도 언제 어
디서 어떻게 쉴 것인지, '쉬는 시간'도 계획에 포함되어있는 사
람이랄까. 누구는 답답한 성격이라 하겠지만 나는 이래야 숨통
이 트인다.

그럼에도 나는 여태껏 공부에 있어서 '플래너'라는 것을 사용
해 본 적이 없다. 중고등학생 때, 대학 다닐 때, 임용고시를 준비
할 때, 심지어 자기계발서를 읽을 때도 "플래너를 쓰는 것이 좋

다"는 말을 하도 들었더니 "그렇게 좋은 거 나도 한번 써보자"며 시도했던 적은 몇 번 있었다.

그러나 영 귀찮고 번잡스러워 결국 쓰지 않게 되더라. 무엇을 언제 어떻게 해야 할지 매일 매번 머릿속으로 정리하는 습관이 지워지지 않아서 그렇다. 계획서를 쓰고 매번 자신의 과제를 점검하는 것이 유용한 측면은 있겠으나, 자신의 습관과 생활에 도통 맞지 않는다면 굳이 하지 않아도 된다. 다만, 플래너가 없는 것과 플랜이 없는 것은 구별한다는 전제하에.

5. "자, 돌아가서 공부해."

언젠가 아이들에게 이런 말을 한 적이 있다.

"계획의 목표는 언제나 초과 달성이다. 계획의 목표는 끝내기로 한 때에 끝내는 것이 아니라, 끝내기로 한 때보다 먼저 끝내는 데 있다. 끝내기로 한 것을 끝내는 것이 아니라, 끝내기로 한 것보다 하나라도 더 하고 끝내는 것이다."

약속 시간에 오 분 먼저 도착해야 한다느니, 출근 시간보다 십 분 먼저 출근해야 한다느니 하는 일상의 루틴을 말하는 것이 아니다. 적어도 그것이 '공부' 계획이고, 문제를 극복하기 위한 '의지'의 계획이고, 일종의 '맹세'로써 세운 계획이라면, 어떻게 딱! 맞춰 딱! 끝낼 요량으로 실천하느냐는 말이다.

앞서 플래너에 집착하지 말라는 이야기도 이러한 일환에서 나온 말이다. 무의식적으로, 무의지적으로, 그야말로 습관적으로 플래너를 쓰는 건 공부와는 하등 관계없는 손놀림에 불과하다. 공부는 나아짐이고 나아감이다. 어제까지의 나보다 조금이라도 더 나아지려 계획을 세웠다면, 기필코 반드시 실천하겠다는 생각이어야 한다.

예상치 못한 일로 계획을 다 실천하지 못한 채 하루가 저물 수는 있겠으나, 당초에 여유를 가지고 계획을 실천한다는 일은 모순이다. 반드시 해내겠다는 마음 없는 플래너는 "오늘 안에 다 하면 좋겠다"는 희망 사항에 불과한 것이다. '좋겠다'라는 건 '아님 말고'와 같다.

나에게 어떤 문제가 있고, 그것이 마음에 안 들고, 그것을 고치고 싶고, 그래서 문제점을 알아냈고, 고치려 계획까지 했는데. 고쳐지면 좋고, 아님 말고 라는 식의 실천은 모순적이다. 고쳐야 한다면 고쳐야 한다. 지금까지의 모습이 마음에 들지 않는다면, 지금까지의 모습과 달라져야 한다. 바뀌어야 바뀐다. A는 A니까.

그러니 계획을 세웠다면 반드시 실천해야 한다. 때로는 졸려도 참아야 하고 때로는 밥 한 끼 포기할 수도 있어야 한다. 때로는 보고 싶은 연예인과 영화와 여행도 물리칠 수 있어야 하고 때로는 고독을 감내해야 한다. 누구에게나 주어진 시간과 몸과 마음은 하나다. 상황이 이럴진대, 이것도 하고 싶고 저것도 하고 싶다면 타임머신을 개발해 하루를 두 번 사는 수밖에 없다. 뭔가 포기해야 한다.

하다못해, 몸에 있는 지방 세포를 없애는 데에도 고통을 감내해야 하는데 어찌 삶의 문제를 없애는 데에는 예외가 있기를 바라느냐 말이다. 도저히 포기가 안 되거든 그저 자신의 마음이 '좋겠다'에 머무른다는 것을 인정해야 한다. 마음에도 정해진 그릇이 있어, 용납되지 않는 두 욕구를 같이 담을 수는 없다.

그래서 가끔은 공부 계획을 세운 후 아이들에게 실천 약속을 받는다. 손바닥만 한 포스트잇에 볼펜으로 '계약서'라 적당히 적고선 아래에 '나 ○○○는 김동진 쌤과 세운 공부 계획을 지키겠습니다'라 쓴다. 그리고 성명. 싸인. 지장 꾹. 다행히 아직까지 계약 무효 소송에 휘말린 적은 없다.

이것으로 상담은 일단락된다. '끝'이 아니라 '일단락'인 이유는, 중간중간 아이를 다시 불러 계획은 잘 실천하고 있는지, 예상치 못했던 문제가 또 생겼는지, 생겼으면 다시 첫 단계부터 상담을 시작해 계획을 뜯어고치는 과정을 거쳐야 하기 때문이다. 그래서 공부엔 끝이 없다. 퇴근도 없⋯.

공부에 관한 다섯 단계를 지나며 아이들과 있었던 일화를 여기저기 흩어놓았지만, 이런 이야기는 사실 우리 어른들에게 필요하기 매한가지다. 어른도 매일매일 새로운 것을 배우기는 매한가지니까. 배움은 같은 배움인데 어른의 배움에는 교과서도 없고 선생님도 없어서 더욱 난감하다.

자비 없이 우수수 쏟아지는 뉴스, 과학, 경제 소식만 어른의 배움이 아니다. 가족 간의 일에서, 직장의 일 처리에서, 사회관계에서, 앞으로의 자기 계발을 위해서, 여유로운 취미 생활을 위해서, 노후를 대비해서, 나라 걱정과 내 걱정에 대비해서. 어른의 머리는 쉬지 않고 돌아간다.

매일매일 쏟아지는 새로움을 애써 외면하고 싶다만, 어디 세상이 내 마음대로 되던가. 타조처럼 머리를 땅굴에 숨겨도 세상은 돌아간다. 쉬지 않고 변하는 세상에서 버티고 서면 뒤처지기밖에 더 하겠나. 흐르는 세상에서 자기 자리만 지키고 있어서는 뒤처질 뿐이다.

물길을 타고 자연히 흐르든, 노를 저어 물길을 따라잡든, 현상 유지를 위해서라도 나아가야 하는 이치다. 솟아나려면 당연히 땅을 뚫고 나와야 한다. 나와서 햇볕 아래 오래오래 머물려면 시들지 않게 끝없이 물을 먹고, 광합성하고, 가지를 뻗고 열매를 맺어야 한다. 가끔은 묵은 각질을 싹 털어내기도 하고. 변하지 않으면 변하지 않고, 변하면 변한다.

A는 A다. 이는 누구에게나 당연한 이야기고, 우리 어른도 예외는 아니다. 그러니 아이들에게 공부는 이렇고 저렇고, 이러쿵저러쿵하기 전에 우리부터 잘하자는 이야기로 돌아온다. 그러

니 '공부' 상담은 우리 어른들에게 먼저 필요할지도 모르겠다.

가끔은 선생님도
상담해 줄 선생님이 있으면 좋겠다.

공부와 순살치킨

"오늘 수업은 요기까지! 다들 주무세요!"

검은 눈동자가 뒤통수로 넘어가기 일보 직전이던 아이들이 픅픅 쓰러진다. 시계를 보니 수업 시간 마치기 오 분 전. 아이들이 꿀잠 잘 수 있는 시간이 오 분 늘었다.

휴. 수업을 하며 상기됐던 기분을 가라앉히려 남은 시간 동안 칠판을 쓱쓱 지우고 교탁을 정리하고 있자니, 어떤 아이가 조용히 부르는 소리가 들린다. 고개를 돌려 보니 수업 중 가장 흰자위를 많이 뽐내던 아이다. 꼭 자라고 하면 그제야 잠이 깬다.

"응? 왜?"

아이는 땡그란 눈으로 바라보며 물었다.

"선생님, 제가요 지금 수학이 3등급이 나오는데요, 2등급을 받고 싶거든요? 2등급을 받으려면 수학 공부를 하루에 몇 시간 정도 해야 해요?"

시계를 보았다. 쉬는 시간까지 남은 시간 이 분. 아이에게 말했다.

"그런 거 없다. 그냥 될 때까지 하는 거지. 지금은 시간이 부족하니까, 자세한 얘기 듣고 싶으면 쉬는 시간에 선생님한테 와. 알려줄게."

곧 종이 쳤고, 나는 교무실로 향했다. 아이는 온종일 찾아오지 않았다.

학생을 가르치다 보면 비슷한 질문을 부지기수로 받는다.

"교과서는 몇 번 정도 봐야 돼요?"

"하루에 문제를 몇 개나 풀어야 해요?"

"문제집은 몇 권 정도 보는 게 좋아요?"

"몇 시까지 공부해야 해요?"

"인강(인터넷 강의)은 하루에 몇 강 정도 보는 게 좋을까요?"

아이들은 야구 선수도 아니면서 같은 질문을 횟수, 개수, 기간으로 변화구를 주며 물어본다. 하지만 이 모든 질문으로 하고 싶은 말도 결국

"그러니까, 구체적인 기준을 좀 줘봐."

아닐까? 공부라는 것의 속성상 이런 질문이 등장할 수밖에 없

다. 공부를 하는 것은 순살치킨을 먹는 것과 같다. 유튜브를 보며 한 점 두 점 집어먹다 배가 슬슬 불러오기에 얼마나 먹었나 살펴본다. 남은 살점이 몇 덩어리 있을 뿐 당췌 뱃속으로 들어간 치킨이 한 마리인지, 반 마리인지(또는 그 이상인지) 감이 오지 않는다. 뼈가 있는 치킨이었다면, 그 유해를 이어 붙여 양을 가늠이라도 했을 텐데.

공부도 마찬가지다. 책상 앞에 앉아 시간을 보내기는 했는데, 이게 진짜 공부가 된 건지 아닌지 가늠할 흔적이 없는 것이다.

공부와 순살치킨은
피가 되고 살이 된다는 점에서도 같다.

공부의 무흔적 때문에 다양한 방법이 고안된다. 책상 앞에 앉은 '수업 시간', 풀어낸 '문제집 개수', 다 쓴 '공책의 양', 쓰고 버린 '볼펜 무덤' 등 눈으로 확인할 수 있는 무언가를 통해 공부의 양을 가늠한다.

나도 학창 시절 매일 한 자루의 모나미 펜을 다 쓰는 걸 공부의 낙으로 삼았던 적이 있고, 요즘은 문제 풀이에 사용한 이면지 무더기의 두께로 그 낙을 대신하고 있다. 이렇게 공부의 양을 객관적으로 확인할 수 있는 다양한 방법 중 학생들이 많이 이용하는 것이 '순공' 시간이다.

'순수한 공부 시간'의 줄임말인 '순공'. 아이들은 각자 자신의 타이머를 책상에 놓고 공부하는 시간에만 이 타이머를 작동시켜 자신의 공부 시간을 측정한다. 그리하여 자신의 일정한 공부 시간을 채워 나가는 걸 자그마한 하루의 공부 목표로 세운다.

여기서 한발 더 나아가 자신의 공부 시간을 캡처하여 인스타그램에 올리는 '공스타그램'이나, 공부 모습을 실시간으로 녹화하여 공개하는 '공부 브이로그'를 활용하는 아이들도 종종 있다. 타인의 시선을 의식할 수밖에 없는 환경으로 스스로를 몰아가서, 강제적으로라도 일정한 공부량을 확보하려는 눈물겨운 노력이다. 대견하기도 하며 안쓰럽기도 하다.

스스로를 이겨내려는 지독함이 대견하고,
공부가 아닌 것을 공부라고 착각할까 봐
안쓰럽다.

공부를 하는 이유는 아주 단순하다. 지금의 나보다 더 나아지고 싶기 때문이다. 재산, 건강, 성적, 연애, 종목을 불문하고 지금 가진 능력보다 더 나은 능력을 원할 때에 공부를 하게 된다.

누구는 책을 읽고 공부할 수 있고, 누구는 강의를 듣고, 누구는 몸으로 부딪쳐 공부한다. 동기와 선호하는 방법은 천차만별이지만 공부의 시작은 아주 단순하다. 되고 싶은 모습이 있을 때, 그때 공부가 시작된다. 그러니 공부의 끝은 언제인가? 중도에 포기할 때?

마침내 되고 싶은 모습이 되었을 때,
그때 공부가 끝난다.

생각해보자. 시작하기로 마음먹은 공부를 중도에 그만두는 것은 한밤중에 눈앞까지 다가온 따끈한 순살치킨 앞에서 절제와 소식을 외치는 일처럼 공허한 일이다. 헛헛한 배를 참아내고 싶었다면 애당초 치킨을 시키지 말았어야지!

이젠 돌이킬 수 없다. 양심상 콜라만큼은 안 되겠다며 제로 콜라를 고집하겠다면 말리지 않겠다. 그러나 순살치킨의 실존만은 우리가 끝까지 책임져야 한다. 배 속이 든든해질 때까지! 자주 접하는 말로 '변화'라는 것이 있다. '변할 변變' 자에 '될 화化' 자를 써서 '변화變化'이다. 사람이 변하는 것은 참 쉽다. 늦잠을 자서 컨디션이 변할 수 있고, 안 먹던 음식을 먹어볼 수도 있다. 새로운 길로 출근할 수 있고, 새로운 옷을 입을 수도 있다.

사실, 이 우주에 '시간'이라는 것이 있는 이상 모든 것은 가만 있어도 변한다. 헤라클레이토스가 '같은 강물에 두 번 발을 담글 수 없다'라고 하지 않았나. 강물에 발을 빼지 않고 가만있어도 강물이 흐르는 바람에 변한다.

하지만 무언가가 '되는 것'은 쉽지 않다. 하루 이틀, 한 달 두 달의 다이어트는 할 수 있지만 그것으로써 체질이 바뀌어 새로운 사람이 '되는 것'은 다른 수준의 일이다. 한두 번의 미라클 모닝 실천으로 새벽에 하루를 시작할 수 있겠지만 매일 새벽 다섯 시에 일어나고 밤 열 시 전에 잠자리에 드는 21세기의 선비가 '되는 것'은 아주 어려운 일이다. 몇 시간 더 공부하는 건 그냥 공부 계획이 변하는 것일 뿐이다. 되고 싶은 것이 있다면 그것이 될 때까지 실천하는 끝 모를 성실함이 있을 뿐이다.

그렇게 선비가 된 사람이 여기 하나 있….

볼펜 한 자루를 다 썼을 때 공부가 끝났다고 생각했던 시절이 나에게도 있었다. 그런데 그 시절은 이제 가고 없다. 나는 남은 수업 시간 이 분을 한껏 늘려 이렇게 얘기하고 싶었다.

"2등급이 받고 싶다고? 그러면 2등급이 될 때까지 공부해야지. 사람마다 능력이 다르고, 방법이 다르고, 하루에 투자할 수 있는 시간이 다르고, 체력이 다르고, 3등급을 받은 원인이 다른데 어떻게 공부 시간만을 정해주니? 어떻게 한 가지 방법을 딱 정해줄 수 있겠어. 그런 방법은 사기일 수밖에 없어. 너한테 딱 맞는 처방을 찾아야 바뀌지. 쌤이랑 상담 좀 해서 같이 알아보자."

라고 해주고 싶었다. 언젠가 아이의 수학 공부가 끝이 날 거라면, 쉽지는 않겠지만, 포기로 공부를 끝내지 않게 돕는 것이 선생이 맡은 역할이라 생각한다. 하지만 우리에게 시간은 부족했고, 절실하다면 아이 스스로 찾아올 거라 생각했다. 하지만 아이는 찾아오지 않았다.

그래서 이놈 자식,
지금 잡으러 갑니다.

하늘색 교복 : 선생님, 다른 옷 없어요?

1교시.

교실 앞문을 열고 들어서니 맞은편 창문으로 청명한 가을 하늘이 보인다. 교탁 앞에 다가서자

"쌤! 가을은 가을인가 보네요!"

한 아이가 말했다. 나는 아이를 보며

"쌤이 긴팔 셔츠를 입어서 그러는가 보네?"

말했고, 아이는

"선생님이 지금 입으신 하늘색 셔츠, 가을만 되면 입으시는 거잖아요."

한다. 다른 아이들도 '맞네! 맞네!' 하며 웅성거리더니 이내 꺄륵꺄륵 거린다.

이햐.

아이들 눈썰미가 이리 섬세하다.

매일 다른 옷을 입던 때가 있었다. 아니, 좀 더 정확하게는 어제와 다른 옷을 입으려 신경 쓰던 때가 있었다. 셔츠의 색과 디자인, 바지, 외투를 이런저런 조합으로 바꾸어가며 입었더랬다. 한 철만 그런 것이 아니라 봄, 여름, 가을, 겨울, 언제나 그랬다. 왜, 초등학교 수학 시간에 꼭 한 번쯤 만나는 문제로

"한 아이가 바지 3개, 티셔츠 4개, 신발 2개를 골라 입을 수 있는 경우의 수는 몇 개일까요?"

하는 것이 있지 않은가? 거기에 4계절과 3가지 외투, 2가지 양말까지 포함하여 경우의 수까지 센다면 과연 몇 개일까? 적어도 이만큼의 경우의 수를 몸소 실천하며 한참을 살아가고 있었다.

그나저나

답은 576이다.

몇 해 전 가을날. 나는 검은 양말 위로 검은 면바지, 그 위로 검은 반팔티를 입었다. 하늘색 옥스퍼드 셔츠를 걸쳐 입고 대학 시절 선물 받은 2만 7천 원짜리 카시오 금속 시계를 찼다. 발끝부터 머리끝까지 검은색으로 무장하고 초록 칠판 앞에서 하늘

색 셔츠를 팔꿈치 언저리까지 접어 올려 하루 종일 수업으로 보냈다. 유독 수업이 많은 날이었다. 그로부터 며칠 지나, 이번엔 남색 양말 위로 남색 면바지, 그 위로 검은 반팔티를 입었다. 세탁하여 새로 다린 하늘색 옥스퍼드를 입고 갈색 가죽 시계를 찼더랬다. 그리고는 역시나 팔꿈치까지 구겨 올린 셔츠 차림으로 5교시를 맞이하였다.

점심시간 후 5교시. 가을의 선선한 바람과 탄수화물 중심 식단의 부작용으로 아이들의 눈이 풀려가는 시간. 저 멀리로 넘어가는 아이들의 눈동자를 부여잡으려 열심히 농담을 던지며 수업 분위기를 살려가던 그때, 무슨 맥락이었는지 한 아이가 물었다.

"쌤! 근데 선생님은 왜 맨날 하늘색 셔츠만 입어요?"

"…예?"

푸른색을 좋아하는 건 사실이다. 휴대전화 케이스도 남색이고, 애용하는 모나미 펜도 언제나 파란색을 골라 쓴다. 내 이름으로 출판한 문제집도 표지를 짙은 남색으로 하였다. 역시나 같은 이유로 여러 셔츠 중 하늘색 셔츠를 즐겨 입는 것도 사실이다. 그럼에도 아이의 질문에 적잖이 당황했던 이유는 나의 '파랑 애착(도착X)'을 눈치챈 예리함 때문이 아니었다. 오히려 '맨날'이라 표현한 아이의 '무딤' 때문이었고, 아이의 질문 한마디에 "어? 그러고 보니?" 하며 동요하던 아이들 때문이었다.

불과 하루 전, 나는
베이지색 면바지에 흰 셔츠를 걸치고
수업까지 했더랬다.

여차저차 수업은 화기애애하게 흘러갔고, 퇴근하여 집에 도착할 즈음에는 이미 '하늘색 옥스퍼드 셔츠. XL 사이즈. 세 벌'이 로켓처럼 배송되고 있었다.

이날 이후로 매일 검정 양말, 검정 바지, 검정 티셔츠, 그리고 하늘색 옥스퍼드 셔츠만 입기 시작했다. 시계는 금속 카시오 시계 하나만 남겨두었다.

겨울엔 위로 남색 코트를 걸치고 많이 추운 날에는 짙은 초록 목도리 하나를 두른다. 봄이 오면 외투를 벗어 돌아오고, 여름이면 하늘색 셔츠 대신 남색 카라 티셔츠를 입는다. 그 외 모든 차림은 언제나 멈추어있다.

그러다 다시 가을이 돌아오면
하늘색 셔츠를 하나하나 꺼내어
조신하게 다린다.

오백 가지가 넘는 경우의 수를 딱 네 가지(봄/가을, 여름, 겨울, 추운 겨울)로 줄여버린 이유?

"선생님은 왜 맨날 하늘색 셔츠만 입어요?"

라는 무심한 말에 삐져서 그런 건 아니다. 삐짐보다는… 반성
이다. 나는 아이의 물음에서 불현듯 무언가를 깨달았다.

1. 아, 아이들은 내가 입은 옷으로 나를 기억하는 게 아니구나.

2. 아, 아이들은 나를 하늘색 셔츠 입은 선생님으로 기억하는
구나.

1+2=3. 아, 하늘색 셔츠 하나로 충분하구나.

아,

그렇구나.

수백 가지 선택권을 한 가지로 유지하며 얻은 것이 네 가지
있다.

첫 번째. 나의 옷가지에는 아무도 신경 쓰지 않음을 깨달았
다. 아이들은 물론이거니와 학교의 선생님들마저 구태여 매일
같은 옷을 입고 등장하는 이유에 관해 묻지 않으셨다. 아마도 매
일 깨끗하게 다려 입은 셔츠 차림이 스멀스멀 피어오르는 질문
에 대한 대답이 된 것 같다.

두 번째. 오히려 아이들에게 나의 이미지를 강하게 심어주는
기회를 얻었다. 아이들은 이제 복도 저 끝에서도 검은 바지의

하늘색 셔츠를 입은 한 사람을 알아본다. 알아보고 괜스레 도망치기도 한다.

세 번째. 가장 좋아하는 브랜드의 가장 좋아하는 옷을 매일 아침 입는 즐거움을 얻었다. 같은 옷을 매일 입기로 결정하고 서야 내가 제일 선호하는 브랜드는 무엇인지, 그중 어떤 옷을 가장 좋아하는지 스스로 알게 되었다. 이것저것 고르지 않아도 되고, 가장 좋아하는 옷을 매일 입는 정신적 상쾌함으로 하루를 시작한다.

가장 결정적인 네 번째. 아이들의 연예인병 치료에 효과를 톡톡히 보았다. 연예인병이라기보단, 아이들은 워낙 꾸밈에 신경을 많이 쓴다. 전문 용어로는 '자기중심성'이라 한다. 문자 그대로 우주의 중심에 자신을 놓고, 우주가 자기를 중심으로 돈다고 여기는 것이다. 우주뿐만 아닌 사람 마음까지도. 이러한 세계관에 굳이 이름을 붙이자면, 천동설에서 '하늘 천' 대신 '우주의 우'를 넣어 '우동설' 정도가 되려나?

내가 나를 아끼고 생각하듯, 다른 사람도 나를 바라볼 것이라는 믿음.

강한 자기애가 좋을 때도 있지만, 이것이 자기중심성과 만나면 골치가 아파진다. 자신을 중심으로 회전하는 온 우주의 관성을 유지하기 위해서는 '내'가 무언가를 해야 하는 것이다. 그리고 이 무언가가 아이들에게는 곧잘 '꾸밈'으로 나타난다.

말을 꾸미듯 태도를 꾸미고,
외모를 꾸미듯 옷을 꾸민다.

아이들은 과학의 시대에서 나고 자랐기에 우주의 법칙이 자신과 무관하다는 것을 머리로는 충분히 알고 있다. 옷과 외모를 꾸미는 것이 실제로 이 우주에 영향을 주지 않는다는 것을 논리적으로는 이미 알고 있다. 다만, 머릿속에만 존재하는 그 세상, 호그와트의 정반대 편에 존재하는 '논리적'이라는 또 다른 판타지, '매일 같은 옷을 입는 사람'. 그것을 실제로 본 적이 없기 때문에 아이들은 쉽게 논리적인 정답을 실천하지 못하고는 한다. 그랬던 아이들 앞에 지난 몇 년간 그 판타지가 인간의 모습으로 나타난 것도 모자라 주 네다섯 시간씩 꼬박꼬박 수업까지 했던 것이다.

어느 궁금함 많고 붙임성 좋은 아이가 물었다.

"선생님은 왜 맨날 같은 옷을 입으세요?"

이번엔 황망치 않았다. 이 모든 이야기를 들려주었다. 나의 주절거림을 듣던 아이들 중에는 '거참, 신기한 사람일세'라고 눈으로 말하는 아이도 있었고, 연신 고개를 끄덕이며 초롱초롱한 눈빛을 보내던 아이들도 있었다.

그렇게 초롱초롱했던 몇몇 아이 중 하나가 언제부터인지 주말에, 심지어 일요일에도 교복을 입고서 텅 빈 학교에 나오기 시작했다. 아이는 조용한 교실에 앉아 온종일 공부를 하다 집으로 돌아갔다.

그러기를 몇 주. 나머지 초롱초롱했던 아이들도 덩달아 교복을 입고 주말에 학교로 오기 시작했다. 이제는 주말에 학교를 오는 아이들 중 반은 교복을 챙겨 입는다. 개중 한 아이에게 '주말 교복'의 연유를 물었다. 그러니 아이는 이렇게 답하더라.

"선생님 말씀 듣고 나서 생각해보니까, 그냥 저도 매일 같은 옷을 입는 게 편하겠더라고요.

그래서 그냥 주말에도 교복 입어요."

그렇구나. 아이의 말에 문득 감동하였다.

교복이라서 중한 것이 아니라
스스로 그러한 차림을
중하게 여기게 된 듯했다.

은사님에게 배우기를 '청출어람靑出於藍 청어람靑於藍'이라, 파란 붓꽃으로 만든 푸른빛 물감은 붓꽃보다 더 푸르다고 하였다. 스승을 붓꽃에 비유하고 푸른 물감을 제자에 비유한 말씀이다.

그런데 아이들을 보고 있자면 누가 붓꽃이고 누가 물감인지 모를 때가 다반사다.

**그리하여, 나는 아이들을 따라
주말에도 하늘색 셔츠를 입는다.**

사족.

혹시 어딘가에서 발목 높은 검정 컨버스 신발, 검정 면바지, 검정 티셔츠 위 하늘색 옥스퍼드 셔츠. 은색 카시오 시계를 왼쪽에 찬 짧은 머리 남정네를 반복적으로 관찰하셨다면, 저를 목격하셨을 가능성이 아주 높습니다. 하하하.

괜찮아, 안 죽어 : 십 대의 연애 상담

야심한 밤 아홉 시. 한 선비는 잠자리를 다소곳이 정리한 뒤 이불 속으로 들어간다.

'오늘도 잘 살아남았어….'

스스로를 대견해하며, 동시에 내일을 걱정하며 눈을 감는다. 뒤통수를 감싸는 베개의 푹신함과 이불의 바삭함을 느끼며 정신을 가라앉혀간다. 점점 몽롱해져 가는 정신을 붙잡으며, 내가 생각을 하는 것인지 생각이 나를 하는지 모를 어느 경계에 스며들어간다. 생의 최고의 행복인 잠에 오늘도 무사히 착륙한다.

우웅!

'웅?'

우웅~!

하, 야심한 밤 아홉 시에 울리는 휴대전화 진동 소리. 잠 위로 착륙하려던 정신이 다시 고공 이륙한다. 울리는 전화를 들어보니 학생 이름 하나가 적혀있다.

"자네, 이 야심한 밤에 무슨 일인가? 상당히 급한 용무여야 할 걸세."

엄하고 근엄한 통화 인사에 돌아온 학생의 목소리.

"선생님…. 크흑!"

울고 있다. 심상치 않다.

"뭐고? 우나? 왜?"

"선생님 (크흑) 죄송한데요 (흑)

전화를 (흑) 할 (흑) 사람이 (흑)

선생님 (크흑) 밖에 (크흐흑) 없어서 (흐에흑)…."

울음 반, 말 반인 문장에서 아이는 무언가를 힘겹게 꺼내고 있었다. 야심한 밤 아홉 시. 눈앞에 눈물범벅 아이가 나타난 듯 침대에서 벌떡 일어났다. 다급한 마음에 전화기를 꽉 붙잡고 말했다.

"어어, 그래그래. 무슨 일인데? 천천히 말해봐."

"(크흑) 그게요…. (으흑) (크아흑) (크흐흑)"

조급해진다. 하지만 조금만 더 기다리자. 거의 다 왔다. 본론이 나올 차례다.

"선생님…. (크흑) 여자 친구랑 (히흑) 헤어졌어요. (크흐-흑)

죽을 것 같아요, 선생님. (흐아흐흑)"

"안 죽는다, 인마!"

물론 통화가 이렇게 끝나진 않았다. 내향형 수치 99점을 받았다는 사실이 곧장 나를 사이코패스로 만드는 것은 아니다. 이후로도 한 시간가량 어르고 달래는 시간이 이어졌고, 아이는 무사히 울음을 그쳐 돌아갔다. 다음 날 학교에서 만난 아이는 언제 그랬냐는 듯 평소처럼 쾌활한 모습이었다. 전날 밤의 긴 통화 중에 아이가 한 말이 떠올랐다.

"선생님이 연애 상담이나, 이런 얘기를 잘 들어주시니까 전화드렸어요."

아이들에게 언제나 먹히는 대화 주제라 함은 '연예'와 '연애'다. 수업이 느슨해지고 아이들의 눈빛이 몽롱해져 갈 때면 언제나 이 두 가지 주제 중 아무것이나 골라 아무렇게 던지면 아이들이 살아난다. 가볍게 던져준 대화거리에 신나서 너도나도 달려드는 모습이 던져준 고무공에 몰려드는 멍멍이들 같다.

'연예'에는 병적으로 무관심한 선생님은 항상 '연애'라는 공만 던져준다. 가끔은 불붙은 대화가 너무 번져가지 않게 선생님이 주도권을 잡고 주제를 풀어나갈 때가 있다. 그 선생님이 나였고, 아이는 내가 연애에 대해 많이 알고 있는 것으로 보였나 보다.

아이의 착각이다.

누가 연애 상담을 가장 잘하나? 연애 제일 못하는 사람이 연애 상담은 제일 잘한다. 연애를 잘하는 사람은 연애를 그냥 '한다'. 이쁘건, 잘생겼건, 잘났건, 유머러스한 매력이 있건, 무슨 이유에서건. 연애를 잘하는 사람에게 연애란 '동사'다. 과학자나 철학자처럼 온갖 명사와 논리로써 연애를 이해하지 않는다.

꼭 연애를 못 하는 사람이, '잘 못하는' 사람이, 반성하고 반추하고, 추리하고 추측하고, 관찰하고 이해할 게 많은 사람이 '연애론'이라는 지적 토대를 마련한다. 좋아하는 수학자 중에 한 분이 이런 말씀을 하셨다.

"수학을 잘하는 사람은 수학자가 되고, 수학을 못 하는데 수학을 잘하고 싶은 사람이 수학 평론가가 된다."

날카로운 말씀이지만 일리가 있는 말이다. 이 말을 따라 나는 아이들에게 이렇게 말한다.

"애들아, 연애를 잘하는 사람은 연애를 그냥 하고, 연애를 못 하는데 연애를 잘하고 싶은 사람이 연애 상담을 한단다."

십 대 시절엔 짝사랑만 실컷 하다 끝났다. 이십 대에는 도합

삼백 일이 되지 않는 두 번의 만남(연애라 하기에는 너무 비참하다)과 한 번의 긴 만남. 내 이십 대 청춘 연애사는 이것이 전부다. 그러다 서른 살에 대운이 들어온 고로 지금의 참보살 여자친구님을 만나게 되어 인생을 구원받았다.

누군가에게 연애란 옥황상제님의 '점지'와 '대운'이라는 우주적 도움 없이 일어나기 힘든 우주적 사태다. 그 우주적 사태, 코스모스의 비밀을 살피는 과학자들처럼 연애라는 남녀지사는 언제나 명사적 사태였다.

태초에 나 같은 사람이 있어
'연애를 책으로 배웠다'는 말씀이 생겼다.

당연한 말이지만, 간장 종지만 한 그릇이라도 비워야 채울 수 있다. 아무리 큰 사발인들 가득 찬 그릇에는 아무것도 채울 수 없다. 큰일이든, 작은 일이든, 무언가를 이루기 위해서 우선 결핍되어야 한다.

나른한 오후에 정신이 무뎌져 가면 우리는 한 잔 커피나 잠깐의 산책을 찾아 나선다. 예상치 못한 정신노동으로 결핍된 혈당은 나도 모르게 단 것을 갈구하게 만든다. 야윈 지갑 사정은 우리를 재테크와 초과근무로 이끈다. 비루한 원룸 방에 싫증이 난다면 이는 곧 인테리어에 관심을 두게 될 징조다. 거대한 우주 아래에서 지식의 결핍을 느끼고서야 철학과 과학의 길을 찾게 된다.

객관적인 성취는 중요하지 않다. 오직 스스로 느끼는 '결핍의 강도'만이 사건의 중요한 시발점이 된다. 사막의 낙타는 며칠을 물 없이 버티지만, 도시의 우리는 약간의 갈증만으로도 물 한 잔을 위해 움직이지 않던가. 전교 1등이 왜 가장 오래 책상 앞에 앉아있을까? 그들에게는 '성적'에 대한 약간의 결핍마저도 타는 목마름처럼 강렬하다.

성취를 논하기 전에
결핍부터 얘기해야 하는 이유다.

어쩌다 나는 선생님이 되었을까? 누구도 내가 정말 좋아하는 걸 물어봐 주지 않아서? 그래서 서점 사장이 될 생각을 못 했기 때문에? 관심의 결핍 때문에? 아니다. 단지 그런 이유 때문이었다면 굳이 '선생님' 외에 다른 것이 되었을 수도 있다. 그럼 어쩌다 선생님이 되었을까?

나는 공부가 결핍된 학생이었다. 고등학생 시절, 최상위권을 다투는 성적을 꾸준히 받았음에도 '제대로 된 공부'에 대한 결핍을 항상 겪었다. 불안했다. 내가 뭘 잘했고, 뭘 잘못하기에 정확히 그러한 성적이 나오는지, 그 근원을 몰랐다. 하루에 모나미 펜 한 자루를 쓰는 노력이 정확히 어떠한 메커니즘을 통해 성적으로 환산되는지 알지 못했다. 그런 메커니즘이 있다면, 어떻게 더 개선할 수 있는지 그걸 알지 못했다.

성적은 좋았지만 공부는 못했다. 그래서 불안했고, 그래서 선생님이 되기로 하였다. 나와 같이 결핍의 길에서 방황하고 있을 아이들을 돕고 싶었다. 덤으로 선택적 깨방정 욕구도 채우고.

그러다
연애를 '몬해서'
연애를 떠드는 사람이 되었고,

공부를 '몬해서'
공부를 떠드는 사람이 되었다.

그런데 입시는 공부가 아닌지라, 입시가 공부보다 우선인지라, 학교에서 못다 한 공부 얘기는 어디다 풀어야 하나?

마음속에 켜켜이 쌓여간,
못다 한 말이라는 결핍은
어쩌면 남모르는 조용한 글쓰기의 시작일지 모른다.

사족.

죽을 것 같다던 그 아이는 잘 살아있다.

밥도 잘 먹고 잠도 잘 잔다.

참

잘도 잔다.

사족 2.

죽을 것 같다던 그 아이는 사건 후 한 달도 안 되어 새로운 여자친구가 생겼다. 죽을병도 연애를 하면 낫나 보다. 예수님 사랑이 죽은 자 나사로를 살리시더니.

안녕히 안녕

언제였던지, 어쩌다 마주쳤는지조차 기억나지 않는 희미한 이야기가 있다. 왜 그런 TV 프로그램 있지 않은가? '세상에 이런 사람이?!' 하며 전국 방방곡곡 특이한 사람들을 찾아 소개해주는. 반쯤은 오락이고 반쯤은 다큐멘터리인 그런 프로그램. 그 프로그램에서 다룬 수많은 에피소드 중 하나에 출연한 어느 엄마에 대한 이야기다.

시작은 평범하다. 취재에 나선 PD가 어딘지 모를 동네를 여기저기 누비며 동네 사람들에게 묻는다.

"이 동네에 아주 특별한 여자분이 있다고 해서 찾아왔는데요!"

그러면 동네 사람들은 영문을 모른 척 시침 떼며

"누구 말하는 거지? 아! 혹시 그분…?"

하는 식으로 호기심 유발. 그렇게 여러 인터뷰를 후다닥 훑다 보면

"저기예요, 저기! 저기에 가면 만나실 수 있어요!"

하는 불특정 동네 사람들이 가리키는 일관된 힌트를 따라가게 된다. 도착한 곳은 동네의 평범한 헬스장. 땀 흘리며 운동하는 사람들을 한 바퀴 훑는 카메라 위로 떠 오르는 자막 한 줄.

아무리 봐도 평범한 헬스장인데….
이곳에 오늘의 주인공이?

그리하여 만난 오늘의 주인공. 과연 남다르다. 그녀는 딱 보기에도 무거워 보이는 아령을 번쩍번쩍 들고, 역기를 영차영차 들어 올린다. 운동 꽤나 했다는 남성들보다 훨씬 탄탄하고 강력한 근육질. 왠지 기대어 안기고 싶은 강철 같은 팔뚝. 그녀를 주변에서 선망하듯 구경하는 배 나온 총각들. 그들의 신기함과 부러움, 자책이 멋들어지게 섞인 눈빛.

'알고 보니 여성 보디빌더였다' 같은 김 빠지는 에피소드일 리가. 그녀는 보디빌딩과는 전혀 관계없는 평범한(전혀 안 평범한) 식당 주인 이모일 뿐이었다. 빈 맥주병 플라스틱 박스를 한 손에 두 개씩 획획 들고 다니며, 쌀 포대를 두세 개씩 어깨에 짊어지고 다니는 힘 좋고 강력한 이모.

다정한 엄마이기도 했다. 육식을 즐긴다는 그녀는 스무 살쯤 된 아들 녀석의 저녁 밥상 위로 정성스레 구운 고기를 살포시 놓아주었다. 밥상머리 교육이 잘 되었던지, 아들의 공손하게 모은 무릎과 그 위로 다소곳이 올린 두 손은 "사춘기가 뭐죠?"라 대신 말하는 듯했다. 이어지는 그녀의 완력 테스트 장면은 넘어가자. PD는 물었다.

"언제부터 이렇게 운동을 좋아하게 되셨어요?"

그녀는 방송을 위해 숱하게 반복했을 대답을 들려주었다. 그녀는 젊어서부터 식당 일을 하였다. 젊어서 결혼을 했고, 첫 아이를 배었다. 그녀는 엄마가 된다는 설렘에 얼른 열 달이 지나 아이를 만나고 싶었단다. 하지만 열 달을 무사히 넘기려면 먹고살아야 했고, 마침 식당이 잘 되어 돈 버는 재미에 열심이었다고 했다. 아이를 배 속에 두고서는 몸에 무리가 된다는 것도 <u>모르고.</u>

하루는 배가 많이 아파왔다고 한다. 산달이 남았는데도 그러하니 너무 두렵고 무서운 마음에 그녀는 병원으로 서둘러 갔다. 유산이었다. 배 속의 아기는 몇 주 전, 엄마 몰래 먼저 먼 나라로 떠난 뒤였다. 그녀는 그러한 지경도 모른 채 그 몇 주간, 몇 달 뒤 만날 아이에게 입힐 거라며 아가 옷과 신발을 고르며 행복했더랬다. 그 후 한참을 울며 세월을 보냈고, 그녀는 건강 관리에 소홀하였던 자신이 아이를 보낸 것 같다는 자책과 죄책감에 그토록 운동에 매달리게 되었다고 한다. 이 뒷이야기는 기억나지 않는다.

그녀를 진찰했던 의사는 의학적 판단으로써 태아의 사망을 진단했겠지만, 선생으로서 나는 삶을 먼저 살피지 않을 수 없었다. 배냇저고리와 조막만 한 아기 신발을 손에 쥐고 놓지 못했을 그 몇 주. 아이의 심장은 엄마 배 속에서 멈춰있었을 테지만, 설렘으로 아기 이름을 부르며 곧 만나기로 혼자 약속했을 엄마에게는 더할 나위 없이 살아있는 아이였을 것이다.

선생님에게 학생은 떠나갈 존재다. 학교의 주인이라는 학생은 곧 졸업하여 학교를 떠나고, 손님인 선생님만 남아 학교를 지킨다. 이별이 결정된 관계. 그것이 사제관계의 본질이다.

그러하니 선생님으로서 나는 아이들의 후생後生을 걱정하며 산다. 학교 이후에도 계속되는 아이들의 삶이 지속되기를 바란다. 단순 생물학적 생존과 의학적 연명이 아닌, 누군가에게 애틋함으로 남을 삶. 역사에 휘날리는 건조한 이름보다도, 오늘 당장 흩어져도 괜찮을 담백한 추억 같은 삶을 살길 바란다.

물론
역사에 남을 담백한 사람이면 더 좋고.

교육은 아이들에게 그런 삶을 알려주는 것이어야 하고, 공부는 그런 삶을 전수하는 것이어야 한다. 그저 국어 시험 성적이니 수학 시험 등급이니 하는 것에 힘줄 핏줄 치세우는 것이 아니다. 성적이란 이름의 숫자는 궁극적으로 상징에 지나지 않는다. 직접 보고 만질 수 없는 무엇 무엇을 나타내는 상징. 숫자는 기호 그 이상, 그 이하도 아니다. 허상이다, 허상.

달을 보라고 가리킨 손가락이고, 연못 위에 비친 달이다. 허상을 잡으려 하지 않으며, '능력', '사고력' 뭐라 부르든 좋으니, 시험이 가리키고 성적이 비추려는 달을 직접 보아야 한다. 보려 노력해야 한다. 그렇지 않고서는 계속하여 '옆집 누구는 어느 학원 다니더니', '아랫집 누구는 어느 책으로 공부하더니' 같은 헛광풍에 휩쓸리게 된다.

아니, 아이들이 쓸려가게 된다.

달라이 라마께서 말씀하시길

"내일보다 죽음이 먼저 올지도 모른다."

라 하셨다. 삶과 죽음, 우리 모두에게 공평한 것은 이 두 가지다. 그렇기에 '어떤 삶으로 기억될 것인가?'라는 물음은 결국 '어떤 죽음을 맞이할 것인가?'에 맞닿아 있다. 내일을 죽음이 남모르게 추월할 수 있다면, 우리는 오늘 어떤 삶을 남길 것인지 고민하게 된다. 나아가 다음 시대를 살아갈 아이들은 어떤 오늘을 남겨놓았는지 걱정된다.

누군가의 삶이 할리우드 블록버스터급의 사건들로 가득 찬 한 권 두꺼운 책으로 남겨진다면, 그것도 나름의 멋이 있을 것이다. 폭탄과 총알, 피와 상처, 배신과 음모가 난무하는 블록버스터.

하지만 그 멋이라는 것도 남의 인생을 관망할 때야 멋이라 할 수 있지 않을까? 정작 자신의 삶을 그런 이야기로 맹글어보라 청한다면, 부담시러워서 사양하련다. 그것보다는 한 줄 삶이라도 좋으니

"괜찮은 사람, 재밌는 친구, 좋은 어른이었다."

정도로 쉽게 추억된다면, 그 맛 또한 깊지 않을까?

담담하게 소회될 수 있는 삶이라면,
그것이야말로 제대로 산 보람이 아닐까?

그리고, 누가 한 권 책을 통째로 기억하나? 명언 몇 줄로 추억하지.

그리고, 명언 몇 줄이 또 있어 줘야 한 권 책도 읽히는 법이다.

그리하여 한 선생님은 오늘도 엄하고 유쾌하자며 다짐한다. 아이들이 추억할 수 있는 오늘을 보내도록. 나태함으로 스스로

타협하지 않도록. 정직하고 부지런하도록. 친구들과 여유 있게 보내고 의지하며 하루를 보내도록. 공부가 힘들어도 싫어지지는 않도록. 그리하여 곧 있을 이별에 서로 담담히 보내주도록. 서로가 추억 속에 살아있도록.

영영 안녕安寧하라고.

수능이 한 달 즈음 남아.
깨감성 돋는 밤에.

내가 너를 써서 미안해

책을 한 권 썼다. 잘해보려고 했는데, 잘 안됐다.

    수학 선생님이 되고 싶어서 사범대학까지 갔었다. 국영수를 고르게 잘하면 '공부 잘한다' 소리를 들었던 고등학교 시절이 막을 내리고, 한 우물만 파면되는 대학교. 대학교의 어느 학과로 진학한다 하여 꼭 관련된 직업을 가질 이유는 없지만, 그래도 꽤 큰 관계가 있지 않던가? 그중에 하필 수학이다. 수학으로 먹고 살려는 사람들이 모이는 그곳. 수학교육과에 갔다.

    구름 한 점 없이 새파란 3월. 설레는 대학교 1학년 첫 수업에서 전공 교수님이 창밖을 보시며 꺼내신 첫마디는

    "지금 밖에 비가 온다, 이 말은 수학적으로 참입니다."

이 말에 반짝이는 눈으로 고개를 끄덕이던 수학교육과 1학년 동기들. 그리고 이 모든 상황을 흔들리는 동공으로 지켜보는 나.

'강의실을 잘못 들어왔나…? 401호 맞는데….'

'너네 대체 고개를 왜 끄덕이는 건데?'

'너네 뭔데! 왜 알아듣는 건데!'

그렇다.

수학 좋아하는 사람들을 모아놓은 곳은 '비정상'이 일상적이다.

인간은 적응의 동물이라 했던가. 이런 아수라장에서 6년이나 버텼다. 수학 잘하는 사람들 틈에서 수학으로 뒤처지지 않는 방법을 곧 알아낸 것이다. 그건 바로

잘하는 것처럼 보이기.

간단하지 않은가? 수학을 '잘'할 필요가 없었다. 학부 수준에서 무언가를 잘한다는 기준은 결국 '학점'이다. 누군가 무언가에 관해 물어볼 때 '그럴듯'하게 답할 수 있으면 충분했다. 그래서 자연스럽게 깊은 공부보다 그럴듯해 보이는 공부를 하게 되

었다. 그럴듯해 보인다는 건 조금 아는 것을 정확하게 아는 것처럼 쓰는 것이다. 조금 알아도, 그것을 깊이 아는 것처럼 말하는 것이다.

처음엔 그 조금 아는 것마저 없어 서툴렀다. 하지만 세월에 먼지 쌓이듯 조금씩 아는 것이 늘어났고 그만큼 꾸밀 수 있는 글과 말도 많아졌다. 어느새 주변 동기들과 후배들 사이에서는 '수학 좀 치는' 선배가 되어 있었다.

이런 시절이 쌓여가자 자연스럽게 수학을 바라보는 관점이 많이 달라졌다. 수학이라는 거대한 상아탑보다, 상아탑을 쌓는 방식 그 자체에 관심이 쏠렸다. 수학이라는 지적 유산에서 '유산'을 제외한 부분, 즉 '사고방식'에 더 마음이 끌렸다.

애당초 인간이 '왜' 수학이라는 것을 만들 수 있었을까? 인간 안에 있는 무엇이 수학이라는 형태로 빚어진 걸까? 무심코 그린 한 장 낙서에서 마음을 읽어내고, 무심코 추천한 노래 한 곡에서 그 사람의 심정을 읽어낼 수 있는 것이 사실이라면, 수학도 분명 사람의 무언가를 표현하는 것이었다. 나는 그 무엇이 무엇인지 알고 싶었다.

그 무엇이 무엇인지 알겠다 싶을 때,
책 한 권을 썼다.

내가 좋아하는 짙은 초록색의 표지에 깔끔한 신명조로 제목을 쓴 『쓸모없는 수학』. 꼭 쓸모가 없어도 우리네 인생이 가치 있는 것과 같이, 쓸모가 없는 수학도 그 자체로 쓸모 있다는 뜻으로 지은 책. 씨앗 안에 이미 나무와 꽃이 들어있듯 우리 안에 이미 수학이 있다는 뜻으로 지은 글.

"수학이 누군가의 생각을 언어로 표현한 것이라면, 그 생각은 우리에게도 이미 있습니다. 수학은 나라는 소우주에서 아직 눈에 보고도 관심받지 못한 한 별자리입니다."

캬! 명문이다. 책을 통틀어 수학식은 단 몇 줄밖에 쓰지 않았다. 그 대신 신화, 시, 그림, 소설, 음악으로 자리를 채웠다. 요즘 말하는 '인문학적' 수학. 융합형 인재를 꿈꾸는 현시대에 걸맞다고 나 스스로도 만족했다. 적어도 융합형 과제를 앞에 둔 학생과 학부모에게 좋은 자료가 될 것이라 생각했다.

종이책 0권, 전자책 12권.
그리 오래도록 사랑하여 낳은 이 책이 세상에 나온 뒤 3개월간의 판매 부수다. 후의 6개월간 한 권도 팔리지 않았다.

누구에게도 읽히지 않았다.

나는 꽃을 좋아하여 가끔 꽃집에 들른다. 화병에 꽂혀있는 많은 꽃들을 보면 한 줌 크게 쥐어 집에 가져가고 싶으면서도 한편으로는 '꺾이기 위해 태어난 운명'에 대해 생각한다. 쓰이기 위해 태어나는 것이 책이라면 읽히는 것 또한 책일 텐데. 나의 책은 읽히지 않았다.

책을 떠올리면 숱한 번뇌가 흘러간다. 좀 더 좋은 필력을 갖추고 썼어야 했나? 서두르는 마음에 자비 출판한 것이 실수였나? 돈을 주고서라도 마케팅을 맡겼어야 했었나? 대형 출판사에 더 많이 투고를 했어야 했을까? 하지만 아무도 관심을 가져주지 않았는걸. 내가 인플루언서였다면 상황이 달라졌겠지?

하필 사람들이 기피하는 '수학'으로 책을 쓴 게 잘못이었나? 하필 수학을 공부하는 바람에, 사람들이 관심 갖는 분야에 대해 글을 썼으면 네가 더 많이 읽혔을 텐데.

어쩌면, 내가 너를 쓴 것이 잘못이었을까.

아이들과 진로에 관한 얘기를 하다 보면 '좋아하는 것과 잘하는 것' 사이의 선택에 대해 고민할 때가 많다.

물론 정해진 답은 없다. 소질이 엄청나다면 조금 덜 좋아해도 소질 따라가라, 또는 이 일을 못 하게 되느니 한이 서릴 것 같다면 소질이 조금 모자라도 그리 가라고 조언하는 편이다. 하지만 보통은 그 중간 어딘가를 방황하고 있다. 이런 아이들에게 해줄 얘기는 무엇일까?

솔직히, 잘 모르겠다.

나부터가 우선 모르겠다. 수학에 대해 얘기하는 것을 잘하지만 막상 찾아보면 이 정도는 잘하는 것도 아니다. 책을 읽고 쓰는 것을 좋아하지만 이 정도 읽고 쓰는 사람은 '너어무' 많다. 단지 책 읽고 글 쓰는 걸 좋아하는 사람들은 그 기질상 눈에 잘 안 띄어 모르고 살 뿐이다.

적성과 흥미 중에 무얼 선택할까? 좋아하는 걸 하고 살자니 책 읽고 쓰기만 해서는 당장 먹고살 길이 묘연하다. 잘하는 걸 하고 살자니 심령이 가난해지듯 찌들어간다. 둘 중 하나를 꼭 선택하기 싫어서 다른 길로 새어 '수학에 대한 글쓰기'를 택했고 마음이 아픈 중이다.

그런데 마음이 아파 보여서, 성심껏 쓴 글이 이렇게나 좋은 분들에게 읽혀서 뿌듯함이 절절하다. 이 자리를 빌려 그간 비루한 글에 응원의 말씀 남겨주신 많은 분들께 감사 인사 올린다. 또한, 나의 소중한 아이를 찾아 읽어준 열두 분에게도 진심으로 감사하는 바이다.

거기 혹시, 이 글 읽고 계신지요?

복 받으실 겁니다.

꺄륵.

졸업생 이야기

1.

졸업한 아이들이 찾아오는 때면 언제나 기분이 좋아진다. 그 날 하루 어떤 고난을 겪고, 어떤 심란이 들이닥쳤더라도 말이다. 어떤 아이는 손에 뭘 바리바리 싸 들고 오기도 하고, 어떤 아이는 손을 가볍게 하여 "지나가다 들렀어요" 하며 쭐레쭐레 오기도 한다. 하지만 반가운 마음은 아이의 양손에 부가된 질량과는 전연 무관하다. 아이들을 보면 무척 기분이 좋아진다.

어떤 때는 친구들을 모아 우르르 오기도 하고, 어떤 때는 혼자서 찾아오기도 한다. 어떤 때는 무지 바쁜 중에 찾아오기도, 어떤 때는 한가한 중에 바람처럼 왔다 가기도. 한번은 수업이 여럿 붙어있어 길게 자리를 비웠다 돌아오니, 주인 없는 자리 옆에 앉아 오래 기다리고 있었던 아이도 있었다. 다른 선생님들과 수다도 떨며 시간을 보내고 있었겠지만, 그래도 긴 시간 기다려줘 고맙더라.

학교를 멀리 떠나있다가도 어느새 옆자리로 돌아온 아이들을 보면 "몸이 멀어지면 마음도 멀어진다"라는 명제가 무색하게 느껴진다. 그간 떨어져 지낸 시간과 공간이 머쓱하게도 바로 어제 만난 아이처럼 이런저런 얘기하며 보내는 시간이 그리 즐거운 것이다. 더 이상 입시니 성적이니 하는 얘기를 않아도 되니, 이제야 정말 아이를 보는 느낌이다.

그렇게 시간 가는 줄 모르고 아이들과 요즘 사는 얘기를 술술하게 된다. 몇 년을 교복 차림에 단정한 모습만 보아왔던 아이들이 어느새 형형색색이 되어 돌아온 장면이 신기하기도 하고 놀랍기도 하다. 미팅에서 만난 남자랑 33일 만에 헤어졌다느니, 열심히 아르바이트해서 모은 돈으로 야심 차게 여름 제주도 뚜벅이 여행을 계획했다가 폭염에 3일 만에 집으로 돌아왔다느니, 동아리에서 만난 두 학년 높은 누나야랑 사귀게 되었는데 알고 보니 이 누나가 네 살 많은 삼수생이었다느니.

앉은자리에서 커피 한 잔 두 잔 비워내는 동안 웃고 떠들다 보면, 여전히 아이와 내 속에 어떤 교집합이 있음을 느낀다. 33일 연애라든가, 한여름 뚜벅이 여행이라든가, 자기 여자친구 나이도 제대로 모르고 만나는 무리함에는 이해도, 공감도 어렵다.

그럼에도 같은 시간과 같은 공간에서 서로 웃으며 편히 있는 장면 속 어딘가에 그 교집합이 있지 않을까 하는 것이다.

수학에서는 한 명제와 그 대우명제의 참, 거짓이 동일하다고 한다. "몸이 멀어지면 마음도 멀어진다"라는 말이 틀린 것이라면 "마음이 가까워지면 몸이 가까워진다"는 대우명제도 그렇다는 것이다. 그런데 어찌 졸업한 아이들을 다시 만난 날에는, 언제나 이 대우명제의 '참'만을 믿고 싶어진다.

거짓 명제에 참인 대우명제는 논리적으로나 수학적으로나 용납될 수 없기는 매한가지다. '마음과 몸'을 운운하는 것이 어쩌면 수학에서는 가당찮은 일이기에, 이런 옛말을 두고서 '명제'라는 단어를 꺼낸 시작부터 잘못된 일이었을지도 모른다.

그런데 어찌 되었건, 졸업한 아이들을 만날 때면 "몸이 멀어지면 마음도 멀어진다"는 말은 부정하고 싶고 "마음이 가까워지면 몸이 가까워진다"는 말은 긍정하고 싶어진다. 이런 양가적인 마음에 논리와 수학을 들이대어 해부하려는 노력도 부질없이 느껴진다.

거, 그렇게 '옳고 그름'을 따져 무엇할까. 닭 잡는 데 소 잡는 칼 쓰면 안 되기도 하지만, 좋은 칼이라고 아무 데나 들이대선 안 되는 법이기도 하다. 불멸의 장미칼도 도마 위에서만 춤을 춰야지 않나. 수학 좀 하고 논리 좀 배웠다고 이 시간을 구석구석 해체하여 똑똑한 삶을 사느니, 나는 그냥 순박하게 사련다.

나는 그저 눈먼 사람으로 오래 남아서, 아이들이 한 번이라도 더 찾아와 주면 좋겠다. 먼눈으로 아이들을 한 번이라도 더 보고 싶다.

그런데,
"몸이 멀어지면 마음이 멀어진다" 보다
"마음이 멀어지면 몸이 멀어진다"라는 역명제가
좀 더 참에 가깝지 않나…?

2.

한 날은 어느 졸업생 친구가 찾아와 이런저런 사는 얘기를 하였다. 학교 안팎으로 우여곡절을 참 많이도 겪은 아이였다. 다행히 원하던 대학교에 입학할 수 있게 되었고, 처음엔 적응이 어려워 지지부진하더니 지금은 무척이나 잘 지내는 듯하다.

대외 동아리 활동도 많이 하고, 과 내에서 몇 선발되지 못하는 해외 봉사활동에도 뽑혀 간다고. 성적 장학금까지 받는다고 하니 놀랄 일이다. 이 녀석이 공부로 빛을 보는 날이 오다니. 물 만난 고기마냥 제자리를 찾은 것 같아 뿌듯하면서도, 과거의 아이를 생각하면 씁쓸하기도 하다. 바다에서 뛰놀 고래 한 마리를 호수에 가둬놓은 꼴이 아니었나 싶기도 한 것이다. 이런저런 사는 얘기 중에 아이가 이렇게 물었다.

"선생님, 그런데요, 궁금한 게 있는데…."

자기 대학 생활 얘기할 때는 똘똘하던 눈빛이 사라지고선 순식간에 몇 년 전으로 돌아간 듯하다. 갈 길을 잃은 눈빛. "응? 궁금한 거? 수학 문제라도 알려줄까? 하하" 하며 감지된 분위기를 띄워보려 했다.

"하하하. 아니요, 수학은 이제 그만. 하하하하하."

그러면 뭐가 궁금한 걸까? 되려 내가 물으니 아이가 답한다.

"막상 대학에 오고 나니까, 이제 뭘 해야 할지 모르겠어요."

란다. 동아리 활동도 하고, 과에서 공부로 인정받고, 다음 주면 해외 봉사활동도 가야 하는 바쁜 녀석이 '뭘 해야 할지'라니. 꽉 찬 스케줄을 앞에 두고선 갈 길 잃은 눈빛에 묘한 동질감이 느껴졌다. 정신없이 꽉꽉 채워진 하루하루를 견뎌내다 보면 가끔씩 마음속으로 비집고 들어오는 감정. 바쁜데, 동시에, 내가 뭘 하고 있는 건지 모를, 그 감정.

나도 아직 풀지 못한 숙제를 아이에게 답해줘야 할 땐 어떡하나. 이런 상황에 대해선 나도 배운 바가 없었다. 사범대학에서 배운 숱한 교육학 이론은 임용고시에서 물어볼 법한 질문과 그에 적힌 답을 알려주었을 따름이다. 그저 솔직하게 "그러게. 나도 모르겠는데 그건? 하하" 웃어넘겨야 할까.

사제지간이란 묘하다. 졸업식이 끝난 뒤에도 여전히 아이들은 나를 선생님이 불러준다. 같은 방향으로 평행이동 하는 두 점과 같달까. 시간이 지나도 아이들에게 나는 여전히 '앞선 사람'인 걸까. 지금이야 아이가 스무 살이고 나는 한참 나이가 많으니 '앞선 사람'은 맞겠지만, 시간이 더욱 흘러도 그럴까?

내가 아는 출판사 대표님은 중학교 시절 만난 선생님을 아직까지도 선생님이라 호칭한다고 하시더라. 내가 지금 근무하는 학교에는 나의 고등학교 시절 은사님이 계신데, 나는 지금도 은사님을 '선생님'으로 호칭한다. 같은 학교에서 근무해서 그런 것이 아니라, 선생님이라서 선생님이라 한다.

시간은 흐르는데 어찌 '학생'이란 점과 '선생'이란 점은 평행이동을 거듭하는 걸까. 언젠가 시간이 더욱 흘러 지금의 내 나이를 아이가 따라잡게 되는 순간이 올 텐데. 20+x = 34라는 방정식의 해는 14니까. 14년쯤 걸리겠네. 그때도 아이가 나를 이렇게 찾아와 준다면, 여전히 '선생님'이라 불러주면 좋겠는데.

물리학에서는 시간이 비가역적이라 말하지만, 내 마음은 물리학의 영역이 아니라 시간이 앞뒤로 자유롭게 흐른다. 14년 뒤에 아이가 지금의 나와 동갑이 된 때가 오게 되는 미래가 있다면, 자연히 14년 전의 내가 지금의 아이와 친구 된 때가 된 과거도 있지 않을까? 그때의 스무 살 나에게, 서른네 살 나는 어떤 말을 해주고 싶을까?

"그러게. 나도 모르겠는데? 하하."

하고, 마치 내가 나에게 14년간의 암흑기를 선고하듯 답하고 싶지는 아니한 것이다.

"음…. 쌤이 더 먼 훗날에는 어떻게 생각하고 있을지 모르겠 지만, 일단 서른넷이 된 지금에 와서 돌이켜 보면 말이야, '좋은 습관'을 많이 만들지 않았던 게 후회되곤 해.

너도 돌이켜 보면 알 거야. 스무 살이 되기 전까지는 일상의 모든 규칙을 남들이 정해줬었지? 학교에서는 등교 시간, 쉬는 시간, 점심시간, 하교 시간, 자습 시간 전부 선생님들이 이래라 저래라 알려줬지. 집에서는 부모님이 일어나라, 밥 먹자, 이거 해라, 저거 해라. 어릴 때는 언제 화장실을 가고 무슨 옷을 입을 지까지 정해줬잖아.

그런데 스무 살이 딱 되니까 어때? 특히 집에서 떨어진 대학 을 다니고 자취까지 하면 더 느껴지지. 먹고, 자고, 씻는 생활부 터 시작해서 무슨 공부를 언제 어떻게 하고 어떤 동아리에 들어 가고 어떤 친구를 만나고 방학은 어떻게 보내고 밥은 뭘 먹고. 아휴, 시시콜콜 다 정해야 하잖아.

이리저리 부딪혀보는 것도 청춘의 매력이지만 그 와중에 흔 들리지 않는 너 자신이 더 중요해. 휘청거리는 걸 '경험'이라 착 각하면 안 된다고.

다음 주면 떠난다는 그 해외 봉사도 너 말고 다른 많은 사람들이 함께 가지 않아? 그런데 그 많은 사람들이 다 '경험'을 쌓아서 돌아오는 건 아니야. 같은 시간과 같은 장소에서 같은 일을 겪으면서도 누구는 그걸 '그냥' 하고 오는 거고, 누구는 거기서 뭔가를 남겨 오겠지. 뭔가를 '하는' 거랑, '경험하는' 거는 다른 거라고.

사람들이 보통 그래. 휴대폰은 어디서 잃어버리지 않을까 손에 꼭 쥐고 다니고, 잃어버리기라도 하면 온 동네를 휘젓고 다니면서 찾아다니잖아. 그런데 자기 자신을 찾는 건 그만큼 아끼지 않아.

SNS에 자기를 꾸며 넣으란 얘기가 아니야. 셀프 브랜딩을 하라는 얘기가 아니라고. 브랜딩을 하려고 해도 뭐, 브랜딩할 가치가 있어야 할 거 아니야. 가치 없는 걸 꾸미면 그건 사기지. 그게 바로 허세라고.

바깥으로 자꾸 시선을 쏟으려 하지 말고 내실을 다져. 좋은 습관을 많이 만들라고. 대외 활동이니, 공부니, 인턴십이니. 그런 건 네가 신경을 좀 덜 써도 주변에서 알아서 챙겨줘. 교수님이든 동아리 친구들이든. 다 챙겨준다고. 그렇다고 무신경하면 안 되겠지만, 모든 신경을 쏟을 일도 아니야.

좋은 습관을 많이 만들어. 한번 해보는 거 말고, 띄엄띄엄하는 거 말고. 습관으로 만들라고. 요즘 젊은이들 말로는 루틴이라고 하나? 새벽에 일어나서 운동을 한다든가, 책을 읽는다든가. 수업이 끝나고 꼭 산책을 한다든가. 그런 것들이 너를 지탱해 주는 하루하루의 쉼표가 될 거야.

쌤은 매일 네 시에 일어나서 곧장 물 한 잔 마시고 샤워부터 해. 그리고 책을 읽든가, 글을 쓰든가, 운동을 하지.

하루는 책이나 글을, 하루는 운동을. 번갈아 하는 걸로 정해져 있어. 저녁은 매일매일 일정이 달라서 정해진 습관은 없지만 꼭 잠은 열 시 전에 자려 하고. 회식도 그래서 잘 안 가. 가도 술은 일절 안 마시고.

일찍 자고 일찍 일어나는 습관을 가지라는 게 아니라, 너만의 좋은 습관을 하나하나 쌓아가라는 거야.

그러려면 역설적으로 이런저런 것들을 많이 해봐야지. 해보고, 너한테 남겨보고, 오래 해보고. 그게 쌓이고 쌓이면 자연스럽게 너의 개성이 되고 그러면 사람한테서 멋이 나. 남이 정해주는 퍼스널 컬러 같은 게 멋이 아니라고.

그래서 '경험'이 중요하다 한 거야. 한 번 하고 흘려보내면 안 된다고. 쌤은 그렇게 흘려보낸 숱한 것들이 많이 후회가 돼. 14년쯤 더 지난 뒤에는 또 어떻게 생각하고 있을지는 모르겠지만, 우선 네가 서른네 살 즈음 되었을 때는 이런 후회가 없었으면 해.

좋은 습관을 많이 만들렴. 식후땡 같은 습관 말고."

그렇게 조언 반, 한풀이 반으로 아이의 질문에 풀이를 해주었다. 아이는 내 풀이를 이해했을까? 더 이상의 시험도, 문제집도, 성적도 없으니 선생님이 어찌 확인해줄 길은 묘연하다. 단지 학생이 자신의 삶에서 차차 깨달아가기를 기도할 수밖에.

그렇게 웃으며 또 보자고 헤어졌던 아이가 다음 주면 베트남에서 돌아온다. 때에 맞춰 먼저 연락을 해봐야겠다. 새로운 얘깃거리가 얼마나 쌓여있을지. 이번엔 학교 밖에서 만나 밥 한 끼 하면서 이런 얘기 저런 얘기 풀어봐야겠다. 열 시 전에 자려면 아홉 시에는 집에 들어가야 하니 술은 수다로 대신하고 말이다.

얻어먹어야지.

3장

제가 한번 배워봤습니다

자, 그럼 시작해볼까?

이런 지엔장! 오늘은 덩치 큰 녀석에 걸리고 말았다. 가뜩이나 날도 추워 몸이 굳었는데.

후…. 한숨을 고르고 두 손바닥을 쫙 펴 녀석의 엉덩이에 찰싹 붙인다. 차가운 엉덩이로 체온이 빠져나가며 들러붙는다. 두 팔을 쭈욱 펴고 한쪽 발을 엉거주춤 뒤로 뺀다. 엉덩이도 사알짝 틀어주고. 자태가 자못 요염하다. 고개를 땅을 향해 숙이자 큰 덩치의 무게가 손바닥을 타고 어깨, 등, 척추까지 이어진다. 자, 이제 발바닥으로 무게를 받아 힘차게 밀어내 본다.

끄으응-! 꿈쩍도 않는다. 이 녀석, 묵직한걸? 이런 게 덩칫값이라는 건가? 좀 더 강하게 밀어야 하나…. 끄끄끄끄끄끄으응! 얼굴이 벌게지고 등판이 단단히 굳어간다. 일그러지는 얼굴과

꽉 감은 두 눈 뒤로 어릴 적 읽었던 시시포스 이야기가 생각난다.

당시 유행하던 만화책 『그리스·로마 신화』. 거기서 시시포스, 그 녀석을 처음 보았지. 커다란 바윗덩어리를 밀어대던 핏줄 오른 팔뚝. 그 팔뚝이 달려있던 몸과 다부진 등. 탄탄한 허벅지. 바윗돌을 산꼭대기로 옮겨놓으라는 천벌을 받느라 고생하는 녀석이, 어찌 그리 몸이 좋은가 의아했더랬지. 그저 당시 유행하던 '몸짱' 열풍의 결과인 줄만 알았더랬지.

그런데 그게 아니었구나.
그랬구나. 이제야 알겠다.
밀어낸다고 다 굴러가는 게 아니었구나.
그랬었구나. 많이 힘든 거였구나.

다행히 이곳은 그리스 아닌 대한민국이라, 나는 시시포스 아닌 그저 출근하고픈 한 직장인이라 이 고생에도 끝이 보인다. 영차영차 밀어대던 녀석이 점차 움직인다. 살짝궁 움직인 후에는 쉽게 죽죽 밀려 나간다. 차츰 손을 떼자 곧 다시 멈춰 선다. 거참, 녀석. 알아서 좀 움직여주면 좋으련만. 꼬옥 억지로 등을 떠밀어야, 그제야 움찔움찔해요. 에잉, 쯧쯧. 21세기도 벌써 20

년이 지났는데 말이야. 이눔의 이중주차는 언제쯤 해결될꼬.

시시포스는 천벌을 받아 바윗돌을 굴렸고, 한 청년은 출근을 위해(먹고살기 위해) 대형 SUV를 밀어내고서 일터로 나갔다. 그 덕에 편히 잠자던 바윗돌과 SUV는 이 요란 떠는 두 사람으로 인해 육중한 몸을 흔들어 움직임을 만들었고.

움직임動을 강제로 만들어 내는 것, 움직임에 관한 인과관계, 이런 것을 '동기動機부여'라 하지 않던가. 누구는 하늘의 벌을 받느라, 삶에 쫓기느라 고생을 했다지만, '동기'라는 것이 마냥 이렇게 억지스럽기만 한 것은 아니다. 단순하게

"해보고 싶어서요."

라는 한마디로 대변되는 동기도 있다. 원해서, 흥미로워서, 궁금해서 하는 것. 스스로가 스스로를 움직이게 하는 동기. 이를 우리는 있어 보이는 말로 '내적 동기'라 한다. 반대로 시시포스에게 내려진 벌, 무고한 청년을 추운 아침 밖으로 내몬 '생계' 같은 타력을 '외적 동기'라 하고.

때때로, 어쩌면 자주, 이 두 가지 동기가 구분키 어려울 때가 있다. 먹으려고 사는 건지, 살려고 먹는 건지. 돈을 벌려 열심히 사는지, 열심히 사니 돈을 번 건지. 좋아 보여 사는 건지, 사고 보니 좋아 보이는 건지. 행복한 건지, 행복회로를 돌리는 건지.

명료히 구분되는 삶이면 좋으련만
모호한 경우가 더 많은 것 같지 않은가?

그럼에도, 어찌 되었든, 동기가 우리를 움직이게 하는 것은 명확해 보인다. 내적이든 외적이든 우선 움직여야 움직일 수 있으니까.

여기서 현실적인 문제가 발생한다. 자기 앞가림을 스스로 해야 하는 나이 즈음 되면, 거친 세상 풍파를 버텨내느라 내적 동기가 도무지 남아나질 않는 것이다. 업무, 육아, 사회생활, 창업 준비 등 오늘 당장의 문제를 해결하기에 필요한 리비도가 너무 많다. 육중한 삶의 무게를 움직일 수 있는 일말의 배터리가 남지 않는다. 잔돈 모으듯 남은 배터리를 박박 긁어 어디 모아두지도 못한다.

그저 출근 전부터 퇴근이 그립고,
퇴근 후엔 내일의 퇴근이 그립다.

세상은 자꾸 변해가고, 주위에선 자꾸 앞서 나가라 하는데, 먹고살기만 해도 하루가 끝나버린다. 그놈의 커리어 계발, 자기계발, N잡. 나라고 안 하고 싶을까. 하고 싶지. 하고 싶은데…. 하기 싫은 걸 어떡해…. 그래도 가끔은 기특한 마음을 발심하여

책도 읽고, 동기부여 영상도 찾아보며

"아니, 옆집 누구는 회사 다니면서도 이거 하고, 저거 해서 요래조래 됐다던데."

같은 비교 자극이나

"나약한 소리 말어. 원래 왕관을 쓰려면 무게를 견뎌야 하는 거여!"

라는 식의 정신교육,

"네가 원하는 것이 이미 이루어졌다고 생각해봐! 그러면 성공이 어느새 다가와 있을 거라고!"

류의 신비주의적인 얘기로 내적 동기를 삼으려 해도 그게 마냥 쉽지 않더라. 닳을 대로 닳아버린 겨울철 아이폰 배터리가 따뜻한 입김 몇 번 쐬어진다고 다시 완충되던가. 쉽게 살아내기에는 어렵기만 한 것이 인생이더라.

죽은 화타가 살아 돌아와 따끔한 침 몇 방과 얼큰한 탕약 몇 사발로 쉽게 내기內氣 탱천해질 일도 아니다. 마음에는 몸이 없어 침 꽂을 자리가 없고, 입이 없어 탕약 삼킬 방도가 없지 않나. 오늘 하루 불태워보자며 카페인 음료를 들이부었다가 눈 뜬 좀비 신세를 면치 못했던 우리 아니던가? 마음을 움직이기에는 다른 방도가 필요할 성싶다.

어쩌면 남은 잔량 1퍼센트를 향해가는 배터리를 살리기에는 로맨틱한 '내적 동기'에만 매달릴 순 없는 노릇일지도 모르겠다. 죽어가는 관우의 팔을 째고, 조조의 두통을 고치려 머리를 쪼개려 한 화타의 지혜를 배워야 할 때일지도.

일단 살려는 놓고 봐야지.

아이에게는 주변 어른들의 모든 오지랖이 고스란히 외적 동기가 되겠지만, 상대가 어른이라면 상황이 그렇게 간단하지 않다. 어른에게는 더 이상 부모님의 '용돈 옭아매기' 기술이나 '이놈 아저씨' 소환술도 먹히지 않는다. '너 그렇게 공부 안 하면 나중에 커서…' 식의 저주(또는 예언) 마법에도 저항이 생긴 지 오래다. 머리가 좀 컸다고 '라떼는…' 식의 훈계는 먹히지도 않는다.

어쩌면 어른이란 그저
나이 좀 더 먹은 사춘기 학생일지도 모르겠고.

자, 이런 어른. 바로 나, 당신, 우리. 우리는 자기 계발, 두 글자로 줄여 '공부'를 어찌하여야 시작할 수 있을까? 우리에게 남은 위태로운 배터리를 마지막까지 짜낼 동기는 과연 무엇일까? 우리는 무엇을 가장 피하고 싶은가? 우리의 천벌과 생사는 무엇에 달려있는가? 우리는 어찌해야 스스로를 달리게 만들 수 있을까?

어른은 어떻게 해야
동기부여 될 수 있을까?

〈무한도전〉이라는 예능 프로가 있었다. 매주 새로운 도전을 한다는 의미로 지은 프로그램 제목답게, 어느 에피소드에서는 출연진이 63빌딩의 창문을 청소하기도 했었다. 63빌딩 옥상 난간을 아슬아슬 넘어가 청소 곤돌라에 탑승하고, 천 길 낭떠러지의 삐그덕거리는 기계장치에 매달려 창문을 닦아내는 장면까지. 위태로움에 겁에 질린 와중에도 창문을 닦아내는 출연자의 모습에 웃음이 나오기도 하였다.

빌딩 청소가 시작되기 전, MC였던 유재석 씨는 청소 업체 사장님을 곁에 모시고 인터뷰했다. 젊은 청년이었던 사장님은, 한때 아르바이트비를 벌려고 시작했던 일이 어느새 자신의 주업이 되어 있었다는 사연을 말해주었다. 그리고 사장님이 흘리듯 말한 한마디.

"높은 것보다 돈이 더 무서운 거죠."

사장님의 말에 출연진 모두, 그를 보던 나도 감탄하였다. '돈'의 위력이랄까. 역시, 무엇보다 돈이 가장 무섭지 아니하던가?

돈으로 펼친 21세기의 배수진은

사람을 백척간두에서 걷게 하더라.

그런 사연으로, 뒤로 이어질 '어른의 공부' 이야기는 수업료를 결제하는 장면에서 시작되는 것이다.

그것도 일시불로.

1교시 : 꽃집에 갑니다

아마도, 소설가 '이상' 같은데…. 언젠가 그의 책에서 이런 문장을 읽었다.

"비밀 없는 삶은 가난하다."

그의 말에 따르자면, 나는 파산 직전에 몰려있었다.

3월 어느 날, 자주 오가던 골목에 꽃집이 하나 새로 들어섰다. 내부 인테리어 공사를 하던 때에는 동판으로 깔끔하게 달아놓은 간판이며, 내부의 미니멀한 조명, 한쪽 벽을 통으로 대신한 유리창이 퍽 세련되어 커피집이라도 들어오나 했었다.

그런데 어느새 단장을 마친 가게 앞으로 푸릇한 화분이 늘어서 있었고, 리넨 앞치마를 두른 주인분이 흠뻑 물을 주고 계셨다. 물 먹던 화분 옆으로 조그맣게 무릎 높이의 입간판이 서 있었다. 초록 칠판으로 앞뒤가 만들어진 아담한 입간판. 거기엔 흰 분필로 이리 적혀있었다.

[원데이 클래스]

당시 내가 살던 세계는 매우 좁았다. 그도 그럴 것이, 그간 겪어온 시절이란 것이 비루하고 비루했다. 십 대의 세계는 한 평 남짓 책상과 숱한 문제집이었고, 이십 대의 세계는 도서관 한편에서 만난 숱한 이론들이었다.

십 대 시절의 경험이란 쉬이 일탈이라 불리던 때였다. 책을 조금 읽을라손 치면

"책 읽지 말고 공부해."

라는 말을 듣기 일쑤. 그래서 책 좀 읽으려 아득바득 대학을 갔더니 거기서는

"청춘이 말이야, 여러 경험을 해봐야지. 자꾸 책에 파묻혀있으면 안 돼."

하였다. 거참, 노는 것도 놀 줄 아는 놈이 논다고. 놀 줄 모르게 만들고서는 이제는 놀지 않는다 하더라. 그러니 이십 대의 청춘 로망은 누구도 자세한 필요성을 모른 채 우선 술집으로 쫓기듯 향하였다. 반쯤 술에 취해

"그거 경험해서 뭐 할라고?"

물으면 돌아오는 대답은

"지금 안 해보면 언제 해보냐."

는 식이다. 세상에는 안 하는 것이 더 좋은 것이 많은데, 왜 구태여 하려는지는 누구도 몰랐다. 왜냐하면, 그 청춘들은, 질문하는 쪽이든 답하는 쪽이든, 근본적으로 평생을 책상 앞에서 지내왔기 때문이다.

문제집에서 이론서로 활자가 이동하는 동안, 선생님의 훈계에서 선배들의 조언으로 '말'이 이동하는 동안, 우리는 그 흐름을 따라갈 정신을 갖지 못한 것이다. 책상 위에서 활자는 질감이 사라진 기호가 되었고, 그 덕에 말은 촉감 없는 소리가 되어갔다.

그렇게 나는 질문 없는 헛똑똑이로,

대답하는 반푼이로 대학을 졸업하게 되었다.

이 모지리는 다행스럽게 다른 사람을 가르치는 일을 하게 되었다. 처음엔 강사로, 후에는 교사로. 어찌하여 다행인가 하면, '무지의 지知'를 얻기 위해서는 다른 이를 가르쳐보는 것이 제일이기 때문이다.

가르친다 함은 단순히 '아는 체'하는 것이 아니다. 수학이란 이런 것이고, 미적분의 정의는 무엇 무엇이고…. 암기한 활자를 쫠쫠 떠드는 것으로는 가르침이 되지 않는다. 효과 좋은 수면제는 될 수 있겠다.

가르친다 함은 '알게' 하는 것이고, 알게 한다 함은 '모르는 것'을 알게 하는 것이고, 모른다 함은 말 그대로 '모르는' 것이다. 당연히 '앎'과 '모름' 사이에는 불균형이 있고, 그렇기에 사제관계에 불균형이 전제될 수밖에.

그런데도 '모르는' 아이를 앞에 두고 곧장 미적분이, 전치사가, 운율이 어쩌고저쩌고 외는 건 당최 말이 안 된다, 말이.

그런 '가르침'이 있다 한다면,
그건 가르침이 아니라 그냥 매우 칠 일이다.

올바른 가르침은 언제나 한껏 낮은 곳으로 내려간다. 듣는 사람의 언어로 시작하는 것이고, 편한 비유와 일화로 우선 대강을 그린다. 그 후에야 아이들을 살살살 꾀어내어 슬슬슬 데려오는 길로 수업을 삼는다. 그렇게 무언가를 모르다가 알게 된다.

설교 잘하는 목사님, 신부님, 법문 잘하는 스님, 말을 어찌나 잘하는지 토크 콘서트까지 여는 강연자들은 모두 그렇지 않던가? 다짜고짜 지식을 주입하는 경우는 없다. 청중의 일상을 건드리는 얘기에서 시작해 웃고 울다 보면 다들 조금씩 무언가 알

아가게 된다. 그렇게 일상으로 돌아갈 시간 즈음엔 다들 성령
이 충만해져 있다.

"살짝 웃긴 글이 잘 쓴 글이다."

는 말의 요지도 대강 이런 것이 아닐까? 그러고 보니 걱정이
다. 이 글도 좀 웃겨야 할 텐데.

바로 이런 걱정 때문에
꽃을 좀 배워보려 했다.

인생이 좀 화사해질까 해서.
하하하.

왜 하필 꽃이었을까?

'인생이란 우연의 필연화 과정'이라 어느 철학자가 그랬었는
데. 세상 좁은 한 젊은이가 가르치다 보니 금방 밑천이 드러났
고, 가난함에 고뇌하였고, 고뇌하며 거리를 걸었고, 거리에서
마침 꽃집을 마주쳤다는 연역의 결과로 카드를 꺼내 들었다. 당
차게 '일시불이요!'를 외치며 수업료를 긁었다. 어른이 되면 입
은 닫고 지갑은 열라 했는데, 말수가 원래 적은 나는 입 대신 생
각을 닫고 카드를 긁었다. 좁은 머리에서 나올 답이라는 것도
빤하니까.

수업에서 할 '이야기'가 없다는 빈곤함과 가까운 곳에 꽃집이 있다는 두 사건의 결합. 지금껏 살아온 알을 깨고 나가겠다는 병아리의 태동과 그러고 보니 꽃집에 한 번 들어가 본 일이 없었다는 자각의 덧셈. 정말 그렇게 단순한 계산의 결과로 꽃꽂이 수업이 시작되었다.

꽃을 배우며 계절이 세 번 바뀌었다. 가벼운 마음에 시작한 원데이 클래스는 취미반을 거쳐 성인반이 되었다. 이렇게까지 오래 배울 생각은 없었는데. 계절이 가는 것도 잊고 꽃을 배운 이유는 머리보다 먼저 움직인 카드 탓도 있었지만, 무엇보다 꽃을 알아가는 시간이 매우 즐거웠음이 크다.

꽃다발, 부케, 꽃바구니, 리스, 드라잉…. 다양한 단어가 매 수업에 붙어 있었지만 그 커리큘럼을 소개할 마음은 없다. 배움의 목표가 일련의 '커리큘럼'을 숙지하는 데에 있지 않았기 때문이다. 대신 매 수업마다 배운 것은 꽃을 '만지는' 경험이었다.

아, 그 나이 먹도록 꽃을 손으로 만져본 일이 없다는 뜻은 아니다. 들판에서 괜히 흰 토끼풀 뜯어 꽃반지도 만들어보았고, 보랏빛 제비꽃 뜯어 가까이서 크게 보기도 했다. 벚꽃 매달린 가지를 흔들어 흩날리게도 해보았다. 그런데 이처럼 '세심細心'히 만진 적은 없었다.

그날그날 꽃과 이파리를 신중히 고르고, 그 고른 것들의 길이와 줄기의 굴곡, 잎의 크기와 얼굴의 방향을 그토록 자세히 보고, 그리하여 그들을 편안히 포개고 적절히 감싸 쥐도록 온 감각을 다 살리는 경험. 그렇게 꽃을 만지기는 태어나 처음이었다. 처음으로 꽃은 시각을 넘어 촉감의 대상이었고 위치가 아니라 공간의 대상이었다.

'커리큘럼'은
꽃이라는 공감각에 붙인
몇 가지 인덱스에 불과했다.

부케를 만들던 날. 어느 때처럼 조심히 꽃과 잎을 고른 후 지도에 따라 세심히 꽃을 엮어갔다. 선생님의 지도에 따라 부케를 만들었지만 그 결과가 영 맘에 들지 않았다. 꽃의 위치나 잎의 조화는 구상했던 대론데, 뭔가….

꽃 선생님은 나의 손이 커서 문제라 하셨다. 부케는 아담한 것이 매력인데 손이 크다 보니 자꾸만 부케가 '듬직'해져간다(실제로 이렇게 말씀하셨다)고, 듬직해서 어색하다 하셨다. 듣고 보니 그런 듯도 하여 손에 쥐었던 꽃들을 놓았다. 테이블 위로 다발을 펼쳐 다시 부케를 만들려 하니 이번엔 꽃이 말썽이다. 처음 꽃을 잡았을 때보다 분명, 약간이지만 분명 줄기가 연약해져 있었다. 다발을 더 작게 하려는데 줄기가 연약해져 부케 잡이는 더욱 어렵게 되었다. 다 큰 머쓰마가 꽃을 앞에 놓고 끙끙거리는 모습을 보시고서 선생님이 말씀하셨다.

"아마 손이 큰 데다, 따뜻한 편이어서 그럴 거예요. 꽃도 체온이 있어서 너무 더우면 축축 처지거든요. 저러다가도 다시 꽃 냉장고에 넣어주면 금방 생생해져요."

나는 커다랗고 바알간 손바닥을 펴서 물끄러미 보았다. 그 뒤로 테이블 위에 널브러진 하얀 꽃과 푸른 잎이 보였다. 얼마 전까지 바로 옆의 꽃 냉장고에서 선선한 바람을 쐬던 녀석들이다.

"꽃에도 체온이 있다."

어찌 그리 무심했을까.
꽃에도 온기가 있었다.

어쩌면 그동안 꽃을 일종의 물건쯤으로 여기고 살았던 듯하다. 색이 곱고 좋은 향이 나다가 시간이 지나면 시들고 볼품없어지는. 땅에서 자라 그냥 꺾어 가지면 되는. 세포로 만들어진 물건. 날이 추우면 얼어버리기도 하여 적정 온도로 보관해야 하는. 단지 '싱싱하다'와 '시들었다' 두 단어로 상태가 묘사되는 세포조직. 그쯤으로 여기고 있었던 듯하다.

체온體溫.

'몸의 온도'라는 말을 꽃에 붙일 생각을 여태 못 해보았다는 자각이 스스로를 몹시 작아지게 만들었다. 겨울 들판에 때 모르고 핀 꽃과 봄 거리에 너나없이 활짝 핀 꽃나무를 보면서도 '이 녀석들 춥겠다'든가, '어떻게 봄인 줄 알고 피었을까?' 같은 감정을 품지 못했음에 놀랐다. '몸'을 가진 존재에게 응당 보내야 할 관심이 일말도 없이 지내왔더랬다. 그 '몸' 가진 아이들을 우악스러운 손으로 멱살 잡고 비틀어댔으니 어찌 축축 처지지 않을 수 있었을까?

손바닥 아래로 보이던 꽃과 잎사귀를 선생님의 도움으로 수습하여 조심스레 '부케'로 모아주었다. 신선한 물에 녀석들을 담가주었다. 그리곤 꽃 냉장고에 넣어두고서 녀석들이 기운 차리기를 기다렸다. 한 시간쯤 지나 아이들은 완전히 기력을 회복했다. 부케 수업을 마지막으로 꽃 수업을 떠났다.

꽃꽂이 수업을 그만둔 이유를 말로 모두 적기에는 어렵다. 다만 간신히 두 가지 정도는 적어볼 성싶다. 한 가지는 이제 꽃을 내 손에 쥐고 '무언가'로 만든다는 생각이 버거워져서이고, 다른 한 가지는 이제 '꽃'을 정말 바라볼 수 있게 되었다는 믿음에서다. 플로리스트가 될 뜻은 없었기에 꽃을 제대로 볼 수 있는 감각을 얻은 것으로 족했다.

마지막 수업 이후로, 어느 꽃집이든 편히 여기게 되었다. 꽃을 자주 사기도 하고. 특별히 줄 사람이 없더라도 몇 송이 데려다 집에 모셔둔다. 깨끗이 씻은 화병에 선선한 물을 담아 햇볕 잘 드는 곳에. 여전히 꽃을 '소비'하는 것은 아닌가 싶겠지만, 나의 마음은 그렇지 않다. 울적하거나 심란한 날이면 부러 꽃집에 들러 기분을 풀 수 있게 되었다. 어쩌다 데려온 꽃이 있으면 그들이 시들기까지 매일 신선한 물을 채워준다. 환기도 잊지 않고. 시든 후에는 곱게 말려 학교 아이들과 선생님들께 나눈다.

작은 마른 꽃이라도
한 송이에 기분 좋아지는 얼굴을 보는 것은
꽃이라는 생명의 아름다운 결론이다.

생명을 마음대로 재배하고 잘라내어 팔아 대는 것이 과연 윤리적인가에 대한 철학적 고찰은 나로선 해결하기 힘든 문제다. 그렇지만 더 이상 '꽃'을 돈과 교환하는 단순 물건이나 색채의 덩어리로 보던 시절은 사라지고 없음은 명백하다. 대신 곳곳의 꽃에서 '특징' 아닌 '개성'을 본다. 시름을 터놓을 수 있는 마음의 대상으로 꽃을 마주한다.

그래서, 꽃을 배운 것이 가르치는 데 어떻게 도움이 되었냐

고? 이걸 어떤 편견이라 할 수 있을지 모르겠지만, 세상 메마른 것 같은 커다란 남자 수학 선생님이

"꽃꽂이를 배운다."

는 말로 수업을 여니 우선 아이들이 웃게 되었다. 웃은 다음 엔 선생님이 만들어온 투박한 꽃다발의 진지함에 놀랐고, 다발 을 다시 풀어 하나씩 나눠줄 때 겸연쩍고 쑥스러우며 좋아했고, 이것이 몇 번 반복되자 개중 몇몇은 꽃을 말려 다시 돌려주었다.

꽃을 주고받는 수업이라 낭만이 넘쳤고, 언제 다시 이런 날 이 올까 싶은 추억이 생겼고, 활자와 시각 그 너머의 것을 추구 하는 수업을 알게 되었다. 손가락 너머 달을 보는 마음을 알게 되었다.

이쯤 되니, 다들 살면서 한 번은 꽃을 배워보는 것도 좋지 않 겠습니까?

꽃 좋아하는 사람치고

나쁜 사람 없습니다.

하하. 하하하. 하하하하하.

2교시 : 마카롱이라 쓰고 어렵다고 읽는다

마카롱을 배우게 된 사연은 이렇다.

조용하고 고즈넉한 카페를 좋아하여 이곳저곳 기웃거리는 것이 취미다. 더운 여름에도 따뜻한 커피 한 잔 놓고 책 몇 구절 읽다 돌아오는 것이 소박한 삶의 낙이랄까. 그러다 보면 커피에 글 읽는 맛도 좋지만 가끔은 진짜 맛을 더하고 싶을 때도 더러 있다.

더욱이 조용하고 고즈넉한 카페는 단칸방마냥 아담하고 소담한 경우가 대부분이다. 어쩌다 그곳에서 구움 과자라도 구울 때면 그 향은, 한 인간의 의지를 뛰어넘는 마력이라고나 할까, 거부할 수가 없다. 자연히 커피와 함께 여러 '디저트'의 세계에

입문하게 된다. 커피와 카페에 취향이 곧 생겨나듯 디저트에도 취향이 있기 마련이다. 나는 '작은 구움 과자'에 정착했다. 특히 피낭시에. 담백함 속에 '까꿍' 정도의 수줍은 단맛을 단연 선호한다. 초코 코팅이나 잼을 올리는 등의 추가 옵션은 사양이다.

'현모양처' 다음 장래 희망으로 '흰머리 풍성한 서점 주인 할아버지'가 자리 잡은 뒤로는 구움 과자에 관심이 더해졌다. 책도 커피도 '멋'이 맛 아니던가. 속살 뽀얀 책과 색만큼 향이 진한 커피 앞에 놓인 단 하나의 피낭시에. 고급진 접시 위에 도도히 올려놓은 그 모습.

캬!
절경이다, 절경!

꽃 배우기를 마치고 자연 '구움 과자' 클래스를 찾아 나서게 되었다. 요즘은 제과제빵 학원이 자취를 많이 감추었더라. 대신 베이커리류를 만드는 카페나 공방에서 개설하는 클래스가 자리 잡은 듯하였다. 다행히 당시 살던 곳 근처 딱 두 곳에서 마침 수강생을 모집하고 있었다.

격세지감이라고…. 요즘은 수강생 문의도 SNS를 통해서만 받는 곳이 많더라. 그래서 전화도 없이 메시지로만 연락을 드렸다. 곧 답장이 도착했다. 구움 과자 클래스 개설 시간과 수업 내용 등을 자세히 전달받고 수업에 등록하겠다는 말을 전달했다. 그렇게 순조롭게 진행되나 했더니 잠시 후 메시지가 하나 돌아왔다.

"저기, 죄송하지만 '동진'이 본명 맞으시죠?"

"네, 그런데요. 왜 그러시죠?"

"혹시 남성분이신가요?"

성별은 어이하여 묻는 것일까? 밀가루 포대라도 옮기는 데 일손이 필요한 줄만 알았다.

"네, 맞습니다."

"아…. 죄송합니다. 저희 클래스에서는 남성 회원을 받고 있지 않아서요. 수업 등록이 어려우실 것 같아요."

흐음.

흥미로운걸.

'어려울 것 같다'는 말의, 뭐랄까…. 비겁함이랄까…. 말의 책임을 수신자에게 떠넘기는 듯한 단어 선택이 우선 거슬리기도 하였다. 하지만, 그 내용을 보자면 클래스를 수강의 목적과 의지, 관심, 소양보다도 성염색체의 종류가 수강생의 제1 조건이 된다는 것이 흥미를 돋웠다. 고백도 하기 전에 차인 느낌이 이

런 것일까. 아니, 아니. 관심도 없던 상대가 대뜸

"나, 너한테 관심 없거든?"

쏘아붙이고 휑 돌아갔다는 말이 더 가깝겠다.

그러나 이것이 전혀 납득 못 할 일은 또 아니겠다 싶었다. 대체로 여성분들이 많이 수강하는 베이킹 수업의 경향을 악용한 남성들이 많았을지도. 게다가 나는 그냥 남은 하나의 클래스를 찾아가면 될 일이라

"그렇군요. 알겠습니다."

하고 말았다. 나머지 한 공방에 연락을 드렸다. 지엔장. 가는 날이 장날이라고, 마침 구움 과자 클래스가 방금 등록 마감되었단다. 하…. 그냥 배우지 말까 싶은 마음이 빼꼼 고개를 들려는 찰나, 조심히 뒤따라온 메시지 하나의 메시지.

"마카롱 수업은 한 자리 남았는데. 마카롱은 어떠세요?"

준비물 : 앞치마, 필기구, 여분의 종이가방.

다이소에서 산 3천 원짜리 검은색 앞치마 하나와 파랑, 빨강, 검정 모나미 펜 한 자루씩. 이면지 한 뭉텅이. 얘네를 모두 담은 본죽 종이가방. 핀볼마냥 팅팅 튕겨 도착한 마카롱 클래스. 그 문을 연 남정네 손에 들려있던 모든 것.

십 분 일찍 도착한 수업 장소. 문을 열고 들어가니 밀가루 빛 뽀얀 회벽의 아담한 공방이 한 눈에 들어온다. 공방 한가운데 놓

인, 마찬가지로 뽀얀 밀가루 빛 테이블 주위로 네 명의 여성분이 보였다. 여덟 개의 눈동자는 하던 이야기를 멈추고 일제히 고개 돌려 나를 보았다. 반사적으로, 도망치고 싶었다. 하지만 카드값으로 펼친 배수진은 생각보다 강했다. 자본의 칼이 등 뒤에서 나를 쿡쿡 찔러댔다.

'들어가! 들어가라고!'

겸연쩍게 헛헛헛 웃으며 들어섰다.

어색한 자기소개 이후에 수업이 찬찬히 진행되었다. 그러다 보니 자연스럽게 알게 된 것인데, 놀랍게도 마카롱 선생님을 제외한 세 명의 여성분은 모두 마카롱 가게를 열고자 수업을 듣고 계신 바였다. 오직 나만이 '취미' 마카롱을 즐기던 수강생이었다. 진지한 수업에 너무 가벼운 마음으로 온 건 아닌지 심히 어색했다.

게다가 나에겐 더 놀랍게 다가온 사실들이 있었다. 세 분의 수강생 중 한 분은 이미 괜찮은 가게 자리를 알아보아 계약 진행 중이었고, 한 분은 벌써 인테리어 공사에 간판까지 만드는 중이었으며, 한 분은 이 모든 준비를 벌써 끝내어 내일 당장이라도 가게 문을 열 준비가 되었다는 것이다. 책상 공부만 겪어온 나로서는 적잖이 당황스러운 이야기였다. 왜냐하면, 내가 듣기로서는 마치 수능 시험 응시부터 등록한 후에

"자, 이제 교과서를 한번 펴볼까?"

하는 듯했기 때문이다. 하지만 정작 당사자들끼리는 오히려 이심전심이었고 마카롱 선생님에게도 전혀 이상한 낌새가 없었다.

인생은 실전이라 했던가.
'실전에는 순서가 없는 것인가 보다'
라고 생각했더랬다.

목적이 달라서 태도도 달랐다. 태도가 달라서 배우는 것이 달랐다. 예비 사장님들은 선생님의 모든 커리큘럼을 아주 씹어먹듯 외우고 익혔다. 재료 원산지는 어디고 주거래처는 어디인지, 재료 보관하는 냉장고는 어디 제품이고 온도는 어떻게 설정되어 있는지. 수업용 테이블은 어디서 만든 것이며 사이즈는 어떻게 되는지까지. 그야말로 선생님의 '모오오든' 것을 '뺏어가겠다'는 열기였다.

이를 지켜보는 한 사람으로서는 너무 세세한 것까지 신경 쓰는 듯싶은 철없는 생각이 지나갔다. 하지만 정작 질문을 맞이한 선생님 당사자는 이 모오오든 것의 답을 아주 상세히, 아주 자연스럽게 알려주셨다.

"어느 동네의 무슨무슨 식료품 상점이 있는데….."

"냉장고는 어느 회사에서 만든 제품이고요, 20××년에 나온 제품이에요. 온도 설정은 계절마다 조금씩 다르게 하는데요, 여름엔….."

"이 테이블은 시중에 팔지 않는 거고요, 어느 거리에 있는 원목 재단소에 의뢰해서 만든 거예요. 어디 사이즈 정리해 둔 것이 있을 텐데. 잠시만요…."

정작 칠판 앞에서 수업으로 먹고산다는 일을 하면서도 저런 학생의 열정은 듣도 보도 못했었다. 대체 배우고자 하는 갈망이 어디까지 깊어져야 저런 질문이 나올까?

"선생님은 공부할 때 어떤 샤프 쓰세요? 모나미 펜요? 심 굵기는요?"

"공부할 때 옷은 어떤 걸로 챙겨 입으시죠?"

"의자와 책상은 어디 거 쓰세요? 사이즈 혹시 알 수 있을까요?"

같은 질문을 할 아이 한 명 과연 만날 수나 있을까? 아니, 나 자신이 그 정도의 질문을 할 만큼 무언가를 갈망할 수 있을까? 더구나 마카롱 선생님은 그토록 세세한 질문에 어찌나 한결같이 친절한지. 나였다면 이리 답하고 말았을 것이다.

"거, 그런 거 별로 중요하지 않습니다 여러분＼／"

"샤프로 공부하든, 볼펜으로 공부하든 뭐어가 그렇게 중요합니까아. 그냥 자기 손에 맞는 거 쓰면 되지＼／"

"그런 거 찾아볼 시간에 한 번이라도 책을 더 보고／, 한 문제라도 다시 풀어보고／, 1분이라도 더 고민하는 것이 좋습니다↘↗"

아, 그래도 수학 문제는 종이에 푸세요↘↗.
태블릿에 푸는 건 쪼옴…. 그렇습니다아 ↗?

어쩌면 수강생들에게는 그런 물음 하나하나가 자신의 '생계', 자본주의의 언어로는 '생존'과 직결되어 있었을 것이다. 강 건너 구경하는 '취미 수강생'에게는 억척스러워 보일 수 있는 질문들이었지만, 열정적으로 질문하는 당사자의 등 뒤에는 각자의 사정이 있었을 것이다.

아무리 작은 것이라도, 그것에서 먹고사는 문제를 만나는 사람에게는 사소한 것이 무엇보다 중해지는 것이었다. 게다가 마카롱이란 녀석은 덩치가 아가야 손바닥만 하면서 만드는 데는 그야말로 1초, 1도 단위의 세심함이 필요했다.

꽃에는 몸이 있고 체온이 있음을 알면서도 새삼 마카롱에도 몸이 있다는 것이 신기했다. 그야말로 마카롱의 피가 되고 살이 되는 달걀과 버터는 전부 동물에서 직접 얻은 것이니 그다지 놀랄 일도 아닌데 말이다.

실제 레시피에는 '몇 도'의 팬에, '몇 도'에서 보관한 '몇 그램'의 버터를 '몇 분초'간 녹이다, 어느 브랜드의 설탕을 '몇 그램' 넣고, 어느 브랜드의 휘핑기를 이용해 어느 강도에서 '몇 분' 젓다가 어느 상태에 다다르면 다시 어느 강도로 조절하고, 라는 얘기로 가득 차 있었다. 이 글을 읽는 독자들 몇몇 분에게는 미안한 말이 되겠지만, 나에겐 차라리 미적분이 더 쉽게만 여겨졌다는 것이 솔직한 심정이다.

이러니 마카롱이 수학보다 비쌀 수밖에.

미적분보다 어려운 마카롱 만들기. 이걸 강제하는 것이 바로 '생존'임을 그들에게서 보았다. 아무리 선생님의 친절한 지도와 레시피의 자세한 안내에 따라 마카롱을 공들여 만들어도 완성품의 질은 항상 그들의 것이 우월했다. 같은 초심자였음에도. 맛도. 모양도.

'취미' 정도의 열정으로는 1초, 1도를 다투는 '생존'의 급박함을 결코 따라갈 수 없었다. 선생님의 모든 손짓과 말을 잡아먹겠다던 그 눈빛만이 유일한 해답이었다. 강단과 교실에서 만난 숱한 수재들에게서도 여태 보지 못했다. 초심자에게는 당연한 실수 하나하나에 '취미 마카롱'의 마음은 쉬이

'흐음. 좀 비뚤어졌네. 다음 거는 잘 만들어봐야지.'

하고 스스로 너그러워지기 마련이었다. 하지만 '생존형 마카롱'의 마음은 그렇지 않았다. 어느 시인의 말처럼, 그들은 잎새에 이는 바람에도 괴로워했다.

"아악! 비뚤어졌어! 왜 그렇지? 분명히 제대로 한 것 같았는데! 왜지? 왜죠, 선생님?"

수업에서 매번 이런 장면을 보니 니체의 말이 절로 떠올랐다.

"나를 죽이지 못하는 고통은 나를 더 강하게 한다."

같은 실패를 겪고도 누구는 고통에 마비되어 식어갔고, 세 여인은 고통을 짓밟고 일어서 매 순간 성장했다. 마카롱에 있어서만큼은 그들에게 '사소한 문제'란 존재하지 않았다.

그들에게는
집중과 몰입을 넘어선 무언가가 있었다.

나 또한 그러하지만, 우리 아이들은 특히 기다림 없이 배움을 만난다. 쉽게 스승을 만나고 책을 만난다. 아니, 만나는 것도 아니다. 가만히 있어도 어른들이 알아서 데려다준다. 학교로, 학원으로, 인터넷으로. 손가락 터치 몇 번에 필요한 책을 찾고 주문한다.

혼자 외롭게 공부하고, 그러다 도저히 자신의 공부로는 가물가물하고 잡힐 듯 잡히지 않는 무언가에 답답할 때, 제대로 해보고 싶은데 '제대로'라는 것이 무엇인지부터 막연할 때, 잘해보고 싶은데 잘되지 않아서 미칠 지경일 때, 마음의 고독함 속에서 '답답해 죽겠다!' 싶을 때. 바로 그때! 그제야 비로소 한 스승을 만나는 경험. 답답하고 꿉꿉하고 꽉 막힌 머리에 선선한 바람이 횡 불어오는 경험. 그것이 아이들에게 도무지 없다. 그렇게 '배움' 자체에 대한 존중이 무뎌져 간다.

그러니 하나를 배워도 굳게 지키지 못하고 흘려보낸다.
그러니 하나를 두 번 세 번 배워 간신히 하나 안다.

그런 연유로 나는 아이들에게 무엇 하나 쉬이 알려주지 않기로 했다. 무엇이든. 한 번 물어오면 돌려보내고, 다시 물어보면 때에 따라 돌려보내고, 그리고 다시 물어보면 그땐 제대로 알려준다. 한껏 뜸을 들였다 중요한 걸 살짝 꺼내 주고, 살짝 알려주었다 방심하여 놓치면 그걸 빌미 삼아 호되게 알려준다. 고민의 흔적이 역력한 질문이어야 한껏 알려주고, 가벼운 마음이거들랑 '더 고민해보고 오라'며 타이른다. 그렇게 인위적인 갈증을 만들고서 해갈의 기쁨을 차차 알도록 하는 '밀땅'.

다들 마카롱에 열중인 공방에서 혼자 그 장면을 멍때리듯 공상하여 이런 경지 하나를 새삼 깨친 듯하였다.

마카롱 수업은 8주간 진행되었고 수업마다 육십 개의 마카롱을 만들었다. 그렇게 만들어진 사백팔십 개의 마카롱은 재활용 종이 가방에 담겼다가 고스란히 아이들 입으로 직행했다. 잘 먹더라. 달달하니, 잘 먹고 좋아하더라. 달달함으로 오른 흥취에 수업을 열심히 듣고, 급히 내려간 혈당에 졸기도 했지만.

여느 집 레시피마다 다르겠지만, 마카롱에 들어가는 설탕은 그것의 반 정도가 된다. 껍데기 꼬끄의 반, 속 필링의 반이 설탕이다. 이에 따른 연역적 추론의 결과로 마카롱은 꼭 한 번에 하나만, 두 입에 나눠 먹어야겠다는 다짐에 이르렀다. 마카롱을 멀리하는 것이냐고? 전혀.

오히려 마카롱을 더 좋아하게 되었다. 그 작은 것에 그토록 세밀한 노력이 깃듦을 알고서는 더 감사해하고, 음미하며 먹는다. 이 작은 것도 누군가의 커다란 집념이겠지.

다만 추론을 뒷받침해 줄 결정적 근거를 8주 동안 매일 목격했기에 한 입의 양은 줄여야만 했다. 마카롱이 가져온 급격한 혈당 증가와 급격한 혈당 감소. 그로 인해 흥미로운 수학 앞에서 머랭보다 하얀 흰자위를 보여주며 꼴딱꼴딱 넘어가는 아이들. 그들은 문자 그대로 혈당 스파이크의 '살아있는 증거'였다.

아이들에겐 공부가 '생존'의 길은 아닌가 보다. 어쩌면 그만큼 설탕이 '생존'에 위협적일지도.

같은 논리로,

어쩌면 그만큼

수학이 죽기보다 싫은 걸지도.

3교시 : 카페 인 커피

아침 일곱 시 삼십 분. 어둑어둑한 복도의 불을 켠다. 밝아진 복도를 조금 걸어가 이번엔 잠긴 교무실을 연다. 문을 열고 들어서 왼편의 스위치를 눌러 교무실도 밝힌다. 간밤에 꽉 막혀 무거워진 공기를 창문 열어 쓸어낸다.

밝은 가죽 가방을 자리 위 선반에 놓아둔다. 컴퓨터 전원을 켜놓고 뒤돌아 정수기로 다가선다. 정확히는 정수기 옆 커피포트가 목표다. 커피포트의 유리 주전자를 뽑아 정수기에서 물을 받는 동안, 아래 선반을 열어 누런 커피 필터 종이를 꺼낸다. 포트의 드리퍼에 알맞게 접어 넣으면 주전자에 물이 알맞게 차 있다.

주전자를 빼내어 포트의 물통에 옮겨 붓고 빈 주전자를 포트에 올린다. 이어 못다 한 드리퍼 정리를 마무리한다. 정수 물을 조금 받아 필터를 한 번 골고루 헹궈야 한다. 필터에 남았을 먼지와 종이 냄새를 없애는 것이다. 커피 스승님께 배웠다.

가장 중요한 작업이 남았다. 선반을 다시 열어 원두 보관용 유리병을 꺼낸다. 유리병을 열고 눈대중으로 얼마만큼의 원두를 도로록 믹서기로 흘려 넣는다. 바리스타들은 전자저울로 무게를 꼼꼼히 재던데. 난 눈대중이 좋다.

할인가 만 3천 원, 정가 만 5천 원짜리 전동 믹서기라 쓰고 '그라인더'라 고급스레 읽는다. 위잉-! 담겨있던 원두가 가가각 부서지는 소리를 내고 이내 조용해진다. 얼추 곱게 갈렸나 보다.

믹서 뚜껑을 열어본다. 작은 모래알 정도 크기로 갈려진 원두. 작아진 부피만큼 넓어진 겉넓이. 그만큼 짙어진 원두 향이 훅 풍겨온다. 향기롭다. 바리스타들은 그라인더 날과 원두에 따라 입자 크기를 조절한다던데. 역시 나는 눈대중이 좋다.

만 원짜리 믹서기를 드리퍼에 넣어둔 필터 위로 기울이자 커피 가루가 쏟아져 나온다. 가루 가득 품은 드리퍼를 포트 안으로 밀어 넣으면 준비가 끝난다. 포트의 전원 버튼을 누르고 자리로 돌아가 '오늘 할 일'을 정리한다. 그동안 뒤편으로 포트의 물이 부글거리며 커피 가루를 씻어내리는 소리가 들린다. 부글거리는 소리와 유리 주전자에 모닝커피 떨어지는 소리가 잦아들 때쯤 후발 주자로 따라오는 짙은 커피 향.

여기까지가
'김동진'이 '김쌤'으로 바뀌어 가는
출근 루틴이다.

지금까지의 삶에서 '커피'라는 단어는 몇 번의 의미 변화를 겪었다. 미취학 아동 시절의 커피는 커피, 설탕, 프리마의 적당한 비율이었다.

'어른들이 마시는 쓴맛의 마실 것.'

'둘 — 하나 — 하나의 비율을 맞춰야 하는 심부름 거리.'

'무슨 맛으로 먹는지 모르겠다.'

세상 쓴맛 모르던 아이 시절에는 커피의 쓴맛은 이해될 수 없는 것이었다.

초등학생과 중학생 언저리가 되어선 '노란 커피믹스'의 시대로 바뀌었다. 여전히 커피는 '어른들이 마시는 쓴맛의 마실 것'이었으나, 너무 어린 나이에 '달달한 커피'를 좋아하게 될까 우려하셨던 어머니의 염려로 '마시면 머리가 안 좋아짐'으로 대폭 수정되었다.

카페인과 과당의 영향에 대한 이야기를 알아듣지 못할 것이 뻔했던 아이에게 어머니가 짧게,

"커피 마시면 머리 안 좋아져!"

를 연신 외치셨던 덕분이다. 물론 나는 "그런데 엄마, 아빠는

왜 드세요?"라 되묻기 바빴다. 그에 어머님은 "어른은 괜찮아"로 매번 되받아치셨다.

한동안 커피에 대한 정보는 업데이트되지 않았다. 당시에는 '카페'라는 단어가 대한민국에 통용되지 않았던 때였고, 스물넘어 다니게 된 대학교도 하필 시골에 있었던 터라 유독 카페를 모르고 살았었다.

학교 앞에 있던 가게에서 팔던 허니브레드가 무척 맛있어서 다른 것은 주문 않고 허니브레드만 두세 개 시켜 친구들이랑 나누어 먹었던 기억만 남았다. 카페가 뭔지도 모르고, 더욱이 커피는 생각도 못 하고 '허니브레드 주세요!'만 연신 외쳐대는 촌놈들을 보며 카페 사장님은 매번 올 적마다 무슨 생각을 했을까.

그러다 스물넷. 〈겨울왕국〉에서 엘사가 'Let it go!'를 외쳐대던 때에 필리핀으로 어학연수를 갔다. 당시의 필리핀은 우려했던 것만큼 덥지는 않았다. 이런 나의 속내를 눈치챘는지, 연수원에서 만난 튜터 'Belle'은 친절히 동남아 필리핀의 네 계절을 소개해주었다. 덥고, 더 덥고, 진짜 덥고, 덜 덥고. 그리고 덧붙이기를,

"지금은 '그냥 덥고' 계절이야. 기대되지? 얼마나 더워질지. 하하하하하하하."

원체 더위를 싫어하는지라 필리핀의 '더 덥고' 계절을 거치

는 중에도 앞으로 다가올 '진짜 덥고'를 걱정했다. 그리고 시간이 흘렀다. 흘러 흘러 '그것'이 떠내려왔다. '진짜 더운' 필리핀의 여름.

Belle의 말처럼, 필리핀의 여름은, 진짜였다. 진짜 더웠다. 아침에도 밤에도. 낮에도 새벽에도. 계속하여, 진짜 더웠다. '더움'이라는 현실태의 이데아랄까. 당시 기숙사에 달려있던 창문형 에어컨의 인조적 냉기는 더위에 쌓여가는 부패된 피로를 씻어주지 못했다.

머리는 점차 물먹은 솜처럼 무거워지고 몸은 축축 처졌다. 수업 중에도 정신이 멍하니, 싱싱함이 수그러들고 퀭해진 나를 걱정했던 Belle. 어느 날 수업에 들어오며 투명 플라스틱 컵에 돌얼음 잔뜩 넣은 커피를 가져다 내 앞에 툭 놓았다. 고개 들어 눈을 마주치니 그녀 하는 말.

"Drink it."

나는 커피를 마시지 않는다 하였지만, 그녀는 막무가내였다. 내 꼴이 그만큼 말이 아니었나 보다. 그녀는 눈을 감고 입가에 힘을 빡 준 뒤 코로 큰 숨을 한 번 뿜어냈다. 그러더니 팔짱을 끼며 말했다.

"Just…. Just drink it."

아버님…. 소자, 이렇게 반푼이가 되나 봅니다. 세상 문물 많이 보고 배우라 이 먼 타국까지 보내셨던 은혜, 양탕국 한 사발에 다소 멍청해지더라도 잊지 않겠습니다. 소자 반푼이가 되어도, 모자란 만큼 더 열심히 배우겠습니다.

Belle의 단호함에 기가 눌려 주저주저하며 컵으로 손을 가져갔다. 컵에 맺힌 결로의 차가움이 손끝에 닿았다. 컵을 들어 마주 본 양탕국은 투명한 갈색이었다. 그 맛이 분명 쓸 것을 알고 차가운 커피를 단숨에 들이켰다.

차가운 기운에 잠시 정신이 번쩍였다. Belle이 팔짱을 풀고 씨익 웃는다. '어때? 죽이지?'라는 표정. 입에 남은 차가운 쓴맛에 눈썹을 꿈틀거리며 '고맙습니다'라고 하려던 때, 커피의 카페인이 위장 벽을 타고 곧장 두뇌로 직행했다. 스물넷의 카페인 청정구역. 그곳에 처음 도착한 카페인.

두뇌가 기지개를 켰다.
동공이 열리는 소리가 들렸다.
잠에서 깨어났다.

사도 바울은 성령의 세례를 받아 사막 한복판에서 멀었던 눈을 떴단다. 한여름 필리핀에서 나는 카페인으로 세례를 받았다. '매트릭스'의 네오가 빨간 알약을 먹고 깨어났듯, 나는 커피를 마시고 세상에서 깨어났다.

커피 :

어른들이 마시는 쓴맛의 마실 것.

둘 하나 하나의 비율을 맞춰야 하는 심부름 거리.

무슨 맛으로 먹는지 모르겠다.

마시면 머리가 안 좋아짐.

+ 빨간 약. 좋은 것.

커피의 '효과'가 커피의 첫인상이었던 탓으로, 점차 커피와 카페인은 유의어가 되어갔다. 맛이야 어떻든 카페인 효과만 잘 느껴지면 만족이었다. 그러다 보니 자연스럽게 카페는 '커피 공급소' 또는 '카페인 공급소'의 의미를 띠어갔다. 맛있는 디저트도 팔고, 분위기 좋은 음악과 함께 시간을 보내며 책 읽기 좋은 카페인 충전소.

그렇게 자주 가던 카페 하나가 있었다. 대구에서 강사 하던 시절, 베이글이 맛있고 소란스럽지 않아 자주 찾던 카페다. 특히나 카페 사장님이 아주 친절하셨다. 이모라 부르기엔 젊고 누님이라 하기엔 외람된. 웃는 얼굴이 밝으셨던 사장님.

학원 출근 두 시간 전이면 꼭 그 카페에 들러 베이글 하나와 커피 한 잔을 시키고 책을 꼬박 읽다 시간 맞추어 나왔다. 가끔은 나 읽는 책을 흘끔 보시고는 "어려운 책 읽네?"라든가 "나도 그 책 많이 읽었었지" 등의 아는 내색 겸 인사말을 건네주셨다. 주로 테이블에 꺼내놓은 책을 보고 말을 건네셨다. 그러다 보니 사장님의 독서 취향을 알게 되는 건 자연스러운 일이었다. 주로 철학과 종교, 서양 문학에 관심이 많으신 듯하였다.

어쩐지,
인상이 참 좋으시더라니.

그렇게 주고받은 몇 마디가 날이 갈수록 쌓이더니, 가끔은 책을 내려놓고 사장님과 이런저런 이야기를 하기도 했더랬다. 찾고자 할 때는 그리 없더니, 마음 비우고 들어간 카페의 사장님과 세상 보는 생각에 대해 이런저런 얘기를 하게 될 줄이야. 그렇게 가랑비에 옷 젖듯 인연이 만들어지는가 하였다.

그러다 시절이 이상하여, 다시 대구를 떠나 학교로 자리를 옮기게 될 날이 오게 되었다. 중요한 인연은 맺는지 모르고 맺어지되 끝맺음은 바르게 해야 한다 하였다. 나는 사장님께 곧 사는 곳을 멀리 옮기게 되었다 말씀드렸다. 그러니 사장님 말씀이

"아이참, 섭섭해서 어쩌지?"

하신다. 그리고서 이어 하시는 말씀.

"내가 가진 게 없어서, 이별 선물 될 만한 게 없네."

"에이, 어떻게 그냥 보내. 참 고마운 일이 많았는데."

"그러지 말고 선생님, 커피 좋아하니까 가기 전에 커피 내리는 방법을 알려줄게!"

하여 '드립 커피' 수업을 듣게 되었다.

수업료는 '인연'으로 결제.

커피 내리는 과정에 대해서는 특별히 적지 않으려 한다. 수없이 많은 블로그와 유튜브 영상에 잘 나와 있으니. 단, 한 가지 언급하고 싶은 것이 있는데, 커피를 내리는 과정과 준비물 자체는 앞선 마카롱 만들기에 비하면 무지무지 간단하다는 것이다.

적당량의 원두, 그걸 갈아낼 믹서(라 쓰고 고급스럽게 '그라인더'), 커피 필터와 드리퍼라는 도구, 컵, 물 주전자. 끝. 기본은 여기까지. 장비 욕심은 끝이 없기에 한도 끝도 없이 더 추가할 수도 있겠으나, 일단 이 정도면 충분하다. 마카롱과는 전혀 다른 단출함이다.

드립의 방법이라는 것도 아주 단순하다. 드리퍼에 필터를 접어 넣고 물로 한 번 헹궈낸다. 물 주전자에 뜨거운 물을 붓고 김이 죽을 정도로 기다린다. 때가 되면 준비한 필터에 원두를 갈아 넣고 대충 고른 다음 물을 부어 커피를 걸러낸다. 마신다. 각 문장 사이를 커피 스승님께서는 아주 자세히 알려주셨고, 몇 날 며칠에 걸쳐 충분히 연습하게 해주셨다. 그렇게 수십 번의 드립을 연습하면서 알게 된 것이 있다.

커피 이 녀석이
사람을 가리더라.

그렇지 않으면 도저히 설명되지 않았다. 어떻게 같은 장소, 같은 원두, 같은 도구, 같은 온도의 같은 물을 써서 동시에 내린 스승님과 제자의 커피 맛이 어찌 그리 다를 수가 있을까? 마카롱처럼 복잡 정교한 레시피가 있는 것도 아니요, 꽃처럼 기하적 원칙이 있는 것도 아니요, 차이가 있다면 물을 붓는 타이밍과 물줄기를 다루는 능숙함 정도인데, 그것이 그렇게나 큰 차이를 만들어냄이 믿어지지 않았다.

제자의 커피는 그냥 커피콩 물이었다. 짙은 갈색에 씁쓸한 맛이 나는. 커피콩 볶은 향이 나는 커피콩 물. 그것이었다. 그러나 스승님의 커피는 과연 달랐다. 얇은 물줄기를 흔들림 없이 유연하게 회전시켜 커피를 씻어내어 받아낸 한 잔 커피는…. 그것이 '커피'였다!

커피라는 작물에서 받아낸 씨앗을 볶아 헹궈낸 물이 아니라, 커피라는 나무 한 그루 자체. 땅에 뿌리 내리고, 토양과 기후에 따라 몸이 변화되는 한 나무. 그래서 스승님의 커피에는 꽃향과 상큼함과 단맛이 있었다. 이를 못 느껴본 독자에게는 안타까운 말이지만, 결코 과장하는 것이 아니다. 호들갑도 아니고, 논리적인 합리화도 아니다. 아주 단순히 스승님의 한 잔 커피에서 '맛'을 단박에 알 수 있었을 뿐이다.

커피를 '카페인 용액'으로만 여기는 한 사람이 내린 한 잔과 커피를 '커피'로써 내린 한 잔은 그 '맛'에서 차원을 달리하는 것이다. 그러니 커피는 자신을 '커피'로 보아주는 이에게 맛을 내어주는가 보다 하였다.

내가 좋아하는 구절 중에

"맛을 알고 먹는 사람은 드물다."

는 것이 있다. 스승님 덕분에 제자는 커피의 '맛'을 알게 되었다. 스승님이 건네준 '맛'은 카페인이라는 화합물을 가뿐히 넘어선 무언가였다. 혹시나 그 맛의 비결이 기술 숙달의 차이일지도, 스승님만의 비법일지도 모르겠다. 모르기 때문에 모른다. 그럼에도 변치 않는 사실은 스승님이 보여준 그것이 '맛'이었기 때문에, 단순히 레시피를 반복하고 화학적으로 합성하여 만들어낼 수 있는 혼합물이 아니었기 때문에, 누구는 '비결'이라 하고 누구는 '기술'이라 하고 누구는 '비법'이라 하는 것 아니겠는가.

엄마표 요리의 비결이란 것이 결국 '손맛'과 '세월의 맛'인 이유도 이런 것이겠지. 스승님은 아직 모르시겠지만, 나는 커피 수업 이후로 카페 사장님을 마음속의 '스승님'으로 모셨다. 커피의 '맛'을 알려주신 스승님이시며 동시에 가르친다는 것은 어떠해야 하는가를 알려주신 스승님이기도 하다.

가르친다는 것은
'맛'을 보여주는 것이었다.

수학이 되었든, 외국어가 되었든, 음악이 되었든, 요리가 되었든. 스승이 제자보다 나은 분명한 이유는 그것의 '맛'을 알고 있다는 것이다. 스승이 스승 된 이유는 제자에게 그 '맛'을 알려주기 때문이다.

덧셈 뺄셈의 '기술'만을 전수해주고, 문제를 푸는 '요령'만을 전수해주는 건 코치는 될지언정 스승은 될 수 없다고 믿는다. 만약 수업을 통해 배운 것이 오직 커피 드립의 '방법'에 그쳤다면 무엇이 바뀌었을까?

여전히 같은 시선으로 '카페인 공급소'에 들러 '갈색 카페인 용액'을 마셨겠지. 가끔 커피 드립에 대한 얘기가 들리면 자기가 무슨 말을 하는지도 모르면서

"내가 그거 해봐서 아는데…."

"드립이란 게 말이야…."

어쩌고저쩌고하였겠지. 매일 아침 함께 마시자며 커피 원두를 갈아 포트에 담고 커피를 내려두는 것으로 출근을 삼지도 않았겠지.

근데, 이런 '맛보기'의 맹점도 있더라. 스승님 감사한 줄 모르는 학생이 있는 것과 같이, 누군가 마련한 아침 커피에 감사할 줄 모르는 이가 어디에나 있는 듯하다. 가끔, 정말 가끔이지만

"김쌤, 커피가 다 떨어졌네?"

하며 지그시 바라보는 이가 있다. '맛보기'의 마음을 당연한 듯 여기는 이가 있다. 언제나. 어디에나.

그래서 『중용』에

"먹고 마시지 않는 사람은 없지만, 그 맛을 아는 경우는 드물다."

하셨나 보다.

이런 것에 흔들리지 않아야 하는데,
좁은 속이 맹점이다.
아직 군자 되기는 멀었나 보다.

커피 :
어른들이 마시는 쓴맛의 마실 것.
둘 — 하나 — 하나의 비율을 맞춰야 하는 심부름 거리.

무슨 맛으로 먹는지 모르겠다.

마시면 머리가 안 좋아짐.

빨간 약. 좋은 것.

+ 맛있는 것.

4교시 : 스픽힝 잉글릭쉬

한 영화가 있다. 주인공은 머나먼 곳에서 온 외계인. 이름이 '토르'란다. 눈부신 금발과 푸른 눈, 두껍고 선명한 팔근육. 큰 키에 떡 벌어진 어깨, 탄탄한 등판과 그 아래 붙은 탄탄한 빵댕이. 외계인 주제에 북유럽 형님을 닮아 무섭게도 잘생겼다. 거주지 '아스가르드'. 아버지 '오딘'이 다스리는 환상적인 곳이다.

마법과 신비가 과학을 대체한 그곳에서 토르는 아버지를 뒷배 삼아 철없는 재벌 2세처럼 천방지축이다. 공부에는 영 관심 없는 지 오래. 언젠가 크리스마스 선물로 받았을 법한 마법 망치와 싸움 잘하는 동네 친구들만 믿고 싸움판만 전전하기 바쁘다. 그러다 결국 크게 터뜨린 사고.

애들 싸움이 부모 싸움으로 번질듯하여 보이자, 아빠 오딘은 토르의 손에서 망치를 뺏는다. 한 손에는 뺏은 망치를 들고 한 손으로는 토르 뒷덜미를 붙잡아 고속버스 터미널로 향한다. 그리고 가장 빨리 출발하는 아무 버스에나 토르를 던져 넣어버린다. 고생길에 철이 들길 바라며. 취익! 공기 새는 소리를 내며 닫히는 고속버스 출입문. 그 옆으로 보이는 버스 앞 유리에 부착된 도착지 이름. '**지구**'.

토르가 아빠에게 붙잡혀 버스 터미널로 질질 끌려가고 있을 때 즈음, 지구에는 '제인'이란 여성이 살고 있었다. 배우 '나탈리 포트만'을 똑 닮은 젊고, 이쁘고, 똑똑한 천문학자. 이런 사람이 존재할까 싶지만…. 뭐, 영화니까 우선은 넘어가자. 여하튼 이 신여성 제인은 한밤중 사막 한가운데서 천문 관측에 열심이다. 다윈이 생물이 진화한 과정을 '생명수'라는 나뭇가지의 그림으로 설명하였듯, 제인은 천체의 움직임을 '위그드라실'이라는 나무의 형태로 설명하다 학계의 혹한 비난을 받고 절치부심 중이다.

그때 마침 삐까뻔쩍, 토르가 탄 지구행 버스가 제인 앞에 딱! 우르릉 소리를 내며 도착한다. 혼비백산한 제인 앞에 등장한 잘생긴 남자. 마치 배우 '크리스 헴스워스'를 똑 닮은 외계인 '토르'. 버스 기사의 난폭 운전에 멀미로 고생했던 토르가 차차 정신을 차리자 제인과 토르는 서로 인사한다.

"어! 나 토르! 너 제인! 안녕!"

그리고 우당탕탕. 어쩌다 지구가 위험에 처하고 어떻게 지구를 구한다. 토르와 제인의 유쾌한 모험 활극 끝에 토르는 다시 버스를 타고 아스가르드로 돌아간다. The End.

이 영화를 군 휴가 나온 동안 아버지와 영화관에서 보았다. 영화를 보는 내내 머릿속을 떠나지 않았던 의문이 있었다.

1) '아스가르드' 외계인은 왜 영어를 쓰고 있으며,
2) 왜 제인은 외계인 토르의 유창한 영어를 짚어 묻지 않고 어물쩍 넘어갈까?

'영화는 영화니까'가 답이라면
구태여 할 말은 없지만.

2년 뒤 스물넷. 1월이 며칠 지나지 않았던 어느 날 나는 아버지를 졸라댄 결과로 어학연수를 떠날 수 있었다. 휴학을 하고 어학연수를 다녀오고 싶단 나의 뜻에 아버지는 우선 반대하셨다. 군 2년의 휴학 후 또 1년의 추가적인 휴학을 하는 것이 학업에 좋지 못할까 사뭇 걱정이셨기 때문이다.

그러나 하나 있는 아들은 아버지의 마음을 알면서도 대학을 졸업하기 전에 한 번쯤은 하고 싶어서 하는 공부를 실컷 해보고 싶었기에 물러서지 않았다. 나는 곧 졸업반인 처지에 무척이나 걱정스러웠다. 태어나 어찌어찌 살다 보니 중2가 되어 갓 이성을 가져 어리둥절했었다. 이성이라는 뇌의 새로운 기능에 어리바리 타던 때 어른들이 바라던 대로 학교 공부에 매진해 대학을 왔다. 대학에 와서는 놀 줄 몰라서 술자리 한편의 테이블에서도 전공 책을 놓고 공부를 했더랬다.

대학 생활이 익숙해져 갈 즈음 군대를 다녀왔고, 복학하니 이제 와서 놀음은 무슨 놀음인가 싶었다. 대신 학점과 장학금에 쫓겨, '교사'라는 미래에 끌려 공부만 미련하게 하였다. 그러다 문득, '이 공부 왜 하고 있나' 하는 자각이 스며들더라. 배워보고 싶은 다른 것도 많은데 말이다. 그 길로 무작정 아버지에게 전화를 드렸고, 영어 공부를, 아니, 영어 공부에만 전념해보고 싶다 말씀드렸다. 아버지는 아들의 청을 끝내 허락해주셨다. 하나 있는 아들이 처음으로 스스로의 인생에 바라는 것이 생겼다는 것을 알아주셨다.

이십 대 청춘이 꿈꾼 일탈이 어찌 영어 공부인가에 의아할 독자가 있을까? 혹여 있다면, 그저 '유흥'이라는 집합 A와 '취미'라는 집합 B의 교집합이 공집합이며, 집합 B와 관심사라는 집합 C의 교집합에 '영화'라는 부분집합이 포함되었기 때문이라 하겠다. 당시 스무 번도 넘게 반복해 보았던 외국 영화 〈스트레인저 댄 픽션〉을 자막 없이 보고 싶었을 따름이다. 자막이 아니라 배우를 보고 싶었다.

그렇게 단순한 이유로

아버지의 카드가 긁혔다.

도착한 1월의 필리핀은 뜨거웠다. 건조하고 뜨거운 것이 마치 온 나라가 맥반석인 듯하였다. 그 위를 걷는 우리는 자연히 인간 오징어에 해당하고. 비유적으로도 직설적으로도. 그 더위 속에서 어학원을 한 발 벗어남 없이 영어 공부에만 매진했다. 자습 시간에는 문법과 독해를, 수업 시간에는 필리핀 강사들과 토론과 회화를 병행했다.

함께 공부한 강사, 튜터들의 훌륭한 지도 덕분이기도 하였지만, 대한민국의 입시를 통해 겪은 수능 영어 공부 덕분에 영어 실력의 성장이 두드러지게 빨랐던 것 같다. 아무래도 문법과 올바른 문장에 대한 감각이 예민하게 단련되다 보니 쓰기와 말하기에서 좀 더 빨리 자리를 잡을 수 있었다.

말하기가 점차 편해지고 나서는 놀랍게도 듣기가 한결 수월해졌다. 후에 안 사실이지만, 말하기와 듣기는 담당하는 뇌 구역이 분리되어있지만 동시에 아주 인접해있다. 그래서 말하기와 듣기는 다른 언어활동이지만 서로의 발달에 영향을 준다더라.

그곳에서 만난 선생님들 중 단연 기억에 남는 선생님이 있다.

이름은 Dennis N. Sabido. 편하게 'Dennis(데니스)'라 불렀다. 마른 체형에 크지 않은 키. 오똑하고 날카로운 코와 움푹 깊은 눈. 투명하고 새카만 동공. 포마드를 발라 깔끔하게 빗어 넘긴 머리칼. 내가 〈화양연화〉를 몇 년만 일찍 좋아하게 되었더라면 데니스를 '양조위'라 흠뻑 불러주었을 텐데.

여담으로, 혹여 내가 이번 생에 해탈하지 못하여 윤회를 이어가게 되거든, 그리고 다행히 이번 생의 공덕을 높이 보아주시어 다음 생에 태어날 모습을 택할 수 있게 되거든, 서양에서는 '다니엘 크레이그'를 택하고 동양에서는 '양조위'를 택하겠다.

데니스라는 그 사람 자체를 그토록 아꼈었다. 왜, 그런 사람 있지 않은가? 눈만 보아도 이 사람의 정신이 얼마나 깊고 또렷한지 알 수 있는. 데니스가 바로 그런 사람이었다. 내 나이 서른 즈음에는 데니스처럼 되고 싶었다.

영어 실력이 빨리 늘다 보니 처음엔 월반을 거듭하였고, 곧 모든 수업을 튜터들과 개인 수업으로 진행하게 되었다. 개인 수업인 만큼 수업의 자율성은 컸다. 하루는 데니스와 수업 삼아, 소풍 삼아 영화관을 다녀오기로 하였다. 어학원에만 갇혀있지 말고 바깥을 다니라는 데니스의 말을 따라 나 좋아하는 영화를 함께 보기로 한 것이다.

'지프니'라는 필리핀 버스를 타고 도착한 영화관. 영화관은 엄청 크고, 엄청 넓고, 엄청 쾌적했다. 요즈음의 아이맥스 영화관의 스케일에 버금갔달까. 거기서 우리, 스물넷 한국산 오징어와 서른 넘은 필리핀 양조위는 영화 〈Frozen〉, 한국에서 〈겨울왕국〉의 제목으로 개봉한 그 영화를 보았다.

주인공 엘사가 'Let it go!'를 외치며 얼음 성을 짓는 동안 데니스는 양 무릎에 팔꿈치를 괴며 앞으로 몸을 기울였다. 목을 주욱 빼고 영화를 보는 데니스의 눈은 화면에서 나온 빛으로 반짝였다. 데니스는 뭐가 그리 좋은지 활짝 웃고 있었다.

영화를 보고 나와서는 못다 먹은 팝콘을 나눠 먹으며 조금 걸었다. 해가 가라앉던 시간, 담장 옆의 그늘진 인도는 건조하여 시원했다. 걷기에 좋았다. 한 손에 든 노란색 팝콘 통을 휘적휘적 뒤지며 데니스가 물었다.

"영화는 어땠어?"

나는 심드렁 말했다.

"재밌었어요. 잘 알아듣기 힘든 부분도 많았지만요. 스토리가 복잡하지 않아서 재미있게 봤네요. 눈과 얼음을 어떻게 그렇게 잘 표현했는지, 그래픽이 기가 막히던걸요?"

호오! 하는 소리를 내는 데니스의 눈이 한층 커져 있다. 필리핀 사람들은 남녀노소 이목구비가 수려하고 큼직큼직하다. 데니스의 눈은 더 커지고, 더 반짝였다. 이어서 물었다.

"그런데 동진, 나 물어보고 싶은 게 있어."

"뭔데요?"

"한국에서는 겨울마다 눈이 내려?"

"음, 사는 곳마다 다르기는 하지만, 보통은 겨울마다 내려요. 스키를 타거나 눈싸움을 하기도 하죠."

"아, 그러면 그 '눈' 있잖아? 정말 그렇게 아름다워? 영화에서 본 것처럼 말이야."

데니스 뒤편으로 담장에 붙어 자란 화려한 꽃들이 보였다. 그 중에 주황빛 커다란 꽃이 유독 눈에 많이 들어왔다. 한국의 능소화 같으면서도 훨씬 색이 짙고 얼굴이 큰, 흡사 주름 펴진 주황 호박꽃만 같았다. 데니스에게 말했다.

"필리핀은 어디에나 꽃이 펴있네요. 그것도 아주 크고 화려한 꽃이요."

데니스는 고개를 좌우로 돌려 보며 걷던 길가의 담장을 훑어 보았다.

"그런가? 아! 한국은 겨울이 추우니까 꽃이 다 사라지겠구나."

"네, 그러다 봄이 되면 다시 조금씩 피어나요."

데니스는 얼마 안 남은 팝콘을 종이통 속에서 집어내며 말했다.

"아, 그러고 보니 한국은 봄에 '벚꽃'이라는 꽃이 핀다던데. 동진, 네가 한국으로 돌아갈 때쯤이면 벚꽃이 피어 있으려나? 나도 벚꽃을 한번 직접 보고 싶다. 그렇게 이쁘다던데 말이야."

그날 밤. 기숙사 방에 홀로 앉아 공부를 하다 문득 생각에 잠겼다. 거리에서 데니스와 나눈 대화가 잔잔히 남아있어 공부가 잡히지 않았다. 영어를 공부한다는 것에 대한 근본적인 의문이 불쑥 찾아든 것만 같았다.

숱한 단어를 익히고 다양한 숙어에 능숙해져서 입이 트이고 귀가 트인다는 것이 당최 무엇인지. 무엇을 위해 바다를 건너온 것인지. 무엇을 공부하는 것인지. 이곳에 앉아있는 목적이 무엇인지. 모든 것에 고찰이 샘솟았다.

'말'이란 어쩌면, 객관적인 대상을 지칭하는 기호 이상의 의미일지도 몰랐다. 한 사람은 매년 'Snow'를 보고, 겪고, 만져보아 결국 무던하게 되었지만 누구는 생애 한 번도 경험해 보지 못했다. 어떤 식으로든. 눈으로 뒤덮인 배경과 얼음 마법을 사용하는 금발의 주인공을 보며, 스크린에서 쏟아져 나오는 얼음 풍경을 보며 얻은 감회는 실로 비견되기 어려웠던 것이다. 나란히 앉았던 좌석의 가까움이 무색하리만큼.

또 어떤 이에게 'Flower'란 언제나 크고, 진하고, 활짝 핀, 그리하여 무던해진 무언가였겠지만 다른 한 사람은 그러한 모습이 너무 강렬히 느껴져 이질적이라 생각했다. 그에겐 '꽃'이란 피고, 지고 다시 피는 쇠락 속의 피어남이었다. 벚꽃이 흩날리며 아름답듯.

어쩌면, 퍼즐을 모아 맞추듯 영어를 공부 삼았을지도 모를 일이었다. 정확한 대상을 꽂아 정확한 자리에 배열하는 것. 그에 대한 반응에 다시 적절한 응답을 꽂고 배열하는 것. 일련의 컴퓨터 코딩과도 같이.

어쩌면, 그간 한 번도 제대로 '영어' 공부를 한 적이 없었던 걸지도 모른다. 사람도 없고 이해도 없이, 퍼즐만 남고 대화는 사라져 서로가 서로에게 외계인으로 남아있었던 시간만 쌓였던 걸지도 모를 일이다.

'영어' 쓰는 오징어 외계인으로.
흙.

다음 날부터 Dennis와의 수업에선 진도나 내용에 전혀 구애받지 않기로 했다. 자유로이 대화하는 것을 낙으로 삼고 수업으로 삼기로 하였다. 간밤에 있었던 나의 고민을 진솔하게 들어준 데니스의 배려 덕분이었다. 그는 나의 말을 이해해주었다.

그 후의 수업은 중구난방, 수다에 가까워졌다. 하루는 가장 좋아하는 영화에 대하여, 하루는 지나간 연애에 대하여, 하루는 살면서 겪은 후회에 대하여, 하루는 꿈꾸는 미래에 대하여. 어떤 날은 주제를 정하고 어떤 날은 주제도 없이 자유로이 말했다.

점차 의미 없는 말을 외고 익히는 나날들이 뒤편으로 사라져 갔다. 상대의 말을 들으면서 동시에 내가 되받아야 할 말을 머릿속으로 짜 맞추느라 분주한 시간이 드물어져 갔다. 오히려 부서진 문장이더라도, 먹먹한 음성이더라도 같이 말하고, 같이 듣고, 같이 이야기하는 시간이 나머지를 채웠다.

어학원을 졸업할 즈음엔
자막 없이 얼굴을 마주할 수 있게 되었다.

형식이란 버릴 때 의미 있는 것 같다. 얻으려 부단히 노력해야겠지만, 그 후엔 버려야 한다. 버리기 위해서는 우선 얻어야 하고, 얻은 뒤엔 버려야 한다. 배를 타고 강을 건넜으면 이제 배에서 내려야 하듯.

돌이켜보면, 교사가 되려 배웠던 숱한 형식과 이론들도 정작 아이들과 대화하는 순간엔 죄다 내버려야 될 것들이었다. 아들러니, 프로이트니, 듀이니, 피아제니, MBTI니, 루소니, 자아정체성이니 하는 숱한 단어와 숙어는 우리를 아이들에게 데려다줄 조그마한 배의 많은 부품일 뿐이다. 이걸 차곡차곡 모아 하나의 작은 배를 소중히 만들었었다.

그러나 이 배를 타고 강을 건너 아이들에게 다가가고, 도착해선 배를 떠나야 했다. 내다 버려야 했다. 그리하여 아이들이라는 섬에 발을 디뎌야 했다. 그제야 비로소 아이들과 나는 만남에서 '자연自然'스러울 수 있었다. 사르트르가 말한 본질에 앞서는 실존을 실천하기 위해서는 모두 다 내다 버려야 했던 것이다.

그래야 아이들도 나도
좀 편해지더라.

요즘 데니스는 어찌 지내고 있는지. 소식이 끊어진 지 오래다. 페이스북을 통해 연락을 주고받았으나, 페이스북이 쇠락하며 차차 연락이 옅어졌다. SNS의 독점 구조의 병폐라면 병폐랄까. 다녔던 어학원도 이제는 문을 닫았다고 한다.

서른 즈음엔 데니스처럼 되고 싶었는데. 서른이 한참을 지나도록 그러지 못한 것 같아 많이 아쉽다. 아쉬운 김에, 초심으로 돌아가 오늘은 영화 한 편 보고 자야겠다. 제목은 〈스트레인저 댄 픽션〉이라고, 스무 번도 넘게 돌려 본 영화인데, 줄거리가 어떻게 되냐 하면….

점심시간, 혼자 있고 싶어요

오후 열두 시 삼십오 분. 4교시 수업이 오 분 '남았다'. 아니, 누군가에겐 점심시간 오 분 '전'이 더 어울리는 표현일지도. 다행히 4교시 수업이 없던 한 선생님은 교무실 책상 앞에 멍하니 앉아있다. 점심시간이라는 소란이 찾아오기 전에 미리 식사를 마친 터였다.

"오 분 남았네."

천천히 자리에서 일어나 공용 냉장고로 다가간다. 문을 열어 안을 찬찬히 살핀다. 그리고 눈에 들어온 빨간색 뚱캔. 며칠 전 편의점에서 '원 플러스 원'으로 데려온 큰 사이즈 제로 콜라다. 함께 편의점을 떠나온 친구 하나는 며칠 전 누군가의 손에 끌려간 뒤로 소식이 없다. 추운 냉장고 안에서 고독하게 친구를 기다리던 이 녀석.

"너도 같이 가자."

한 손에 빨간 콜라 캔을 들고 교무실을 나선다. 1층까지 이어진 계단을 꼭꼭 밟아 내려간다. 타박타박. 학교가 온통 조용하다. 이제 한 층 남았으려나… 싶은 즈음에 학교 종이 울린다. 오 분이 지났나 보다. 점심시간이 시작된다. 교실에서 아이들이 쏟아져 나온다.

학교의 모든 교실 문이 일제히 열리며 '소란'이 쏟아져 나온다. 파놉티콘의 학교에서 소란은 새어 나갈 곳 없이 안을 맴돈다. 걸음을 빨리해야겠다.

소란이 밀려온다.

도착한 곳은 학교 외진 곳에 있는 잔디밭. 그 테두리에 조르륵 놓인 벤치 중 가장 끄트머리에 있는 녀석을 골라 걸터앉는다. 항상 같은 자리에 앉아 항상 같은 캔음료를 딴다.

치익!

탄산 빠지는 소리를 내며 마개가 열린다. 고갤 들어 음료를 들이켠다. 입으로 차갑고 따가운 음료가 들어오고, 치켜든 고개 위로 하얀 각진 학교가 보인다. 그 위의 파란 하늘. ㄴ자 구조의 학교. 그중 왼쪽 바깥에 자리한 은신처 잔디밭. 꺾인 학교의 안쪽에 품기 듯 자리 잡은 급식소와 매점에서 멀찌감치 떨어진 곳. 아래쪽 운동장과도 동떨어져 잠시 동안 소란을 막아내기엔 최적의 장소다.

오해하지 않으시길 바란다. 아이들의 재잘거림을 싫어하여 도피한 것이 아니니까. 학교에 출근하여 퇴근까지 항상, 정말 항상 아이들과 부대끼다 보니 고독을 충전하는 시간이 절실하여 이렇다. 수업은 수업이라 소란하고. 쉬는 시간은 쉬는 시간이라 소란하고. 공강 시간은 수업 준비와 행정 업무로 마음이 소란하다. 소란함을 잘 보내려면 마음의 고요함을 충전할 시간이 필요하다. 그나마 찾아낸 곳이 볕 잘 드는 외진 잔디밭 벤치 하나. 그리고 손에 든 '설탕 없는 콜라' 한 캔.

99퍼센트 내향형 선생님은 고독이 필요하다.

학교에 외진 곳은 많지만 나는 유독 조용한 이 잔디밭을 좋아한다. 학교 아닌 곳에서도 잔디 공원 벤치에 앉아 커피 하나 손에 들고 있자면 그곳이 천국이요, 불국정토로다. 오후로 넘어가는 시간을 눈을 감고 느끼고 있자면 참, 포근하다.

원체 머리가 둔한 편이라 거의 언제나 몸이 먼저 움직이고 머리가 후에 따라잡는 식이다. '~가 좋을 것 같아서 ~을 했다'기 보다는 '~를 해보니까 ~가 좋더라'가 주된 순서다. 그래서 선생님이 된 걸지도 모르고.

유독 잔디밭에 앉는 걸 좋아하게 된 이유도 무언가 끌리듯 찾은 곳이 잔디밭 벤치가 된 이후에 떠올리게 되었다. 곰곰이 떠올려보면 잔디밭에 얽힌 기분 좋은 기억은 두 가지가 있더라.

아주 어릴 적. 아주아주 어릴 적. 우리 가족은 가끔 살던 집 근처의 잔디 공원으로 소풍을 갔었다. 매번 어머니는 무언가를 바리바리 챙기셨고 아버지는 검정 세피아에 가족을 태워 공원으로 향했다. 나는 공원까지 가는 짧은 시간 동안 뒷자리에 드러누워 잠을 잤다.

도착한 공원. 아버지는 어머니가 준비한 짐을 챙겼고, 어머니는 그늘진 나무 아래 은박 비닐 돗자리를 펴셨다. 짐을 풀어놓으니 무언가 한가득이다. 브루스타, 불판, 나무젓가락, 집에서 가져온 그릇, 사이다 한 병. 그리고 통에 담아온 얇게 썬 김밥햄. 공원에서 취사가 가능하던 그 시절, 우리 세 가족은 공원에 둘러앉아 베이컨마냥 얇게 썬 '김밥햄'을 도란도란 구워 먹었다.

시절이 지나 아들이 학생이 되고 대학생이 되는 동안 김밥햄은 삼겹살로 바뀌었다가 영영 자취를 감추었다. 아주 공원에서 취사를 할 수 없게 되었기 때문이다. 그렇게 자연 우리 가족은 공원으로의 소풍을 뜸하게 하였다.

더 시절이 지나고 언젠가, 아버지와 나는 가까운 바닷가로 드라이브를 떠났다. 운전대를 잡은 아버지. 바닷바람 쐬고 돌아오는 중에 그때의 얘기를 꺼내셨다. 햄을 굽던 소풍.

"햐, 거 아들이 쪼그마하던 게 엊그제 같은데 우째 그리 세월이 빠른지. 이제는 대학교 졸업을 할 때가 다 됐네."

나는 대답했다.

"하하. 그러게요."

아버지는 앞을 보며 계속 말씀하셨다.

"참, 니 어릴 때는 엄마 아빠가 생활비 할 돈도 모자래서 힘들었는데. 니 한참 어릴 때는 엄마가 고기가 먹고 싶다 말하는데도 그 고기 사줄 돈이 없어가지고 잘 못 먹었거든.

고기 먹고 싶은 걸 참다가 참다가 어쩌다 한 번씩 슈퍼마켓에서 햄을 하나 사는 기라. 그거를 사서, 얇게 썰어가지고 니 데리고 공원에 가 그걸 구워 먹고 그랬었다. 고기 살 돈이 없어가지고. 그랬던 때가 있었는데, 이제는 다 지나가뿟네. 아들도 알아서 학교를 척척 잘 다녀가지고 편하게 왔어, 편하게."

아버지는 아마도 아들이 그 시절을 잊은 줄 아셨나 보다. 운전대를 잡고 있던 아버지 옆으로 바닷가 숙숙 지나갔다.

나도 언젠가 아내와 자식들을 데리고 공원으로 소풍을 가고 싶어졌다. 돗자리 하나 깔고 옹기종기 붙어 앉아 무단 취식을 하는 거다. 사이다 한 병을 나눠 마시고 햄을 구워 먹고 싶었다.

21세기엔 아니 될 일이겠지만.

잔디밭에 얽힌 또 다른 기억은 10여 년 전쯤으로 거슬러 올라간다. 당시 대학생이던 나는, 서른이 넘은 지금 생각하기에도 어처구니없을 만큼 공부에 미쳐 살았다. 뾰족한 이유랄 것도 없이, 책과 책이 아닌 것으로 인생을 이분하여 살았던 시절이었다 표현할 수밖에….

흔한 동아리 활동 한번 제대로 하지 않았다. 술집에서도 책 펴고 앉았고, MT에 (끌려) 가서도 아침 일찍 일어나 수학 공부를 했었다. 대학의 로망이라는 축제 기간에도 자리 텅텅 빈 독서실에 혼자 앉아있었다. 왜 그렇게까지 했는지 당최 모를 일이다.

당시 다니던 대학 교정 중심에는 커다란 잔디밭이 있었다. 잔디밭을 둘러싸고 도서관, 강의동이 있어 대부분의 학생은 그곳을 지나가기 마련이었다.

날 좋은 봄이나 가을이면 어디선가 구해온 막걸리류의 술과 치킨으로 낮술과 땡땡이를 병행하는 활기찬 청춘들도 많았고. 대체 어디서 구해온 것인지 모를 은박 비닐 돗자리를 깔고 이유 없이 여유를 보내는 이들도 많았다.

특히 축제 기간이면 너나없이 모두 잔디밭으로 모여들었다. 음주인 비음주인 가릴 것 없이. 누구는 술에 취해, 누구는 분위기에 취해 흥에 겨웠고 와자지껄했다. 나는 그곳을 가로질러 도서관에 가고 싶었고.

멀쑥한 키에 마른 몸. 검은 뿔테 안경에 짧은 머리. 까만 백팩을 메고 품에 껴안은 두꺼운 전공 서적까지. 영락없는 '너드 Nerd'. 너드의 이데아. 나는 축제 기간의 잔디밭이라는 아수라장을 가로질러야 했다.

지금처럼 인도가 나 있지 않던 시절. 잔디밭에는 이용자들이 걸음 하며 자연히 생겨난 인도가 있었다. 수많은 사람들이 밟아서 잔디가 사라진 곳에 생겨난 길. 그 위를 걷는 한 너드. 길가 좌우로 곳곳에 자리 잡은 선후배와 친구들이 너나없이 불러 세웠다.

"한잔하고 가!"

그러면 나는 품에 안은 책을 더 꽉 껴안고

"아냐, 아냐, 나 도서관 가려고!"

소란 통에 나까지 커진 목소리로 대답하면 그들은 이내 돌아앉아 마시던 술잔을 다시 잡았다. 그렇게 무사히 가던 길을 이어갔고, 도서관에 무사 도착. 후유.

모두가 해피 엔딩이다.

다음 날 아침. 일찍이 잠자리에서 일어나 커피믹스 두 봉으로 잠을 쫓은 뒤 강의동으로 나섰다. 어제의 소란은 어디 가고 학교가 온통 고요하다. 약간의 안개도 있고. 강의실로 가기 위해 다시 잔디밭으로 들어서야 했다. 오늘도 따라 걷는 잔디밭 길. 누구 할 것 없이 모두가 눌러 밟아 만든 이 길을 걸으며 나는 전날 읽은 책의 구절을 생각했다.

솔성지위도率性之謂道

'좋은 본성을 잘 닦아내는 것이 참된 길이다' 쯤으로 말할 수 있는 문장이다. 안개 기운을 머금어 약간 폭신해진 이 잔디밭 길을 걷는 것이 좋았다. '누가', '어떻게'라 할 것 없이 어느새 자연스럽게, 마치 스스로의 모습을 드러내듯 생겨난 이 길이 좋았다. 대학을 거쳐 간, 거치고 있는 숱한 사람과 잔디밭이 공명하여 드러난 흔적 같았다. 지금은 그 자연스러운 길을 모두 깎고, 파내고, 아스팔트를 들이부어, 반듯한 길을 만들어놓았다.

어쩌면 '잔디밭'이란 것은 문자 그대로 '잔디를 심은 밭'의 의미를 넘어서는 것일지도 몰랐다. 아무도 모르는 어두운 금고 속에 숨겨둔 오래된 유물처럼 가두고, 고립시켜 접근을 금지하는 '잔디 보호구역' 이상의 의미 말이다.

어느 가난한 가족은 모여서 햄을 굽고, 어느 가난한 청춘은 부족한 안주를 낭만으로 대신해 취하고, 어느 이상한 선생님은 콜라 한 캔에 한숨 돌리려 찾는 곳. 내버려 두는 땅이 아니라 누군가 숱하게 찾아와 일구는 밭이 되는 곳. 그렇게 얽히고설키며 만들어가는 주름. 그것이 잔디밭의 좋은 본성이며 이를 잘 일구는 흔적이 사람의 좋은 길이 아닐까 하였다.

그래서 이어지는 구절이 "수도지위교修道之謂教", 그 길을 잘 닦아 나가는 것을 '가르침'이라 한다, 가 된 것이라 미뤄 짐작….

우──웅! 우──웅! 휴대전화 알람이 울린다. 열두 시 오십구 분. 조금 있으면 아이들이 식사를 마치고 돌아올 시간이다. 휴. 이십 분의 '고독 급속 충전'이 끝났다. 다시 소란한 일과로 돌아가기에 충분할지 모르겠다. 다행히 방과후수업이 없는 날이다. 빈 콜라 캔을 들고 일어선다. 엉덩이를 툭툭 털고.

휴. 하늘이 파랗다.
소풍 가고 싶다.

5교시 : 33년 차 미라클 모닝

1.

[새╱ 나라의 어린이는 일찍 일어╱ 납니다╲

잠╱ 꾸러기 없는 나라 우╱ 리나라 좋은 나라→]

제목 : 새 나라의 어린이 (윤석중 작사, 박태준 작곡)

때는 바야흐로 1997년. 내 기억이 맞다면, 초등학교 1학년 음악 시간에 처음으로 배운 동요는 〈새 나라의 어린이〉였다. 요즘도 이런지 모르겠지만, 당시엔 초등학교 교실마다 오르간(풍금)이 하나씩 있었다. 오르간 앞에 선생님이 앉아 발로는 발판을 꾹꾹 눌러 공기를 불어 넣고 손으로 건반을 누르며 한 마디 한 마디 불러주신다. 그러면 우리들은 선생님이 불러준 음정과 가사에 맞춰 따라 부르기를 한 마디 한 마디. 세상에 온 지 얼마 안 되어 모든 일이 마냥 재밌던 아이들은 지겨운 줄도 모르고 연신 따라 부른다. 그러다 보면 어느새 돌돌 외워져 30년 즈음이 지난 지금에도 때때로 되뇌게 된다.

〈새 나라의 어린이〉 가사를 분석해보자면 의문점이 몇 가지 생긴다.

첫 번째 의문점은 '일찍'이란 단어의 모호성이다. 가사 어디에도 '일찍'의 기준이 제시되어 있지 않다. 일출 이전이라든지, 출근 또는 등교 몇 시간 전이라든지, 부모님이 등짝을 때리며 깨우기 전이라든지, 〈디즈니 만화동산〉이 시작하기 전이라든지. 그 기준이 모호하다. 게다가 사람마다 동작의 속도가 달라 어느 사람은 기상하여 삼십 분이면 출근이 가능하지만 누구는 한나절도 부족하다. '일찍'이란 과연 무엇이던가.

두 번째로 '일찍 일어남'과 '새 나라' 간의 연관성이 의문스럽다. '일어남'의 주체는 개개인이며 '새 나라'는 문자 그대로 한 나라, 국가적인 범위의 쇄신을 뜻한다. 개개인의 덕성이 국가적 범위에서도 닮아있다는 발상은 플라톤의 '국가'를 연상시키는 부분이 있다.

국민의 질이 국가의 질과 강력한 연관이 있음을 부정할 수는 없으나, 개개인의 기상 습관이 어찌 '새 나라' 만드는 데 일조하는지는 곡에 드러나 있지 않다. 동학의 '다시 개벽'이 생각난다.

세 번째로 짚어볼 부분은 '잠꾸러기 없음'과 '우리나라 좋은 나라' 사이의 비약이다. 여기서 '잠'은 두 가지로 해석할 수 있을 듯하다. 하나는 실제 뇌의 수면 상태를 일컫는 '잠'이고, 또 다른 하나는 '정신이 밝지 못함'을 뜻하는 비유적 의미의 '잠'이다.

부처는 농땡이 피우는 제자들에게 낮잠 좀 그만 자고 수련에 집중하라 하셨고, 율곡 이이는 '잠에서 깨어나는 공부 비법'이란 뜻으로 『격몽요결』이란 책을 썼다. 영화 〈매트릭스〉에서 네오가 빨간 약을 먹고 깨어났듯 말이다. 이러든 저러든 정신적 부지런함을 강조한 말이라 하겠다.

문제는 '잠 깸'이 어찌 '우리나라 좋은 나라'로 연결되냐는 말이다. 마치 국민이, 백성이 '게을러서' 국가가 망한 적이라도 있었던 것처럼.

2.

쉬는 시간. 수업을 끝마치고 교무실로 가는 중에 수학 선생님 한 분을 마주쳤다. 굉장히 밝고 기운 넘치는 선생님. 반가워 인사하자 선생님이 말을 건네셨다.

"동진 쌤. 오늘 우리 수학과 선생님들이랑 회식하는 거 맞죠?"

"네, 맞아요. 저녁 여섯 시."

선생님이 씨익 웃으신다.

"쌤, 근데 괜찮겠어요?"

"네? 뭐가요?"

"회식요! 쌤, 아홉 시면 집에 들어가야 하잖아요. 일찍 주무셔가지고."

"아! 오늘은 좀 버텨보죠. 아하하하하."

"하하하하하하."

내가 먼저 터뜨린 웃음에 선생님도 따라 웃으신다. 그리고 간단히 고개 숙여 인사하고 걸음을 뗀다. 서로가 서로를 스쳐 지나가려는 찰나, 선생님은 한 마디를 덧붙이셨다.

"하하하하하하. 신데렐라라니까, 신데렐라. 하하하하하하."

떠나가던 선생님은 꼬박꼬박 시간 지켜 집으로 돌아가는 나의 모습을 보며 (황송하게도) 신데렐라를 떠올리셨겠지만, 나 자신은 (송구스럽게도) 스스로를 신데렐라라 생각하지 않는다.

신데렐라는 자신에게 걸린 마법이 밤 열두 시면 풀릴 줄 알고 있었기에 집으로 급히 돌아갔을 뿐이다. 마법에 유통기한이 없었다면 신데렐라는 그 찬란한 금발 머리 풀어 헤치고 새벽까지 왕자님과 붐붐 클럽을 즐겼지 않았을까.

나는 신데렐라보다 뭐랄까… '선비'에 가까우려나. 동트기 전에 기침하고, 구름에 달 가듯이 출퇴근하며, 휘영청 달뜨는 밤이면 잠드는. 다만 머리가 짧고 서양 학문을 하는지라, 조선 사회

였으면 벌써 사문난적으로 몰렸을 것이지만. 운 좋게 20세기에
태어나 '선생' 소리까지 듣고 있으니 과연,

우╱리나라 좋은 나라→

모든 가장 좋은 것들이 그렇듯, 일찍 자고 일찍 일어나는 것
의 이점을 배우는 데는 수업료나 수업이 따로 필요치 않았다.
그저 태어나보니 부모님이 '우리 엄마, 우리 아빠'였을 뿐이다.
나는 '우리 엄마, 아빠'의 부지런함 덕에 '새 나라 어린이'로 사
는 습관을 수업 없이 몸에 익혔다.

부모님은 항상 일찍 자고 일찍 일어나는 것을 중요하게 실천
하셨다. 대입 시험을 준비하던 때에도, 임용시험을 준비하던 때
에도 언제나

"언능 자라."

고 말씀하셨다. 일찍 자고 일찍 일어나야 다음 날 머리가 개
운하여 좋다는 뜻이었다. 그러니 사실 '일찍 잠'보다 '일찍 일어
남'을 더 강조하신 듯하다. 일찍 일어나려면 일찍 자야 한다.

우리 가족은 동트기 전에 일어나서 무엇을 했나?

어머니는 간단히 세수하고 아침 식사를 준비하셨고, 아버지
는 어머니의 식사 준비 동안 간단히 세수하고 이부자리를 정리
하셨다. 창문 열어 집 안 환기도 하고. 그동안 나는 간단히 세수

하고 학교에서 공부할 거리를 준비했다. 그리고 다 같이 식사. 그리고 각자의 삶으로.

요즘은 세월 따라 바뀌어 어머니는 간단히 세수하고 아침 운동을 가시거나 마당 정리를 하시며, 아버지는 어머니를 따라 아침 운동을 나서시거나 함께 집 안 정리를 하신다.

아침 일찍 일어나 '무엇'을 하는가는 우리 가족에게 중요하지 않다. 이부자리 정리든, 요리든, 운동이든, 마당 쓸기든. 그것이 뭐가 중요할까?

하루는 동도 트기 전에 집안의 모든 화분을 일일이 마당으로 꺼내느라 부산스러운 어머니를 보며 말했다.

"뭐 그리 새벽부터 부산스러우셔요? 나중에 천천히 하시지. 해도 아직 안 떴는데. 커피 한 잔 드시고 천천히 하셔요."

그러자 어머니는 옮기는 화분에만 열중하시며 말씀하시길,

"야야, 아침에 이리 정리를 딱 해놔야 나중에 마음이 편한기라. 마음이 편해야 뭘 해도 하지. 커피는 물 많이."

어머니는 아침을 하루를 위한 준비로 보신 듯했다. 당신의 하루를 위해 가장 필요한 것이 '집 안 정리'라 확신하신 듯하다. 아버지도 하루를 편안히 보내기 위해 아침을 중요히 여기신다. 그리하여 아버지는 항상 눈 떠 가장 먼저 하는 일이 엄마 '따라다니기'다.

과연,

아버지는 현명하시다.

나는 아침 다섯 시 알람이 울리기 십 분 전쯤 눈을 떠 알람이 울릴 때까지 뒤척거린다. 그러다 알람이 울리면 좌로 굴러 한 바퀴. 침대 아래로 착지. 곧장 물 한 잔 가득 벌컥 마신 후 샤워하고, 커피 한 잔 내려 마시며 책을 읽는다. 때때로 러닝 머신을 타며 강의를 듣기도 하고.

가장 총기가 넘치고 조용한 시간인 새벽을 가장 좋아하는 일로 가득 채우는 것은 큰 기쁨이다. 그냥저냥 좋아하는 것 말고 '가장' 좋아하는 것으로!

그리하여 하루는 좋은 마음으로 살아낼 힘이 솟고 마음의 공간이 생긴다. 아무래도 퇴근 후엔 마음이 비좁아져 책을 읽기 불편하다. 그러다 보니 이 아침 시간을 소중히 보내기 위해 밤을 일찍 끝내는 논리가 따라온다. 술 모임은 극히 자제하고, 술 자체를 멀리한다.

아침을 함께 할 책도

아주 소중히 고르게 되고.

그런고로 밤 아홉 시면 어찌할 수 없는 하품이 쭉쭉 나온다.

입을 오므리고 틀어막아도 일 분도 지나지 않아 다시 속 하품이 솟아난다. 속 하품도 하품이라, 코가 시큰시큰거리고 눈물이 새어 나온다. 자연히 회식 자리에서는 이런 사정을 다들 눈치채시고 감사하게도 먼저 말씀해 주신다.

"아이고, 김쌤. 벌써 아홉 시가 넘긴 넘었나 보네. 졸려서 눈이 벌겋네. 얼른 들어가 보소. 지금 들어가도 졸음운전 아인가 모르겠네."

"아…. 그래도 괜찮을까요? 매번 죄송합니다, 먼저 일어나게 돼서."

"괜찮아요, 괜찮아요. 얼른 들어가 봐요!"

"감사합니다. 그러면…. 요 자리까지는 제가 계산해 놓고 가겠습니다!"

꺼내는 지갑을 말려보려는 선생님들을 뿌리치고 자리에서 일어선다. 시계를 보니 아홉 시 십 분 즈음. 더 졸음이 오기 전에 떠나야겠다.

"먼저 일어나 보겠습니다! 내일 뵙겠습니다!"

"그래요. 잘 가요!"

자리를 뒤로 하고 나오는 차, 익숙한 문장이 따라 나온다.

"새 나라의 어른이여, 새 나라의 어른이!"

"하하하하하하하."

나도 씨익 돌아보며 겸연쩍게 인사하고 돌아선다. 문을 열고 나온 가게 앞에는 온갖 간판과 네온사인으로 거리가 밝다. 참 밝다. 어깨에 걸친 가방을 추켜올리고 코트에 손을 넣으며 주차장으로 걸어간다.

새 나라의 어른이라….

1 + 2 = 3.

왜일까? 〈새 나라의 어린이〉의 작곡가를 직접 만나본 일은 없지만 혼자 추측하기로는, '새 나라'는 더 이상 어떤 집단이 주도하는 것이 아니라 '깨어있는 개인'들이 건설해야 한다 여긴 건 아닐까 싶다. 그간의 '헌 나라'들은 그러지 못했으니까.

어느 힘 있는 일당이 혁명을 주도하여 이전의 문화를 뒤집어 새로운 나라를 몇 번이고 만든 것이 결국 역사겠지만, 이 땅에 오래도록 살아온 농민과 백성과 민중은 그런 것에 관심일랑 있었겠는가? 왕이 김 씨든 이 씨든 왕 씨든 뭐든. 그저 부역에 휩쓸리지 않고, 전쟁 없고, 풍년 들면 그만이었을 것을.

당연한 이치로 '새 나라'는 어떠해야 하나. 당연한 이치로 각자 '스스로' 살아야 하지 않을까? 누군가가 손가락으로 가리키는 'N개년 계획'을 따라 좇아가는 삶이 아니라 스스로 눈 '똑띠' 뜨고 사는 하루하루들.

당연하게도 눈을 똑띠 뜨려면 잠에서 깨야 하고, 잠에서 깨려면 일어나야 하고, 일어나려면 잘 자야 한다. 게다가 기왕 일어나는 김에 쫓기듯 서두르느라 혼비백산하지 않도록 '일찍' 일어나야 하고, 일찍 일어나려면 '일찍' 자야 한다. 바쁜 틈바구니에 마음이 부산스러우면 정신이 깨지 못한 것과 같으니.

또 당연하게도 기왕 일찍 일어난 김에 가장 아끼는 일로 하루의 시작을 삼으면 좋고, 아끼는 일을 하려면(동어 반복이지만) 무엇이 소중한지 알아야겠지.

아침 일찍 일어나 소중한 시간으로 하루를 시작한다 하여 기적 같은 일이 벌어지지는 않았지만, 돌이켜보면, 내가 가진 가장 좋은 것들은 이런 아침의 소중함이 쌓이고 쌓인 덕이더라.

나는 '조용히 책 읽는 시간'을 찾고

엄마는 '깔끔한 집'을 찾고

아빠는 '엄마'를 찾고.

12월. 수능도 끝나고 한 학년이 마무리되는 시점. 온 교실과 학교는 그야말로 무정부 상태다. 수업은 안 되고, 그렇다고 무얼 하자니 그 무엇도 쉽게 되지 않는다. 그러나 역설적으로 이런 때일수록 아이들 각자의 본모습이 또렷하게 드러난다. 책 읽는 아이, 공부하는 아이, 공부하는 척 태블릿으로 영화 보는 아이, 인강 보는 척 음악 듣는 아이 (학부모님들, 유튜브에 '인강 보는 척'이라 검색해 보세요). 교실 밖으로 나가자며 조르는 아이, 크리스마스를 맞아 교실을 꾸미는 데 열중인 아이, 그 아이를 도와 그림 그리고 오리고 붙이고 만드는 아이, 움츠린 번데기처럼 패딩 두툼히 둘러쓰고 동면에 들어간 아이.

이 모든 난리 통의 주인인 '새 나라의 어린이'와 학교 밖의 '헌 나라 어른이' 사이에 낀 한 명의 '새 나라의 어른이' 선생님. 아이들을 보고 있자면 내 마음속 '어른이'가 고개를 불쑥

"저, 저, 저…. 학생이란 모름지기 학교에서 조용히 공부를 해야지. 아직 배울 게 얼마나 많이 남았는데!"

싶다가도, '새 나라' 부분이 따라와서는

"그중에 제일 중요하게 배울 것은 무엇보다 스스로를 배우는 것이니, 책 읽고, 꾸미고, 취향 찾아가는 것도 스스로를 배우는 것 아니겠습니까. 자습自習에 딱 맞는구먼! 보기 좋구먼! 허허. 허허허. 허허허허허."

라고 한다.

그래. 12월은 가만 내비두자.
그간 열심히 살았으니.

라는 생각이 회식 자리 떠나 집으로 돌아오는 길 가로등 따라 흘러갔더랬다.

새 나라의 어른이는 그냥

일찍 자고 싶었다.

그는 회식 앞에 슬펐다.

6교시 : 자기소개서라는 글쓰기

정말 몰랐다. 아무도 알려주지 않았다. 선생님이 되려면 통과해야 하는 시험이 있다는 것을. 그 시험을 통과하는 것이 매우 어렵다는 것을.

정식 명칭 '중등학교교사 임용후보자 선정경쟁시험'. 약칭 임용고시(또는 임용고사). 국공립학교에 정식으로 발령받기 위해서 반드시 통과해야 하는 시험이다. 그러지 못하면 여느 학교에서 계약직으로 근무하거나 사립학교의 별도 채용 과정을 거쳐야 한다. 이런 사실을 알게 된 것은 대학교에 입학을 하고서도 한참이 지난 뒤였다.

1학년이 거의 끝나갈 즈음, 겨울이 무르익어갈 때. 2학기가 끝나가고 입대가 다가올 즈음. 학교 여기저기에 현수막이 주렁 주렁 매달리기 시작했다. 무슨 일인고 살펴보니 현수막에는 "선배님! 재수 없습니다!"라든지 "선배님의 합격을 응원합니다!"와 같은 발랄한 시험 응원 문구가 적혀있었다. 무슨 연유인지는 모르겠으나 여러 과에서 너도나도 선배들의 시험 통과를 절실히 응원하나 보다 했다. 그런데 무슨 시험이지? 겨울바람에 알록달록 펄럭이는 현수막을 보며 함께 걷던 동기 김 군에게 물었다.

"무슨 시험을 응원하는 거지? 졸업 시험인가? 졸업 시험이 이렇게 통과하기 어렵나?"

김 군은 묻는 나를 힐끔 쳐다보지도 않고 가던 길을 가며 대답했다.

"아니, 졸업 시험이 아니라 임용고시. 임용고시 응원하는 현수막이지."

나는 대답하는 김 군을 쳐다보며 말했다.

"임용고시가 뭔데?"

그제야 김 군은 가던 걸음을 멈추고 나를 바라보았다. 마치 자신의 귀를 믿을 수 없고, 귀를 울린 말이 내 입에서 나온 것도 믿을 수 없다는 눈. 놀랄 만큼 한심한 무언가를 보는 눈. 그 눈 아래 입이 열렸다.

"진짜 모르는 거야?"

정말 몰랐다. 아무도 알려주지 않았다. 대학 원서를 쓸 때까지 고3 담임 선생님마저 말씀해 주시지 않았다. 선생님이 되려면 통과해야 하는 시험이 있다는 것을. 그 시험을 통과하는 것이 매우 어렵다는 것을.

사관학교나 경찰대학이 그렇듯이 사범대학을 졸업하면 그저 누구나 선생님이 되는 줄 알았다. 하다못해 내가 지원하려 했던 대학교에는 '교원'이라는 단어가 붙어있어 이 학교만큼은 그럴 줄 알았다. 하다못해 가점이나 특별한 이점이 있을 줄 알았다. 쥐뿔. 아무것도 없었다. 아무것도 없이 그저 공부하여 시험에 통과해야만 했다. 그렇지만 상관없었다. 엉덩이 무겁기로는 둘째라면 서러울 나였으니까. 공부야 하면 그만이었다.

군대를 다녀와서.

따흙.

무거운 엉덩이 덕에 군 휴학과 어학연수 휴학 후에 만난 쟁쟁한 후배들을 곧 따라잡았다. 곧 얼마 지나지 않아서 후배들과 타전공생 앞에서 수학 풀이 강좌까지 매번 놓치지 않고 도맡아 했던 '수학 좀 치는 선배'. 그게 나였다.

저, 왕년에 수학 좀 쳤습니다?

하하. 하하하. 하하하하하.

하지만 시험엔 연거푸 세 번을 떨어졌다. 네 번째 시험은 없었다. 아버지의 흰머리가 더 희어지기 전에 내 길을 스스로 찾아야겠다는 생각이 들었고, 어머니의 작은 등이 더 작아지기 전에 독립해야겠다는 결심이 섰을 따름이다.

공부하고 가르치는 것 외의 모든 능력이 거세된 한 사범대생이 선택할 수 있는 미래는 많지 않았다. 그렇게 발을 들여놓게 된 대구의 수성구. 그곳의 학원가. 근처의 원룸 자취방.

저녁이면 출근하고 새벽이면 퇴근하는 삶. 빨간 날 일하고 검은 날 쉬는 삶. 남들 쉴 때 일 하고 남들 일할 때 쉬는 삶. 명절도 없이 자연 고립되어가는 삶. 그러한 삶이 체질에 맞는 사람은 큰 강사가 되겠지만, 나에게는 어울리지 않았다. 내면의 고독과 우울이 서리처럼 쌓였다.

그런데 웬걸? 자본주의는 나의 미미한 실존 따위에는 관심이 없었다. 수강생은 점점 불어났고, 나와 공부하겠다며 재수까지 불사하는 아이들이 생겨났다. 이것 참, 이젠 학원가에서 도망치지도 못하게 되는 운명인가 하였다.

노자께서 '천지불인天地不仁'이라 하였다. 쉽게 말하면, '하늘은 너랑 상관없이 돌아간다' 정도랄까. 이렇게 학원가에 눌어붙어야 하나 고민하던 때, 하늘은 나와 불현듯 '밀땅'을 하기 시작했던 것이다. 한쪽으로 강사로서의 길을 보여주는가 싶더니 다른 쪽으로 교사로 사는 길도 보여주었다.

익히 잘 알던 학교, 3년이나 다녔던 그 고등학교, 모교에서 수학 교사를 정식으로 모집한다는 공고를 내걸었다. 내가 누구보다 우리 학교를 잘 아는 만큼 모교도 필히 나를 원할 것이라는 자신감에, 공고를 보게 된 그날 당장 이력서를 출력했다.

이름, 생년월일, 주소, 연락처, 학력을 좋지 못한 글씨로 또박또박 여러 번을 새로 적었더랬다. 자격증란을 한 칸이라도 채워보려 '운전면허 1종 보통'을 쓸까 말까 한참 고민하다 결국 적어 넣었다. 그리고 마지막. 학교 근무 경력란.

사회에 갓 발을 들인 병아리는
적을 것이 아무것도 없었다.

그렇게 빈칸으로 남겨진 경력란. 휑뎅그렁한 이력서를 옆으로 살짝 제쳐두고 지원서의 나머지를 채우기로 했다. 바로 '자기소개서'.

구체적인 질문 하나 없이 꼬박 채워 넣어야 하는 A4 두 장 분량의 자필 자기소개서. 이보다 막막한 것이 더 있을까? 더구나 흔한 동아리 활동, 학생회 활동, 경력직 활동 하나 한 적 없이 오직 공부밖에 몰랐던 나는 대관절 무엇을 소개해야 할지 몰랐다.

나는 선생님이 되고 싶었고 임용시험을 통과해야 선생님을 할 수 있다기에 순진하게도 공부만 열심히 했다. 그런데 시험은 지나간 이야기가 되었고 지금은 갑작스레 '자기'를 찾아봐야 했다. '소개'는 후의 일이고. 그리하여 몇 날 며칠을 고민하여 짜낸 자기소개서. A4 두 장 분량의 글을 쓰며 네 가지를 깨달았다.

첫 번째. 자기소개서는 나의 첫 글이었다.

학창 시절에도 백일장이니 글짓기 대회니 수행평가니 하여 여러 글을 적어보기는 하였으나, 글의 주제며 방향성은 모두 외부에서 주어진 것들이었다.

어머니가 강제하신 일기 쓰기를 부득불 실천하지 않은 나로서는 스스로의 생각과 발상으로 글을 적은 적이 없었던 것이었다. 그러니 진정한 의미의 '글쓰기'는 자기소개서로 시작되었다.

두 번째. 나아갈 방향은 스스로 정해야 했다.

특히 글쓰기에서는 더욱 그렇다. '자기'소개와 같이 너무 광범위한 또는 너무 막연한 주제를 다루어야 하는 글이라면, 그 범위를 글 쓰는 스스로가 재단할 필요가 있었다.

웅녀와 환웅까지 거슬러 올라가는 족보부터 혈액형과 MBTI까지 수렴하는 '자기'에 대한 모든 정보 중에 몇몇을 스스로 추려내야 했다. 그렇게 추려낸 것을 학교에서는 '문단별 주제'라 배웠더랬다. 배운 것은 결국 다 쓸모가 있더라.

세 번째. 소리내 읽을 때 자연스러운 글이 좋더라.

논문이나 보고서처럼 애당초 기록 저장이 목적인 글이라면 다르겠지만, 쉽게 읽으려 쓰는 글은 소리 내 읽었을 때 자연스러운 글이 보기도 좋더라.

자소설이나 에세이류의 글이 보통 그렇다. 아무래도 사람 냄새 나는 글인 만큼, 독자에게 친근히 다가가기 위해서는 나의 글이 '말'처럼 느껴지도록 하는 편이 좋다. 그래서 글을 쓰기 전에 항상 수다 떨듯 말로 한번 풀어보는 것이 큰 도움이 되었다. 면접을 염두에 두는 '자소설'이면 더욱이 좋고.

마지막 네 번째. 아무것도 가진 것 없다 생각했는데, 돌이켜보니, 이미 많은 것을 가지고 있었다.

사실 이것이 가장 중요한 '뽀인뜨'다. '자기'를 소개하라 해서 내가 가진 것을 돌이켜보는 데 글쓰기의 대부분을 투자했던 것 같다. 돈도 없고, 집도 없고, 차도 없고, 인맥도 없고, 경력도 없다면 무엇을 소개해야 하는가. 손에 잡히는 것으로는 아무것도 보여줄 것이 없었다. 그래서 아무도 눈으로 볼 수 없는 것을 찾을 수밖에 없었다.

교육관과 가치관. 내가 어떤 사람인가에 대한 대답. 무엇을 가지고 있는지 알려줄 목록이 아니라, 어떤 것을 가지고 있는지 알려줄 안내서. 인생이라는 재산.

어느 한순간에 캐낸 것이 아닌, 시간을 들여 오랫동안 길러온 무엇. 그것을 심은 주체는 부모님이기도, 추억이기도, 실패이기도 했다. 지나간 어느 것 하나 글이 되지 않는 것 없었고 지금의 나를 떠난 것 하나 없었다. 중요한 건 이것을 글로 쓰느냐 잊어버리냐의 문제였다.

To write or not to write.

자기소개서는 A4 두 장을 가득 메웠다.

운 좋게 시험에 합격했고, 며칠 뒤면 처음으로 아이들의 졸업식을 맞이한다. 며칠 뒤 졸업식에서 아이들에게 어떤 말을 해주고 있을까? 모르겠다. 준비한 말도 없고, 아직은 준비할 생각도 들지 않는다. 하지만 미래의 내가 하고 있을 말과는 관계없이, 지난날의 내가 아이들을 볼 때마다, 그리고 지금까지 언제나 원했던 것이 딱 하나 있다.

부디, 내가 아이들에게 좋은 씨앗을 하나 심는 것이기를 바랐다. 지금 당장은 싹을 틔우지 않아도 좋고 모른 채 묻어두고 살아도 좋다.

부디, 언젠가 그 아이들도 자기소개서를 쓸 때 즈음 하여서는 누가 심었을지 모를 품종 좋은 꽃나무 한 그루를 마음에서 발견하여 한 문단을 채울 수 있기를 바랐다. 나무의 이름이 '수학'

이 아니어도 좋다.

부디, 영영 나를 잊어도 좋으니 언젠가 길에서 스쳐 지나게 된다면, 아이는 나를 몰라보아도 좋으니 내가 아이를 알아보고선

'잘 컸네.'

하고 가던 길 마저 갈 수 있기만을 바란다. 하나 더 바라는 것이 있다면, 대학교 수업이든 어디서든 꼭 '글쓰기' 수업을 찾아 듣기를. 언젠가 '자기소개'라는 글 한 편은 쓸 일이 생길 테니까.

배워두면 다 쓸 데가 있다.

선생님처럼 후에 고생하지 말고.

자기소개서

작성자 : 김동진

저는 창원에서 나고 자라 본교를 졸업한 뒤로는 지금까지 타지에서 혼자 생활을 꾸려오고 있습니다. 그리고 현재는 대구 수성구의 한 입시학원에서 고등·재수반 전임 강사로 재직하고 있습니다.

연고가 없는 타지에서 오랫동안 생활하며 어려운 일도 많았지만 그것들을 이겨낼 수 있었던 것은, 다른 외적인 조건보다도 부모님이 길러주신 소양 덕분이라 생각합니다. 비록 외아들이지만 엄하게 교육해주셨던 부모님은 부지런한 생활과 자주적인 목표 의식의 중요성을 어려서부터 알게 해주셨기 때문입니다.

이러한 생활 습관은 학생이던 때 스스로 공부 계획을 세우는 눈과 그것을 실천하는 인내를 갖게 해주었습니다. 사회인이 되어서는 매일의 목표와 장기적인 뜻을 스스로 세우고 이를 성실히 해결하여 계속된 성장을 할 수 있게 해주었습니다.

고등학생 시절 저는 처음부터 학업성적이 뛰어난 학생은 결코 아니었습니다. 갑자기 변화된 고등학교에서의 공부 환경으로 인해 적응이 어려웠습니다. 그러나 당시 많은 선생님들의 관심과 격려와 함께 제가 가진 부지런함과 꾸준한 목표 의식을 가지고 공부하였습니다. 점심 저녁 시간을 밥 대신 공부로 보내 1일 1식을 하고, 밤잠을 줄여 항상 눈이 충혈되어 있었던 시절에도 분명 좌절과 허무가 있었지만 끝나지 않는 부지런함에는 결국 성취가 있었습니다. 졸업을 앞둔 시기에는 높은 학업성취를 통해 마침내 목표했던 바에 도달했기 때문입니다.

대학 시절엔 오랫동안 그리고 심신을 다해 준비했던 임용 시험에서 연거푸 고배를 마시게 되었습니다. 그리고 개인적인 사정으로 인해 결국 임용시험을 내려놓게 되었습니다.

그러나 새로이 마음을 다잡고 지금의 입시학원에서 근무하게 되었고, 일찍이 강의력과 학생 관리 능력을 인정받게 되었습니다. 우수한 학생들과 그들을 가르치는 유수의 선생님들 사이에서도 저는 근면함과 집중력을 바탕으로 빠르게 적응·성장하였고, 입사 2개월 차에 고등부 전임이 될 수 있었습니다. 그리고 1년 차에 재수반까지 전임하게 되어 수학 교과에서만큼은 우수한 학생들의 성적 향상과 학생 관리 능력을 인정받아오고 있습니다. 이런 과정은 다른 무엇보다 성실성과 목표 의식에 따른 집중력이 저의 가장 큰 장점임을 확신할 수 있게 해주었습니다.

저는 '하지 않음으로써 하게 되는' 교육을 지향합니다. 교사가 학생들의 모든 반응과 행동, 사고 방향까지 미리 계획하게 될수록 학생들의 자주성은 저해 받게 되고 목표를 추진하려 하는 성실성도 사라지게 됩니다. 계획 없는 교육은 있을 수 없겠으나, 넓은 마당은 테두리가 보이지 않듯 그 계획이란 궁극적으로 학생의 자주성을 해치지 않는 선에서 이루어져야 합니다. 저는 이런 깨침을 첫 교생실습에서야 알게 되었습니다.

당시 본교에서 교생실습을 했던 저는 의욕으로 충만했고, 학생들에게 '잘 보이기' 위하여 행동거지, 표정, 농담 하나까지 주의하였습니다. 그런 준비된 저의 모습은 학생들에게 어색해 보일 뿐이었고, 이에 제대로 대처할 준비는 하지 못했던 저는 수업과 학생과의 관계에서 결국 거리감을 느끼게 되었습니다.

무엇보다 저 자신에 대한 실망이 컸습니다. 학생들 없이 교단에 서기만 한 제 모습이 부끄러웠기 때문입니다. 허망하여 복도의 창문 밖을 내려보던 때, 마침 매점으로 뛰어가는 몇 학생들을 보았습니다. 그리고 그 아이들의 뒷모습에서 저의 고등학생 시절을 보았습니다. 시간은 많이 흘렀지만 그 시절의 저도, 그 학생들도 결국 같은 장소의 같은 아이들일 뿐이었습니다. 긴 시간을 꿰뚫어 이어져 있던 지금의 아이들과 저의 유대를 바로 그때 알았고, 억지스러움을 벗어버리기로 했습니다. 학생 시절의 저와 제 친구들을 보듯 학생들을 대하기로 마음먹었습니다.

수업의 흐름과 큰 틀은 계획하되 학생들의 특정한 반응을 의도하거나 기대하지 않았습니다. 그러니 학생들의 사소한 반응과 몸짓들에도 자연스럽게 교감할 수 있는 여유가 생겼습니다. 학생들은 저를 더 친근하고 가까이 여기게 되었고 그런 친근함은 다시 학생 개개인에 대한 이해로 돌아와 수업이 발전되는 선순환이 이루어졌습니다. 그리고 이런 교육 방법은 교육이 이루어지는 곳이라면 어디서라도 이루어진다는 것을 지금까지의 강의 경험을 통해서도 뚜렷이 확인할 수 있었습니다.

제가 본교에 지원하는 이유도 이러한 이유 때문입니다. 제가 가장 강한 유대를 가지며 자연스러운 교육을 실천할 수 있는 유일한 장이기 때문입니다. 제가 교사가 되기 위한 꿈을 가지게 되고 부단히 노력했던 학생이었던 곳이며, 가르치는 사람으로서도 학생들과 누구보다 깊은 유대를 자연히 가질 수 있는 곳. 유대감이 바탕이 되기에 제가 인위적인 가면을 쓰지 않을 수 있는 유일한 곳이기 때문입니다.

자연스러움을 필두로 하는 교육을 이루어내는 것이 쉽지 않다는 것을 잘 알고 있습니다. 자칫 교사의 독단으로 비추어질 수 있기 때문입니다. 이를 벗어나는 방법은 그저 '열심히 일하고 좋은 사람이 되는 것'이라고 밖에 말할 수 없다 생각합니다. 따라서 저는 학생들의 자주성을 해치지 않기 위해서 오히려 더 폭넓고 깊이 있는 다양한 방식으로 교육내용을 살피고 전달하려 합니다.

또한 다양하게 변화되는 입시 상황의 전반적인 흐름과 수학 교과의 반영을 연구하며 이를 다양한 사례, 동료 교사분들과의 소통, 장학 등을 통해 교육활동에 반영할 것입니다. 변화되어가는 대학 입시 상황에서 공교육의 중요성을 강화시키기 위해선 무엇보다 교사의 수업 역량이 중요하기에, 저의 강의 경험을 바탕으로 하여 입시교육 현황에 맞는 교수학습자료와 강의를 개선해 나갈 것입니다.

업무 해결과 개인적인 성장에서도 부지런할 것입니다. 저는 맡은 일은 결코 미루는 법이 없으며 일찍이 착수하여 해결합니다. 일을 함에 있어서도 부족한 부분을 꾸준히 찾아내려 하며, 그러한 부분에 대한 의견은 겸손히 받아들여 보완합니다. 업무에 간접적인 영향을 미치는 대인관계에 필요한 노력도 저는 즐깁니다. 분야를 가리지 않고 책 읽는 것을 좋아하며 다방면에 대한 이야기와 토론을 즐겨 앎과 행동이 일치되는 삶을 추구하기 때문입니다. 이는 소통을 위한 소양을 개발하는 데 중요할 뿐 아니라 학생과의 유대와 라포 증진에도 크게 도움이 된다 생각합니다.

저는 학교에서 교사로 근무한 경력이 없습니다. 그러나 이것이 교사가 되기 위한 목표에 걸림돌이 된다고 생각하지 않습니다. 모든 훌륭한 교사들이 처음부터 교사였던 것은 아니었기 때문입니다. 다만 매일매일의 뚜렷한 목표와 이를 실천하는 성실함, 그리고 본교의 졸업생으로서 학교와 학생들에게 가지는 누구보다 강하고 자연스러운 유대감을 통해 열심히 학생들을 가르치고 학교 현장에 빠르게 적응할 수 있다는 자신이 있습니다. 또한 제가 가진 학원에서의 강의 경험이 빠르게 변화되는 입시 상황에 대처해야 하는 학교 현장에 분명 도움이 될 것이라 생각합니다.

소개 마침.

7교시 : 당연하게도 당연히 당연하다

오후 세 시 사십 분. 7교시 시작종이 울린다. 매일 새벽 다섯 시에 일어나는 어느 선생님은 두 시간쯤 이른 생체리듬에 해롱해롱할 시간. 무거워진 몸. 버거워진 머리. 물먹은 솜처럼 눅눅한의욕. 밤은 해가 뜨기 전에 가장 어둡다 했던가. 한 시간 뒤 퇴근이 가까워 오는 만큼 기력이 떨어진다. 물론, 방과 후 수업과 야간 자습 감독이 없을 때 얘기다. 흑.

끄응 차! 의자 양쪽의 팔걸이를 힘껏 눌러 반작용을 얻은 후에야 물리적으로 일어섰다. 휴. 깊은 배기음을 내쉬고 한 걸음 한걸음 긴 복도를 향해 나아간다. 오후의 진한 햇볕이 복도에 가득하다. 한 손에 수업 자료를 그득 들고 교실까지 저벅저벅 걸어간다. 그리고 도착한 교실. 앞문을 연다. 드르륵.

신석기시대 이후로 인간의 유전 정보는 거의 바뀌지 않았다는데. 이런 생물학적 사실을 매 7교시 수업마다, 교실 앞문을 열 적마다 체감한다. 역시나 아이들도 오후 서너 시만 되면 나른함에 눌리어 책상 위로 픽픽 쓰러져 있는 것이다. 누구는 교실 문 열리는 소리에 정신을 차리고, 누구는 여전히 비몽사몽이다. 쉬는 시간 내내 베고 있었을 한쪽 팔은 정맥이 막힌 지 오래되어 허옇다 못해 퍼런빛이 돈다.

"거, 다들 인나자! 열심히 살아야지!"

선생님의 한마디에 풀린 눈을 다시금 챙겨보려는 아이들의 이마와 볼에는 너나없이 빨간 도장이 찍혀있다. 짠하디짠하다. 아이들과 함께 너나없이 낮잠 한숨 실컷 자고 싶었다.

오후 세 시의 나른함 앞에 선 선생님의 불안. 그야말로 눈물 겨운 삶의 현장이다. 그 눈물겨운 선생님의 모습을 바라보는 아이들은 어떤 모습인고? 아이들의 흐릿한 눈. 리비도가 소멸한 듯한 검은자와 흰자의 위태로운 흔들림. 아이들은 덜 섞인 라테 같은 위태로운 눈빛으로 나에게 말한다.

"샘요, 이게 다 무슨 소용인교….."

유명한 1타 강사도 아니고 대단한 수학 선생님도 아니지만, 그럼에도 내가 가장 하급下級이라 자신 있게 꼽는 수학 수업이 있다. 무턱대고 "자, 조건에 맞는 그래프를 그려보면"이라든가 "조건에 맞는 식을 써보면" 하는 식으로 운을 떼는 수업이다. 오해 말기를! 나는 문제 풀이 수업을 비난하는 것이 아니다. 수학이 아니라 어느 배움이라도 실전적인 연습이 필요하기에 오히려 문제 풀이 수업은 반드시 필요하다.

다만 문제를 해결하는 데 필요한 여러 방법 중에 왜 하필 그래프를 그려서 풀이를 시작해야 하고, 왜 하필 그래프를 그리지 않고 식을 써서 시작을 해야 하는지, 바로 그 '왜 하필'을 설명하지 않고 곧장 진행하는 방식을 문제 삼는 것이다.

이런 수업은 문제 해결에 대한 잘못된 생각을 심어주는 단초가 된다. 사고력을 향상하기 위해서는 이렇게도 해보고, 저렇게도 해보며 고군분투하는 시간을 쌓는 것이 중요함을 누구나 안다.

특히 수학은 그렇다. 수학은 단 한 줄의 계산, 단 한 칸의 기호, 단 한 번의 논리에서 생긴 오류가 모든 것을 없던 일로 만든다. 그렇기에 '이렇게 해보고, 저렇게 해보고'에도 분명한 나름의 이유가 있어야 한다. 이유가 있어야 설득이 되니까.

하지만 '일단 해보자'는 도입은 이런 설득의 과정이 마치 얼어걸린 듯한 착각을 불러일으킨다. 무턱대고 '자, 일단 그래프를 그려볼까요?' 하는 식의 풀이는 '이유의 상실'이라는 아주 큰 문제를 가지고 있다. 이유가 없기 때문에 아이들은 그렇게 풀어야 할 이유를 끝내 모른다. 모르기 때문에 비슷한 상황에서 그렇게 풀 이유를 떠올릴 수 없다. 떠올릴 수 없기 때문에 또 못 푼다. 그렇게 문제 해결에 다시 실패하게 되고

"아, 그래프만 그려봤으면 맞혔을 건데 아깝다!"

와 같은 말을 하게 된다. 다시 말하지만, 어느 분야에서건 문제 해결은 동전 던지기식으로 결정되지 않는다. 우연히 그래프를 그냥 그려봤더니, 우연히 공식을 써봤더니, 우연히 이렇게 해봤더니, 우연히 저렇게 해봤더니 해결되더라! 같은 건 그야말로 '우연'이다.

실력도 뭣도 아닌

그냥 우연.

'해결'이란 '묶인 걸(결) 푼다(해)'는 뜻이다. 묶었다 함은 특정한 방식으로 꼬았음을 뜻하고, 푼다 함은 그 특정한 방식에 맞게 푸는 것이다. 다분히 동사적이다. 동사의 주어는 바로 당신이고.

'일단 ~을 해보면' 하는 방식으로 시작하는 모든 설명은 모든 것을 '우연'처럼 보이게 한다. '푼다'는 동사적 행위가 주어의 통제를 벗어난 것처럼 여겨지고, 고마 쎄리 모든 문제를 외워버리

려는 당찬 계획을 품게 된다. "아깝다!" 뒤로 "이 문제 풀어봤던 건데!"와 같은 말이 이어서 나오는 이유다.

세상에 똑같은 문제가 두 번 반복되는 일은 없다. 학교에서건 사회에서건 이 세상에 다시 정확히 재생되는 사건은 없다. 아주 정교하게 통제된 실험실의 존재마저도, 통제할 무언가가 항상 있다는 것의 반증일 뿐이다.

인생은 실전이다. 이미 지나간 문제의 풀이가 무슨 소용이겠는가? 사람이 다르든, 수치가 다르든, 날씨가 다르든, 기분이 달라졌든, 뭐가 달라도 조금씩은 다르다. 매번 다른 그 상황의 정도를 판단하고, 그에 따른 대처만이 중요할 뿐.

예제, 유제, 기출문제, 예시, 판례, 사례 등의 숱한 이름이 붙은 다양한 상황. 이 상황들을 모조리 외우고, 그 속에서 외운 몇 가지 변수가 일치한다는 것만으로 현실에서 똑같은 판단을 내리는 건 하급의 처사다. 상황 속의 변수들과 상황의 결론, 그 사이의 보이지 않는 관계. 그것을 수학에서는 '함수'라 부르고 쉬운 말로는 '이유'라 말한다. 우리는 그 이유를 알아야 한다.

보이지 않는 것을 보는 것,
그것이 수학의 지향처다.

"수학, 그거 배워서 뭐 해요?"

"덧셈, 뺄셈, 곱셈, 나눗셈만 잘하면 되잖아요."

과연 그런가? 수학을 얼마나 깊이, 얼마나 넓게 배워야 할지에 대한 의견은 분분하겠으나, '의견이 분분하다'와 '의견 없음'이 다른 말임은 누구나 안다.

수학은, 내가 지금까지 공부해온 바로는, 예술, 문학, 역사, 과학 등 그 어떤 사고방식보다 명료한 이유를 추구함에 있어 가장 탁월한 모습을 보여준다.

예술 과목처럼 '영감'이라는 말로 뭉뚱그리지 않는다. 문학처럼 '해석의 다양성'을 추구하지도 않는다. 역사처럼 '사라진 기록'에 대해 추측하지 않으며, 과학처럼 '재생 가능한 실험'에서 답을 찾지도 않는다.

결정적으로 수학은 '실증' 가능성에 의존하지 않는다. 수학은 유물과 실험을 통해서 검증하지 않는다. 실증할 필요 없는 이유. 그보다 명료한 이유가 어디 있겠는가?

수학은 그렇다.

다만, 팍팍한 현실이 수학을 '누가 누가 빨리 푸나?' 게임으로 몰아가는 듯하다. 흔한 PC방도 태어나 한 번밖에 가보지 않은, 그저 한 명의 선생님일 뿐인 나로서는 이 게임을 해체할 힘이 없다.

그저 한 문제, 한 가지를 알려주더라도 왜 이렇게 첫 줄을 쓰고, 왜 이렇게 두 번째 줄로 넘어가고, 그러니까 이렇게 풀어야 하고, 당연히 이러하다는 것을 알려주려 분투하는 것이 나의 슬픈 최선이다.

거기에 하나 더 하자면, 부디 선생님 없는 자리에서 한 문제라도 더 스스로의 머리로, 스스로의 손으로 고민하여 '당연한' 풀이를 만들어 보라 쿡쿡 들쑤시는 즐거움이 있다.

거기에 하나 더 하자면,
나른한 오후, 정신 번쩍 차리도록
잔소리 한 방 시원하게 날리는 설렘도 있고.

모든 일에는 조건과 결론 사이의 이유가 있다. 문자 그대로 '모든' 일에. 현실에서 일어나는 사건들 중에 주사위 던지듯 무작위로 일어나는 일이 대체 무엇이 있겠는가? 주사위마저도 확률이라는 이유를 따라 움직이는데. 아주 작은 미립자의 세계에서부터 거대하디 거대한 천문학적 현상에까지 모두 이유가 있다.

물리적인 이야기만 그런 것이 아니다. 당최 이해 못 할 연애 이야기에도, 눈을 의심케 하는 마술사의 솜씨에도, 신비주의적인 기적에도. 체온에 민감한 꽃 한 송이에도, 사람을 가리는 커피에도. 내버려야 편해진다는 노자의 가르침에도, 이유 없이 마음이 쓰이는 아이의 그 이유 없음에도. 점심시간의 왁자지껄 소란과 그 소란에 아랑곳 않고 자리 지키는 벤치 하나에도. 일찍 일어나려면 일찍 자야 하고, 뭐든 배워두면 언젠간 쓸 데가 있다는 자연스러움에도. 오후 세 시 아이들의 무력감과 그 앞에 선 선생님의 고독감에도.

있으면 있는 대로, 없으면 없는 대로 다 이유가 있다. 이유 '모를' 일은 있어도 이유 '없이' 일어나는 일은 없다. 그 모든 연유를 부처는 '연기緣起'라 하셨고 이 깨달음을 '바라밀波羅蜜'이라 하셨지만, 감히 나는 그 '모를 일' 알아가는 과정을 '공부'라 부른다.

길가의 잡초 한 포기와 토끼풀 한 가닥에도 그것이 거기에 그렇게 있게 된 연유가 있다. 문제를 해결하는 데 필요한 아주 사소한 움직임이라도 그것이 필요한 이유가 있다. 사연이 있다. 그 사연을 알아가는 것.

그것을 '공부' 말고 뭐라 부를 수 있을지
나는 모르겠다.

공부의 시간이 쌓이면 쌓여갈수록
"맞아, 당연히 이렇게 했어야 했어."
라는 감탄만 남는다. '당연(마땅히 그러함)'을 알아가는 시간. 당연한 것을 알아가는 공부. 공부의 도착지는 필연적으로 '왜 하필'이라는 소이연所以然이다.

그 당연함을 알려주는 공부여야만 아이는 훗날 선생 없는 순간에도 당연히 그렇게 해결해 나가지 않을까? 진정한 의미에서 자기주도학습. 선생에게서 독립한 학생. 이를 길러내는 것이 교육의 궁극적인 목표라면 말이다.

그런고로 '일단 해보면' 식의 가르침은 하급 중의 하급인 것이고, 그런고로 가끔은 내가 '수학 선생님'인지 '선생님 수학'인지 구분키가 어렵다. 수학 수업을 하다 보면 어느새 '이건 수학이 아닌데….' 싶고, 수학이 아닌 듯하다가도 '맞아, 이게 수학이지!' 싶다. 어째, 공부를 하면 할수록 머리가 비어 가는 것만 같다.

아침 여덟 시에 등교해서 탄수화물 그득한 급식 든든히 먹은 오후 세 시. 아이들에게는 그저 나른하고 졸린 것이 당연하건만, 선생님은 혼자 뭐가 그리 신이 났는지

"이러니까 당연히!"

연신 느낌표를 찍으며 고군분투다. 뭐가 그리 당연하기에 '당연히!'를 외쳐대고, 당연한 게 뭐가 그리 중허다고 신기해하는지, 그 소이연을 아이들이 언제 알려나.

봄에 꽃피고, 저녁에 노을 지고, 보름달 뜨고 지고, 돌아갈 집은 여전히 있고. 지구는 태양을 따라 돌고, 태양은 은하를 따라 돌고. 하늘은 푸르고, 산은 가파르고. 동백은 겨울에 피고, 민들

레는 봄에 피고. 사람은 서로 존중하고, 벼는 익을수록 고개 숙이는. 티끌부터 태산까지 모든 것이 당연한 이유를, 당연히 당연한 것이 왜 당연한지 알아가는 공부의 즐거움. 공부가 쌓일수록 진해지는 머릿속 선선한 바람. 아이들은 언제쯤 그곳에 닿을는지.

이쯤 되어서야 어릴 적 이해되지 않던 선생님들의 공통된 행동이 비로소 이해된다. 아니, 이해되기 전에 이미 과거의 선생님들을 따라 하고 있는 나를 발견한다. 졸린 오후. 머릿속 선선한 바람을 불어오려면 당연 콧바람부터 선선해야 했던 것이다. 그래서 나도….

(칠판 쾅쾅쾅)

"자! 언능 눈떠!

예린아! 거 교실 히터 꺼브러!

유나야! 새하야! 정현아! 거 창문 다 열어브러!

므ㅓ↗? 추워↗?!

너네를 보는 내 마음이 더 춥다!

저저저 이마에 도장은 벌겋게 찍어서는!

얼른 창문 열어브러!

책 펴고!

으이구, 자기 책이 어디 있는지도 모르고…. (절레절레)

얼른 침 닦고! 잠 깨고! 눈 똑띠 뜨고!

찬바람에 정신 좀 차리고!

오늘도 열심히 살아야지!

아직 오후 세 시밖에 안 됐다고!"

졸업식

오늘, 아이들의 졸업이 있었습니다. 아이들이 수능을 치던 날, 센티해진 마음에 수능 후기 글을 썼던 것이 며칠 지나지 않은 듯한데 말이죠. 어째서인지 저는 오글거리는(?) 말을 듣는 것도, 하는 것도 무지 어려워합니다. 남들은 '이게 대체 왜 오글거린다는 거야?'라고 할법한 일에서도 종종 오글거림을 느끼곤 하지요. 그래서 저의 여자친구님에게도 다분히 의도를 갖고서야 애정 표현을 할 수가 있습니다. 또는 유독 기분이 좋은 날에요.

또, 요즘 들어서는 어떤 감정을 적절한 단어 몇 개로 묘사하는 것이 어려워져만 가고 있습니다. 이전에는 '우울하다', '슬프다', '화난다'처럼 명료한 원색의 단어들로 시시때때 일어나는 감정을 잘 표현했더랬지요. 그런데 요즘은 이런 쉬운 방법이 점차 어려워져만 갑니다. 깊이서부터 일렁이는 물결과 멀리서부터 불어온 바람이 만나 일그러진 바다의 표면을 '파도'라는 두 글자로 적는 것이 부당한 것처럼요.

이런 두 이유로 며칠간 심경이 아주 복잡했습니다. 무슨 말을 어떻게 해야 할지 모를 만큼요.

3년 전에 우리 학교에 처음 발령(이라 하고 '입사'라 읽습니다)을 받았습니다. 그때 만난 아이들이 오늘 졸업을 했습니다. 3년이 지나는 동안 아직도 선명히 기억나는 하루가 있습니다. 발령 첫해에, 저는 인성부라고 하는 부서에서 일을 했습니다. 쉽게 말하는 '선도부' 선생님이었어요. 교문에서 아이들 복장이나 지각 등을 점검하고, 쉬는 시간 행복하게 구름과자를 피우는 아이가 없나, 학교 폭력의 낌새가 없나, 일어난 학교 폭력을 어떻게 해결할까 고민하는 부서입니다.

그렇다고 지난 시절처럼 무섭게 아이들을 잡고(?) 윽박지르지는 않습니다. 요즘 아이들은 원체 순해서, 또는 제가 원체 순하지 못하게 생겨서 지도를 잘 따라와 주더라고요.

코로나 창궐 첫해, 아이들은 입학한 고등학교에 등교하지도 못하고 온라인 수업만 들었습니다. 그러다 드디어 등교하게 되는 날이 왔었죠. 그때 처음으로 우리 아이들을 만났습니다. 아침. 교문에서요.

아, 어찌나 밝던지.

며칠인가, 몇 주인가 분명하지는 않습니다. 여하튼 시간이 조금 흐르는 동안 교문에 매일 섰던 저는 명찰에 달린 이름을 보고 아이들의 이름을 불렀었습니다.

"소희야, 안녕!"

"지훈이, 신발 바뀌었네?"

"동희야, 오늘은 왜 체육복 입고 왔어?"

"지원아, 오늘따라 와이리 몬생깃노?"

친하지도 않으면서, 담임교사도 아니었으면서 구태여 이름을 시시콜콜 불렀던 이유는 단순합니다. 저 자신이 학창 시절 단순한 '좌표'였기 때문입니다.

"거기 반장 뒤!"

"저기 맨 뒤 창문 쪽 자리."

"쩌 뒷문 앞에."

처럼 참으로 다양한 '위치'로 불렸던 기억이 있었습니다. 그러다 공부, 성적이 눈에 띄게 되어서야, 그제야 '김동진'으로 불렸던 기억이 있었지요. 무척 서러웠습니다. 저의 이름이, 아무 이유 없이 불릴 수 없는, '그냥' 이름일 수는 없어서요. 그래서 꾸역꾸역 아이들의 이름표를 보고 이름을 불렀습니다.

어느 날 아침 교문. 한 아이가 저의 인사에 불쑥 이렇게 대답하더라고요.

"선생님 성함은 어떻게 되세요?"

누군가 저의 '성함'을 물은 건 처음이라 적잖이 당황했습니다. '김동진'이라 쉽게 알려주었죠. 그리고 물어보았습니다.

"근데 선생님 이름은 왜?"

아이가 답하더라고요.

"선생님은 매일 저희 이름 불러주시는데, 저도 선생님 이름 불러드리고 싶어서요."

아, 참 밝은 날이었습니다.

그런 밝은 아이들을 이듬해 담임으로서 만났습니다. 그리고 오늘 담임으로서 마지막으로 만났습니다. 심경이 하도 복잡하여 도무지 말이 만들어지지 않더라고요. 여자친구님께서는 내색하지 않았지만, 혹시 졸업식 날 아이들 앞에서 말은 한마디도 못하고 끄윽끄윽 울고만 오면 어쩌나 걱정도 되었습니다. 말 못하는 아기는 울음으로 말을 대신하듯이요.

걱정이 끝내 해결되지 않은 채로 오늘이 왔습니다. 마음은 평안했습니다. 아침 일찍 일어나 평소처럼 샤워하고. 커피 한 잔 마시며 요즘 빠져있는 물리학 공부를 두어 시간 하였습니다. 사골곰탕을 데워 만두 하나를 넣고 달걀을 풀어 밥을 말아 먹었습니다. 이를 닦고 옷을 갈아입었습니다. 검은 면바지에 검은 반목티. 그 위로 하늘색 옥스퍼드 셔츠. 그 위로 짙은 남색 코트.

휴대전화를 챙기려 손에 드니 문자가 하나 와있었습니다. 한 학부모님으로부터 문자가 아주 길게 와있었습니다. 늦은 밤 문자를 보내려다 제가 일찍 잠든다는 것을 아시고 예약문자로 보낸다 쓰셨더라고요. 아이 담임을 2년이나 맡아주셔서 든든했고 감사하다고.

남몰래 눈물이 조금 났습니다.

졸업식 준비는 생각보다 많이 바빴고 정신없었습니다. 졸업장 챙기랴, 졸업 앨범 나누어주랴, 표창장 챙기랴, 그 와중에 결석한 아이들이 있어 결원 파악하랴. 난리 통에 리허설을 또 해야 한다 하여 이리저리 소란스러운 통에도 결국 졸업식이 시작되었습니다. 국민의례도 하고 후배들의 축하 공연도 보았습니다. 각종 수상도 이루어지고 교장 선생님의 축사도 있었습니다. 그리고 담임 선생님들의 마지막 몇 마디.

4반 담임이었던 저는 당연 네 번째 차례였습니다. 앞선 세 분의 선생님들과 뒤의 여섯 분의 선생님들 사이에 낀 막내 선생님은 어떤 말을 해야 했을까요. 무슨 말이라도 할 수 있을지가 걱정이었습니다.

결론을 말씀드리자면, 저는 울지 않았습니다. 말도 잘하고 왔습니다.

"다른 사람을 찍어 누름으로써 자신의 힘을 과시하는 사람이 되지 말고, 넘어진 사람을 일으켜 세워줌으로써 자신에게 그런 힘이 있음을 보여주는 사람이 되십시오. 이것이 저의 마지막 수업입니다.

세월이 지나가며 여러분은 저를 천천히 잊어가겠지만, 저 혼자서는 꾸준히 여러분을 생각하겠습니다. 내내 행복하십시오. 몸도, 마음도 아프지 마십시오.

그동안 고마웠고, 너희 덕에 행복했다. 다음에 또 보자."

중간에 위기는 있었습니다. '고마웠다'라고 말하는 순간 저도 모르게 목이 잠겼습니다. 왜 하필 고마움에 목이 메었을까 모르겠습니다. 나이가 들수록 제 마음 저도 모르겠는 것이 보통 있는 일인지, 그것도 모르겠네요.

평소 찍지도 않던 사진을 오늘은 아이들과 맘껏 찍고 왔습니다. 학부모님들도 많이 뵈었지요. 학부모님께는 언제나 죄송하고, 감사한 마음밖에 남지 않는 것 같습니다. 저는 아직까지 운이 좋은 것인지, 뉴스나 기사로만 보는 극성 학부모님 때문에 맘고생 한 일은 없습니다. 되려 좋은 아이들을 만나서 힘든 학교생활(사회생활) 가끔 웃고, 보람차기도 하며 보냈습니다. 그런 아이들 보내주시고 뒤에서 묵묵히 믿어주신 학부모님들이었으니 감사할 수밖에요.

특히나 제가 되려 아이들이 건네준 꽃과 편지를 한 아름 가득 받으면서, 학부모님들께 장문의 감사 인사와 수고 격려를 과분하게 받으면서, 연예인도 아니고 잘나지도 않은 내가 선생님이 되지 않았다면 당최 어디서 어떻게 이런 감사와 정성을 받을 수 있었을까, 라는 생각을 오늘 무척이나 많이 했습니다. 저는 아마 이런 삶이 가능할 수 있다는 것조차 모르고 살았을 것입니다.

아이는 좋은 선생님을 만나면 몰라보게 달라진다지요. 하지만 선생님도 좋은 아이들을 만나면 몰라보게 달라지나 봅니다. 아직 해줘야 할 말이 너무 많이 남았는데, 알려줘야 할 것도 많고 변명하고 싶은 것도 많이 남았는데, 아이들이 건네준 꽃과 편지와 함께 그냥 가슴에 묻기로 했습니다. 앞으로 잘하겠지요.

제가 존경하는 어느 분이 언젠가 이렇게 말씀하신 적이 있습니다.

"선생은 앞에 앉은 학생을 가르치는 것이 아니라 그 학생이 커서 될 사람을 가르치는 것이다."

지난 3년간 아이들을 '될 사람'으로 보려고 노력했는데, 저의 뜻이 '될 사람'에게 닿았는지 모르겠습니다. 그저 앞으로 잘 지내겠거니, 좋은 사람 되겠거니, 과시하지 않고 빛나는 사람이 되어 살겠거니. 그렇게 묻어두고 사는 것이 '먼저 사는 것先生'인가 봅니다.

애들아, 선생님은 내일도 방학 보충수업을 하러 학교에 간단다. 너희는 내일부터 비로소 학교 바깥의 삶을 살아가겠지. 마치 한 몸통에서 갈라지는 두 개의 나뭇가지와 같구나. 모쪼록 풍성히 자라나 많은 사람들이 모여 쉬다가는 큰 나무 되기를 바라.
언젠가 선생님이 쓴 이 글을 너희가 볼 날이 올지 모르겠지만, 오늘 당장은 너희가 모르니 선생님이 염치 불고하고 오글거리는 한 문장 처음이자 마지막으로 남길게.

애들아.
선생님은 너희 덕에 행복했다.
너희도 꼭 행복하렴.
고마워.

어느 교사의 고백

학원 강사 시절에 있었던 일입니다. 어느 학생이 수업 중 잡담하던 분위기를 틈타

"선생님 좌우명은 뭐예요?"

라 물어왔던 장면이 기억납니다. 어쩌다 그런 질문이 나오게 되었는지는 잊어버렸습니다. 아이의 갑작스러운 질문에 저는 잠깐 생각하다

"뭐, 그런 거 없는데? 허허허."

하고 말았습니다. 그런데 그 질문이 마음에 어찌나 강하게 꽂혔던지, 며칠을 저의 집 나간 좌우명座右銘을 찾아 고민하며 보냈더랬죠. 문자 그대로 늘 옆에 두고두고 곱씹는 나의 자세. 고민에 고민을 거쳐 정제되었던 저의 문장은

"열심히 일하고 좋은 사람이 되자."

였습니다. 문학적이고 시적이며 철학적인 격언을 만들고 싶었으나, 가벼운 삶에서 건져낸 문장은 저리도 담박한 것이 최선이었습니다.

여차저차 저에게 좌우명이라는 고민거리를 던져주었던 그 아이를 다시 만난 날. 저의 좌우명을 들려주었더니 눈을 땡그랗게 뜨며 또 하나의 질문을 던지더라고요. "무슨 뜻인데요?"라고 말이죠. 자세한 문장은 기억나지 않지만, 얼추

"사람이 살아가려면 솜씨와 마음씨가 필요한 것 같다. 어떤 작은 일이라도 믿고 맡길 수 있는 사람이 귀하고, 어떤 작은 일이라도 함께 하고 싶은 사람이 귀하니까.

그런데 사람이 자기 일솜씨에 자만하면 고립되어 곧 잘난 일솜씨도 쓸모없어지고, 그렇다고 마음씨만 좋으면 실속이 없어진다. 그래서 맡은 일을 열심히 하되 좋은 사람이 되어야지."

라 답해주었던 것 같습니다. 아이는 과연 저의 말을 이해한 것인지, 연신 고개를 끄덕이며 듣고 있었습니다. 그로부터 몇 년이 지난 요즘. 저의 좌우명은 간단히

"좋은 사람이 되자."

입니다. 대폭 줄어들었죠. 애초 거창한 좌우명도 아니었으면서 거둬낼 것이 뭐가 있냐 싶으시겠지만, 저는 그마저 반 토막

을 냈습니다. '선생님'이라는 '일'이 당최 무엇을 뜻하는지 점점 알 수 없게 되어가는 탓입니다.

선생님이 되어야겠다는 뜻을 고등학교 3학년 여름방학 즈음하여 품었습니다. '뜻으로 사는 사람이 되자'가 교훈인 학교에 다녔던 저는 2년 반을 꼬박 가사 상태로 지내지 않았나… 싶습니다.

진로 희망은 늦게 정했으나 다행히 입시 결과가 좋게 나와 결과적으로는 원하던 대학에 진학할 수 있었죠. 하지만 그 후 서른 살이 될 때까지 교단에 설 수 없었습니다.

고등학교 3학년 시절부터 서른 살 학원 강사 생활을 마무리할 때까지, 저는 '가르친다'는 것을 그저 아이들 '시험 잘 치게 도와주는' 정도로 생각했습니다.

네. 노골적인 표현일 수도 있겠습니다만 당시 제가 '가르침'에 대해 가졌던 솔직한 마음이기도 합니다. 중간고사, 기말고사, 수행평가, 프로젝트, 쪽지 시험, 실습, 논술, 수능…. 그 시험을 뭐라 부르든 아이들의 실력은 시험으로 측정되니 시험을 잘 보도록 도와줘야 한다, 분명 그리 생각했습니다. 실제로 교육학에는 "지능을 정의하기 어려우니, '테스트의 결과'를 그냥 '지능'으로 칩시다~" 하는 식의 이론도 있지요.

물론 당시에는 이렇게 명확한 단어와 문장의 형태로 생각이 정리되어 있지는 않았습니다. 하지만 대학에서 강의를 들으며, 아이들을 가르쳐보며, 심지어 저 스스로 공부를 하면서도 분명 이런 마음과 함께였습니다.

그저 어떻게 하면 아이를 공부하게 만들고, 어떻게 가르쳐야 아이가 더 쉽게 이해하고, 어떻게 수업해야 아이가 더 오래 집중하고, 어떻게 가르쳐야 아이가 더 높은 성취도를 보이는지. 그저 '어떻게'에만 관심을 두었으니까요. 단 한 번도 '왜' 아이가 공부해야 하고, 학교를 떠난 뒤에는 '어떤' 아이가 될 것인지에 관심 갖지 않았던 것입니다.

물론 교육학에도 철학이 있습니다. 교육철학이라 하죠. '왜'와 '어떤'에 대해 '민주시민'이나 '고상한 야인' 같은 좋은 말을 많이 배웠습니다. 하지만 저 자신이 그런 교육을 받고 살지 못했던지라 이런 말들은 문자 그대로 '문자'로 지나갔을 뿐입니다. 저는 '경험주의적'으로 교육학을 배우지 못했나 봅니다. 제가 존경하는 교수님께서 강의에서 말씀하시길

"수학'을' 가르치는 선생님이 되면 안 되고, 수학'으로' 가르치는 선생님이 돼야 해요!"

하신 말씀을 제일 앞자리에 앉아 듣고도 무슨 뜻인지 몰라 어리바리했으니까요.

학교에 처음 발을 들이고서 제가 아이들을 기쁘게 여겼던 만큼 아이들도 저를 반갑게 여겼나 봅니다. 학원 강의를 듣는듯한 진지함과 집중력을 수업에서 보여주었으니까요. 그런데 그 발길이 익숙해져서인지 점차 아이들의 반응은 식어갔고, 저는 저의 수업 부족 탓으로만 여겨 더 열심히 준비하고, 더 애가 탔더랬죠.

심지어 고등학교는 석 달마다 전국 모의고사를 치기에 그때마다 아이들의 수학 '성적'이 자동으로 집계됩니다. 그 '성적'을 아주 중요히 여기시는 분들도 있지요.

아이들도 시험마다 흔들리겠지만 저도, 선생님도 흔들흔들하였습니다. 김난도 씨가 천 번을 흔들려야 어른이 된다 하셨는데, 저는 그만 흔들리고 싶었습니다.

수업에서도, 수업 밖에서도 지지부진하던 저의 모습에 스스로 분하여 용납이 어려웠습니다. 강사 시절의 그 번쩍함은 전부 어디 가고, 어쩌나 스트레스를 받던지. 신경성 알레르기가 돋아 매일 오후면 온 팔과 목이 시뻘겋게 달아올랐습니다. 제가 학교에서는 여름에도 긴팔 셔츠를 챙겨 입는 이유입니다.

하루는 용기 내어 제가 아끼는 학생이자 전교 1등인 아이를 불렀습니다. 저의 자리 곁으로 불러 앉히고는 까까 몇 개 손에 쥐어주고 물었어요.

"봐봐야. 너의 도움이 꼭 필요해서 잠깐 불렀어. 쌤한테는 아주 중요한 일이라, 말해주기 조금 불편할 수 있겠지만 꼭 솔직히 말해주면 고맙겠다.

다른 게 아니고 그…. 혹시 쌤 수업에 부족한 게 뭐라고 생각하니? 자료나, 판서나 뭐 그런 것도 좋고, 농담이나 목소리 같은 것도 좋고, 하다못해 선생님 얼굴도 좋고.

요즘 애들이 수업에 영 집중을 못 하는 거 같아서. 쌤이 뭘 잘못하고 있나 싶어서…."

저의 갑작스러운 물음에 아이는 잠깐 당황하고, 잠시 고민하고, 조금 머뭇거리더니 무언가 결심한 듯 말하기 시작했어요.

"선생님, 진짜 제가 거짓말하는 게 아니고요, 선생님 수업을 진짜 잘하시거든요? 판서도 잘하시고, 설명도 잘하시고, 심화도 좋고. 다 좋아요. 진짜로."

"그럼 뭐가 부족한데? 뭐가 부족해서 애들이 수업을 안 들을까?"

"그…. 선생님, 상처받지 말고 들으세요. 왜 M학원에 H강사 있잖아요. 그 강사도 학교에서 수업하면 애들이 수업을 안 들을걸요? 반대로 선생님이 M학원으로 가시면 애들이 선생님 강의만 볼걸요?"

"…그러니까, 너의 말은, 단순히 쌤이 학교 선생님이라서 수업을 안 듣는다는 거야?"

"음… 뭐… 네…. 그런 거죠."

꽉 막힌 퇴근길. 길고 긴 차들 사이에 끼어있자니 눈물이 났습니다. 눈물이 나는데, 그렇다고 눈물 닦으며 울어대자니 도로 한복판에서는 그럴 수 없는 일이었습니다. 그래서 고이는 눈물을 그냥 고이는 대로 내버려 두었던 기억입니다.

저녁의 주황 노을과 앞차의 빨간 브레이크 불빛이 고인 눈물에 산란 되던 장면이 아직도 선합니다. 산란 된 빛이 눈에 얼마쯤 고이면, 이내 유리알이 되어 떨어지더군요. 그간 거쳐온 숱한 번뇌의 종착지가 고작 흘러서 깨져가는 유리알이었던 걸까요.

군대 화생방 훈련 이후로 단 한 번을 울지 않았는데,
이날은 눈물 콧물이 절로 흘렀던 기억입니다.

저랑 가장 가까웠던 학생이면서 동시에 수학을 제일 잘하는 학생. 그런 아이마저 '선생님'이 '선생님'이라 수업을 소홀히 듣는다는데 제가 무얼 어떡하겠어요. 사실 선생님에게 '수업'이란 후하게 쳐줘도 아주 적은 부분이었나 봅니다.

다행이기도 한 일은 '수업'이 아주 적은 부분이라 함은 그것을 덜어내도 많은 것이 남는다는 뜻이겠지요. 그렇게 저는 난생처음으로 '딴짓'을 하기 시작했습니다. 글을 쓰기 시작한 것이죠. 문제집도 아니고 교육 잡지에 싣는 투고 글도 아닌 그냥 '글'이요.

아무도 보지 않아도 좋으니, 아무도 공감해주지 않아도 좋으니 저 혼자 답답해서 쓰는 글. 기승전'입시'라는 것이 대체 무엇인지 '경험주의적'으로 깨달은 저의 한풀이. 학교에서 '입시'를 빼고 '수업'을 빼고 남은 흔적.

이런 사연으로, 이런 마음으로 쓰기 시작한 글이었건만. 어찌된 일인지 점차 많은 분들이 읽어주시고, 응원의 말씀 남겨주시고, 각자의 이야기를 남겨주시고. 더구나 어느 맘씨 넓은 대표님을 만나 저의 한풀이를 책으로 엮는 기회도 얻으니 어찌 감사할 일 아니겠어요.

저를 살린 분들이 있다면,
이 글을 읽어주시고 좋은 마음씨 가져주신
여러분 모두입니다.

출간 계약을 하고서 돌아오는 길, 여자친구님 차에 실려 반쯤

누워 차창 밖으로 지는 노을을 보았더랬죠. 바이올렛과 주황빛 사이의 어스름. 그 앞으로 슉슉 지나치는 그림자들. 뭐랄까…. 여기까지 오게 된 사연에 감회가 새롭더라고요. 선생님이 된다는 것이 이런 의미인 줄 제가 어찌 알았겠습니까. 임용고시가 뭔지도 모르던 녀석이었던 걸요.

'수학 문제만 잘 설명하면 되겠거니' 하던 때가 있었지요. 그런데 지금은 글을 쓰고 있네요. 고등학교 3학년 시절의 제가 지금의 저를 상상하지 못했듯, 지금의 저는 훗날 제가 어찌 될지 모르겠습니다. 저도 저를 모르겠는데 아이들에게 진로니 진학이니 지도하는 것이 가당키나 한지 모르겠고요.

이런 모르는 것투성이인 사람이 '선생先生'이어도 되는지도 모르겠습니다. 뭐, 먼저 태어났으니 선생은 선생인데…. 하하. 이렇게 말은 하였지만 여전히 수업은 열심히 하고 있습니다. 재능이고 적성이라, 수업은 또 제가 기깔나게 하지요. 하하하.

졸려서 눈 풀린 아이들 보면 칠판을 쾅쾅쾅 때리며 깨우기도 하고, 아이들 웃겨주려 우스갯거리가 되기도 하고, 의욕 떨어진 아이 보면 괜히 자습 시간에 불러내어 붙잡고 이런저런 얘기로 눈빛 살려 보내고, 어쩌다 날 좋을 때면 몰래 운동장 나가서 축구 한 번 하게 해주고, 음료수 하나씩 사 먹이고. 그러고 있습니다. 하하하하하.

공부에서 수업으로, 수업에서 글로 바뀐 '선생님'. 앞으로 또 어떤 날이 다가올지. 글로써 점차 많은 분을, 그리고 기회가 된다면 같은 공간에서도 만나 뵙길 바라면서도 우선은 지금으로 감사해야지 다독여봅니다. 지금도 충분히 감사하니까요. 언젠가 때가 되면 좋은 날에 좋은 시간이 오겠지요.

에필로그라 이름 붙이고는 글이 길어져 버렸네요. 그간 감사했습니다. 저는 잠시 글감을 정리하고, 수업도 준비하고, 책도 많이 읽고, 결혼 생활도 잘하고, 아빠도 되어보고. 그렇게 돌아오려고 합니다.

아무쪼록, 기다려주실 거지요…?
잊지 않으실 거지요…?
아무쪼록, 모두 모두 행복하십시오.
몸도 마음도.

훗날
또 글 읽어주셔야지요??
하하. 하하하. 하하하하하.

추신. 제가 가끔 '하하', '하하하', '하하하하하'라고, 굳이 '하'를 두 번, 세 번, 다섯 번을 골라 썼던 이유는 2, 3, 5가 '소수'이기 때문입니다. '5'는 앞의 '두' 소수를 더해서 만드는 '세' 번째 소수이기도 하지요. 농담이냐고요? 아니요. 진심입니다.

추신 2. 제 글에서 밝은 부분이 있다면 그건 모두 '입시'와 '수업'을 뺐기 때문이고, 어두운 부분이 있다면 그건 모두 '입시'와 '수업'이 들어갔기 때문일 겁니다.

추신… 이렇게 쓰는 거 맞나요…?